凤凰枝文丛 ／ 孟彦弘 朱玉麒 主编

平坡遵道集

李华瑞 著

凤凰出版社

图书在版编目（ＣＩＰ）数据

平坡遵道集 / 李华瑞著. -- 南京 ： 凤凰出版社,
2022.10
　（凤凰枝文丛 / 孟彦弘，朱玉麒主编）
　ISBN 978-7-5506-3735-1

　Ⅰ. ①平… Ⅱ. ①李… Ⅲ. ①随笔－作品集－中国－
当代 Ⅳ. ①I267.1

中国版本图书馆CIP数据核字(2022)第153089号

书　　　　名	平坡遵道集
著　　　　者	李华瑞
责 任 编 辑	孙思贤
书 籍 设 计	徐　慧
出 版 发 行	凤凰出版社(原江苏古籍出版社)
	发行部电话025-83223462
出 版 社 地 址	南京市中央路165号,邮编:210009
照　　　　排	江苏凤凰制版有限公司
印　　　　刷	苏州市越洋印刷有限公司
	江苏省苏州市吴中区南官渡路20号　邮编:215104
开　　　　本	880毫米×1230毫米　1/32
印　　　　张	10.25
字　　　　数	205千字
版　　　　次	2022年10月第1版
印　　　　次	2022年10月第1次印刷
标 准 书 号	ISBN 978-7-5506-3735-1
定　　　　价	68.00元
	(本书凡印装错误可向承印厂调换,电话:0512-68180638)

李华瑞

历史学博士，浙江大学历史学院敦和讲席教授、教育部长江学者特聘教授、享受国务院特殊津贴专家，担任全国哲学社会科学规划中国历史评审组成员、中国宋史研究会会长等。主要从事宋史、西夏史和中国古代经济史的教学与研究。出版个人专著12部、编著8部、合编著作9部，发表学术论文240余篇。著有《宋代酒的生产和征榷》《宋夏关系史》《宋史论集》《王安石变法研究史》《宋夏史探研集》《西夏史探赜》《探寻宋型国家的历史》《宋夏史探知集》等；主编《中国改革通史·两宋卷》《宋辽西夏金史青蓝集》《中国传统经济的再认识》等。

弁　言

"凤凰台上凤凰游"，是李白《登金陵凤凰台》之诗句，昔年我江苏古籍出版社立足南京、弘扬文史，而更名所由也。

"碧梧栖老凤凰枝"，是杜甫《秋兴八首》所吟咏，今日我凤凰出版社为学林添设新枝，而命名所自也。

30多年来，凤凰出版社围绕中华传统优秀文化，彰显传承文明、传播文化、服务大众、贡献学术的出版理念，坚持以整理出版中国文、史、哲古籍及其研究著作为主的专业化方向，蒙学界旧雨新知之厚爱、扶持，渐已长成"碧梧"，招引了学界"凤凰"翩然来栖。箫韶九成，凤翥凰翔！嘤其鸣矣，求其友声！

"凤凰枝文丛"是本社与学界同人共同打造之文史园地，除学术研究论文外，举凡学人往事、经典品评、学术札记之文化随笔，旧学新知，无所不包。是作者出诸性情而诗意栖息之地，读者信手撷取而涵泳徜徉之处。

"凤凰鸣矣，于彼高冈。梧桐生矣，于彼朝阳。"

愿"凤凰枝文丛"成为我们共同的文化家园。

2019.5.22

自序

　　这是我的第八部个人集子，也是第一部以随笔、杂文为主的集子。此前曾陆续写过一些类似随笔的文字，都收入已出版的七部集子里，此次结集，除了在"忆师友"栏目里重收录《纪念太老师邓广铭先生》，既有过往发表、因种种原因未收入已辑成的前七部集子中的文章，也有近两年新写成的文章，恰好遇到此次辑集，合为一编。之所以重收录《纪念太老师邓广铭先生》，是为提领"忆师友"栏中我从大学、硕士、博士阶段的求学及师承关系的脉络。

　　本集所收三十六篇随笔、杂文，其形式多是书序、书评、纪事和追忆，还有少数开会的发言稿，内容不一而足，分涉"中古经济史""中古政治文化""宋辽夏金史""宋史研究史"和"忆师友"五个方面。最早的文字已时过二十余年，最近的文字还飘着墨香，是故不同语境的文字表述烙有时代的痕迹，在所难免。

我出生在甘肃山丹县平坡。平坡是山丹煤矿所在地，我的父亲自1955年从北京来到山丹煤矿，直到1978年我考上大学，他才荣休回归故里四川绵竹遵道镇。我在平坡度过了整整二十年，那里留下我太多太多的记忆，"我热爱那里的戈壁滩、大漠和山岩，我热爱那里的蓝天、草原和绿洲，我更热爱那片神奇土地上从远古走来的历史"。我的祖辈大约是从明末清初之际随湖广填四川的移民潮，从湖北迁到四川广安，再从广安迁到绵竹遵道定居，至今已有六七代人了。我第一次回到遵道是3岁的时候，虽有记忆，却是模糊的，再次回到遵道已是1979年寒假回乡省亲，才全面认识"祖籍"的真面目。尽管迄今我在遵道逗留的时间加起来不足一年光阴，也不会说家乡话，但是儿时父亲对家乡一往情深的念叨，早已将父母之邦深深地印记在我的脑海，那是永远不能忘却的血脉相承的亲情和乡愁。所以在为第一部随笔、杂文集冠名时，我想到了我的出生地和父母之邦。

我的出生地山丹县平坡，坐落于山丹县城西南面十几公里远的山区里。从县城去往平坡矿区就是沿着一条坡度不大的公路迤逦而上，坐在车上往四周望去，是戈壁滩和延绵不断的山坡地，目光望极之处是巍峨的祁连山。进入狭长的矿区，满目也是坡地，职工宿舍、民居、学校、医院、工房和办公楼都建在坡地上。平坡，从字面解释是倾斜度不大的脊背坡地，明人徐霞客《滇游日记》云"其峡自西脊东下，循北崖平坡入之"即此意也。读大学前，并未对"平坡"地名有过深究，其后当读到宋人笔记有关苏轼号东坡来历的记述，对平坡除了自然的亲近感，又好像多了几许遐想。元丰二年（1079）苏轼被贬黄州，友人为他在黄州东面申请一片坡地，苏轼加以整治，躬耕其中，并将这片坡地命之曰"东坡"，赋诗"雨洗东坡月色清，市人行尽野人行。莫嫌荦确坡头路，自爱铿然曳杖声"。及至元丰七年（1084）赴临汝前又写下《满庭芳·归去来兮》一词，上阕曰："归去来兮，清溪无底，上有千仞嵯峨。画楼东畔，天远夕阳多。老去君恩未报，空回首、弹铗悲歌。船头转，长风万里，归马驻平坡。"由此"平坡"这个地名因为苏轼的诗词一下子在我的心里得到了升华。尤其是领悟到人的一生若没有"荦确坡头路"，哪有"铿然曳杖声"。当年过花甲，"归去来兮"，何尝不是"长风万里，归马驻平坡"，使我平添一份对平坡的思念。

我的父母之邦绵竹"遵道镇"，清嘉庆年间始设道场，称之为"遵道观"。我爷爷的爷爷从广安迁到绵竹而选择定居遵道观，大概与传说中道家始祖老子同姓有关。道德在道教中是最高信仰，"万物莫不尊道而贵德"，后来道德也被儒家借用，当然其含义已不相同。"遵道"也是做人处世的一种美德，古人云"既遵道而得路""务积德于身而处之以遵道""君子遵道而行"。投老之年，由平坡到遵道，信哉斯言！故本集名之曰《平坡遵道集》。

感谢朱玉麒兄邀约，去年就希望能入选"凤凰枝文丛"第一辑，但当时已将《宋夏史探知集》交付中国社会科学出版社，在选录文章时颇多重复，故没有被列入。其后玉麒兄又两次问及重选稿事宜，真是令人感动。

李华瑞

2021 年 3 月

目录

第二辑　中古政治文化

第三辑　宋辽夏金史

第一辑　中古经济史

《三至十四世纪中国的权衡度量》评介

郭正忠先生继 1990 年推出皇皇巨著《宋代盐业经济史》后，新近又一部力作《三至十四世纪中国的权衡度量》（中国社会科学出版社，1993 年）问世了。虽然此书时间跨度逾千年，但据著者所言，"本书的考察范围，原仅以两宋为主，而略及前后，鉴于度量衡的连贯性特征，这一限定范围又不得不稍事拓展，上溯五代隋唐乃至魏晋南北朝，下及于元世，其重点则仍在两宋"（第 2 页），单从篇幅而言，论述两宋的权衡度量约占三分之二。

郭著全书 35 万言，共分 5 章，分别论述了"汉魏至唐宋时期的权衡变迁""汉魏至宋元时期的权衡计量""隋唐宋元之际的尺度与步亩""魏晋隋唐宋元时期的容量器制""宋代度量衡的机构设施与管理体制"。郭著内容丰富，史料翔实，创新甚多。以下仅就其甚为显著的几个方面作一些评介。

一部学术发展史告诉人们，一切学术，都是以反映客观实际的事实材料为依据，而学术上的每一次进步和更新，不仅要求在事实材料的掌握上要超过前人，而且在认识和理解上更要超过前人。郭著正是这样一部在事实材料上和认识理解上均超越前人的学术专著。郭著既充分重视和广泛搜集出土实物资料，又深入发掘和全面占有文献资料，既注重对实物准确无误的鉴定，又长于对文献资料的精心考辨。尤其是对带计量性质的历史文献资料，为了确定其是否信实可靠，均作了认真细致的考辨，纠正了以往由于史料未经辨析而致误的一些论断。如说北朝借用大秤而南朝皆依古秤；五代度量衡"多相因袭"于唐制；宋器皆太府寺掌造；宋代的"省尺"即三司布帛尺；古衡无"分"，分厘衡制与等子创自于宋，等等。

在前人研究的基础上有所推陈出新是郭著又一显著的特点。自二十世纪三十年代吴承洛先生《中国度量衡史》问世以来，在半个多世纪中，"考古学者们不断地将珍贵的出土实物资料奉献出来""文献研究者也以更为翔实的史料撰文著述"，可以说有关度量衡方面的研究取得了引人注目的成果。但通览郭著便会发现，对三至十四世纪这段历史时期的中国权衡度量，郭著又在前人研究基础上大大提高了一步。最明显的例子即是打开郭著，每一章节都是在对过去的一些论断或有争议的问题进行再探索中展开的。郭著较前人有所创新的论点概括起来表现在三方面，一是纠正或辨证前人失误，二是解决前人因客观条件长期未能解决的某些疑难问题，三是拓展前人已研究但还不够深入的领域。如关于魏晋南北朝至隋初权衡量值剧增的原因，以往的研究者一般都归为官府"贪政"，即统治者随意用扩大斤两标准的办法，来克剥民众。郭著另辟蹊径，即对医书中"单秤"与"复秤"资料作了缜密研究后，大胆推断在社会条件之外，还潜藏着另一种权衡器制内在的因素（第32—42页）。又如斛与石的关系，是量制上长期争议的话题，过去有一种几乎成为定论的说法，以为宋代将一石为斛改成五斗为斛，其小口方斛乃贾似道所创，一直行用至清。对此，郭著举出七个颇有说服力的例证，认为这种说法与史实不相符，实际上，从北宋至南宋末，石与斛仍常通用。作为量制，它们基本上没有分为两个层次，只有在使用特殊的斛时，才发生例外（第387页）。再如关于宋代标准官样的斤两轻重问题，郭著通过辨析宋人对当时权衡与古秤轻重的考订比较和对近年出土实物资料的鉴定，一反宋代一斤当今596.82克、宋代一两当今37.3克的成说，而得出宋一斤大致相当于今天的640克，一两则约当今40克的新见解（第203—223页），类此新论，在郭著中可谓俯拾即是。

郭著的第三个显著特点，是迄今为止第一次全面系统论述和整理了两宋时期度量衡的发展演变。毋庸置疑，郭著对宋代权衡器物、斤两轻重、尺度步亩、容量器制的重新考订和一些拓荒性的研究，不仅纠正和补充了过去宋代度量衡史研究中的失误和不足，而且势必对带有计量性质的宋代社会经济史的研究产生重大影响，将有助于人们更加清晰、精确地描述宋代社会历史的发展演变。

当然，本书也有一些不足之处，本书以考辨见长，但在书后没有开列引文目录、版本，给读者阅读及检索带来诸多不便，本书每一章节讨论、辨析的问题相当复杂，若将讨论、辨析的结果作一凝练的总结，附于每章之后，会使读者感到清晰。此外，为方便读者利用本书的最新成果，书后似还应制作三至十四世纪权衡度量变化与今天度量衡标准数值的对照表，以提高本书的使用价值。

原刊于《宋史研究通讯》1994 年第 1 期（总第 24 期）

走出"宋代近世说"

——《宋夏史探知集》自序

这是我的不重复选录的第五部论文集。主要收入论文与序言共36篇，其中宋史10篇、西夏史3篇，回忆前辈的文章8篇，1999—2014年辽宋西夏金元经济史研究述评15篇。这里需要特别提示的有三点：

第一，二十世纪初日本学者内藤湖南提出的"宋代近世说（唐宋变革论）"假说在二十世纪国际宋史学界产生巨大影响，但是直到进入二十一世纪才在中国大陆引起广泛关注。自2018年《古代文明》发表拙稿《唐宋史研究应当翻过这一页——从多视角看"宋代近世说（唐宋变革论）"》以来，唐宋史学界许多朋友以为我是"唐宋变革论"的否定者，其实这是一个误解，确切地说，我不是简单的"否定者"，而是"扬弃者"。"宋代近世说（唐宋变革论）"假说至少在两个方面得到国际包括国内绝大多数学者的认同：一是首次打破王朝体系，从长时段观察中国古代历史，且对推动国际宋史学的发展做出很大贡献；二是将唐宋之际作为中国历史发展分期重要的观察点，唐宋之际发生了从中世纪到前近代社会的深刻转型，尤其是在思想文化领域诞生了与汉学并峙的"宋学"，对其后六七百年的中国历史产生了深远而广阔的影响。那么为何又要"扬弃"呢？一是囿于当时提出这个假说的历史背景，用西方发展道路演绎或分期中国历史的方法，到二十世纪七十年代从方法上已受到国际史学界的共同扬弃；二是"宋代近世说（唐宋变革论）"的基本概念存在着这样或那样的不足，如"贵族政治""中国本土"甚或"江南模式""文艺复兴""国民主义"并不完全符合中国历史的实际；三是从二十世纪二十年代内藤湖南提出"宋代近世说（唐宋变革论）"到现今已经有近百年了，而进入大陆学界并成为热点也已有二十年了，但是国内的学者对这个假说进行认真反思的人并不多，绝大多数都是跟着感觉走，特别是将"宋代近世说（唐宋变革论）"作为贴标签式的研究成为二十一世纪以来唐宋史（主要是思想史、文学史、艺术史）研究的一大景观，"宋代近世说（唐宋变革论）"就像一个筐，什么东西都可往里面装，尤其是在很多人眼里已成了不证自明的"公理"，这无疑对唐宋史研究的发展是弊大于利的，所以我强调唐宋史研究特别是宋史研究应当翻过这一页，应当走出"宋代近世说（唐宋变革论）"，期望学者们在新的高点和平台上，对唐宋史研究再出发。

第二，论文集收有一篇《论北宋后期六十年的改革》，文章写得不够成熟，但是是我近十几年来对王安石及其变法研究的一些新思考。2004年出版《王安石变法研究史》之后，我总觉得过去对王安石变法的研究主要局限在两个方面，一是对王安石变法的道德评价，不论是从南宋以后至晚清，还是二十世纪，都贯穿了是非之争这一主线，二是过多地把王安石变法局限在影响北宋中后期历史功过成败的评判上。当然，这两个局限，主要还是受《续资治通鉴长编》《宋史》和宋人笔记小说、文集等传世文献的影响，当代人修历史、评历史难免不落入盖棺论定、成王败寇的窠臼。明年是王安石诞辰一千周年，由他主导的变法都过去了近千年。我个人以为盖棺论定式的研究是历史研究中不可或缺的，也是最基本的，但仅停留在重复是非之争、功过成败的讨论这个层次应当是很不够的。所以开阔视野、从唐宋的历史走向来重新审视王安石变法是我将来重点思考的问题。就我目前的认识来说，王安石变法至少在四个方面反映了唐朝中叶以来历史转型的轨迹：一是虽然王安石在政治上被南宋最高统治者和理学家们否定，且遭到尖锐的批评和斥责，但是变法派以货币、市场为手段增加工商税收缓解财政支绌的施政理念，不仅在北宋后期得以贯彻执行，而且影响了南宋从始至终的财经政策，这也正是历史的吊诡之处。二是王安石新法控制和稳定社会基层的措施（保甲法、免役法）从南宋一直沿袭到晚清，保甲法甚至影响到民国的新政，这种历史的契合体现了统治者们什么样的治世思想？三是王安石变法不仅仅是为了富国强兵，更是一场变革社会的运动，其"均济贫乏"的理念和实践作为南宋以后至晚清历朝统治阶级集团推行"仁政"的核心，得到继承和发扬，尽管形式不尽相同。四是北宋后期所确立的科举、教育与经学相结合的选官模式，一直延续到近代辛亥革命爆发的前夜，对后期中国历史产生莫大影响。

第三，论文集收了15篇评议1999年至2014年辽宋西夏金元经济史的文章。这是从2000年起，应《中国经济史研究》常务副主编、我的大学学兄魏明孔先生的邀请，每年为"中国经济史研究述评"栏目所作。2012年这个栏目停办，2013—2015年我又坚持写了3篇，原本打算写到2019年，二十年作为一个有纪念意义的整时段，然后再回头总结二十一世纪最初二十年宋辽金元经济研究史发展的脉络和趋势，可惜没能坚持下去，不知不觉已跨入2020年，今后续写也已时过境迁，不能为继，所以这次把15篇论文收到文集里算是一个了断。2019年第1期《澳门理工学报（人文社会科学版）》刊发李伯重先生《学术创新：根治"学术垃圾"痼疾之方——以历史研究为中心》的文章，其中说到："据李华瑞统计，2004年以前的五十年中刊出的宋史研究论著总数多达1.5万篇，而其中绝大部分刊出在 1979 年以来的二十五年中。但是与这种数量剧增相伴的，却并非质量的提高。在 1.5 万篇宋史论文中，有三分之一到二分之一是完全没有学术价值的废品，余下的到底有多少具有较高的学术价值也很难说。"李伯重先生记述的这段话，大致发生在 2004 年 10 月。当年中国社科院历史研究所举行建所五十周年所庆，当时我与蔡鸿生、李根蟠、李伯重、李治安等先生作为所外专家特邀代表参加了纪念会，会议主题是回顾总结中华人民共和国成立五十五年来的史学成就，商讨推动历史学发展和繁荣的途径。其中讨论学风、学术规范是话题之一。我在会上以二十世纪王安石变法的研究为例说过，在检索到的一千多篇文章中，有一定水准的论文不及三分之一，其他文章多是低水平的重复之作或泛泛而谈的应景之作，所谓"泥沙俱下"现象十分突出。李伯重先生顺便问道，二十世纪的宋史研究是否与王安石变法研究类似，我回答说可能要好一点，但可以肯定的是，三分之一到二分之一的论文是重复、炒冷饭之作。为什么会产生如此多的学术垃圾呢？李伯重先生说得很好："'学术垃圾'之所以出现，一个关键是学者缺乏创新精神。"另外还有一个重要原因，是缺乏学术批评精神，特别是二十世纪八十年代以来专业期刊刊发大量的综述文章起了推波助澜的作用，我在回忆《跟随漆侠师学宋史》一文说过"记得漆侠师常常叮嘱我学术综述文章尽量少写，因为写评述文章不是人人都能写，要写出断代史和某个专题史在某一年或某个时期的研究状况，首要是看这一年新的进步在哪里，特点是什么，不足又在哪里，所以评述文章写好很不容易，也就是说能够总结得失者本身要对所写的内容有相当研究，熟悉基本材料基本观点，写出来要对专题研究、问题讨论有启发作用，而对那些炒冷饭、拾人牙慧的文章则不应介绍。不加总结、分析的一锅烩式的介绍，对学术发展有害无益，对培育良好的学风有害无益，这样的评述写了不如不写。金玉良言犹在耳边，这对现今综述、评述文章成为最好写、最易写的现象不能不是中肯的批评。"由此回过头来看看自己写的15篇述评肯定是没能遵循老师的谆谆教导。但是《中国经济史研究》之所以办"中国经济史研究述评"栏目，其初衷是本着学术批评促进中国经济史研究发展为目的，但是国内很多相关期刊纷纷给《中国经济史研究》编辑部写信，要求栏目所发文章扩大信息量，只要在年度述评中能够出现各自刊物的名称和发表的论文题目就可以，因为这是期刊评估所要求的。在这样的氛围下，我所写的15篇虽不完全是流水账，但是对每年辽宋西夏金元经济史研究终究缺少学术批评的力度，这是非常遗憾的，也是要特别申明的。

原刊于《宋夏史探知集》，中国社会科学出版社，2020年；2020年12月7日，《北京日报》以《走出"宋代近世说"》为题发表，有删减。

北宋时期经济重心南移了吗？
——评程民生《宋代地域经济》

  经济重心南移是中国古代经济史研究中的一个重大课题。迄今仍是议论纷纭，莫衷一是，大致形成了南移完成于南北朝、隋、唐、北宋几种不同意见。但将南移时间确定在北宋后期之前，则无异议。然而，程民生博士的新著《宋代地域经济》截断众流，对多年来沿袭的定论提出不同的意见："概括而言，北宋南北经济各有特色。经济心从发展趋势上看正在南移，但从历史现状上看还未完成。东南经济只能与北方经济平分秋色，而不能独占鳌头。"

  通览《宋代地域经济》（河南大学出版社，1992 年），我们不难发现该书在四个方面独具特色。

  第一，程民生博士致力于宋代地域经济，特别是宋代北方经济的研究，几度寒暑，在检索宋人留下的大量第一手文献资料的基础上，对宋代北方经济作了全新的评估。根据他的研究，在农业经济方面，粮食生产的绝对产量，南方高于北方，但各地两税见催额，却是北方高于南方。在经济作物上，桑、蚕、麻的生产重心仍在北方，而棉花、茶叶的生产则以南方占优势。在畜牧业和渔业上，南北地理环境不同，北方有广阔草原，牧业极发达，而南方多湖泊和临海，渔业胜过北方。在手工业方面，号称现代工业有力杠杆之一的煤铁生产，以及纺织业、陶瓷业、酿酒业、建筑业等项目，北方胜于南方；而制盐、造纸、冶铜、造船业等项目则南方胜于北方。

特别值得一提的是，程民生指出，一般受地理限制的行业南北各有千秋，如北方产煤多于南方，南方铜矿多于北方，但不受地理限制的行业则北方大多胜于南方，这表明北方经济的深厚实力及活力。在国家财政收入方面，宋神宗时期东南六路（两浙、淮南、江东、江西、湖北、湖南）的两税、商税、盐、酒课、茶税、免役钱等项目所占国家财政收入总额数仅是北方（开封府、京东、京西、河北、陕西、河东）的79.6%，若再按现代衡量社会经济发展水平的人均产值来估算，河北、陕西雄居榜首。程民生依据各地主要赋税指标划分了三个类型的地区，即经济发达区：河北、陕西、两浙、淮南、京东、江东、开封府；一般地区：江西、河东、成都府路、湖北、湖南、福建、广东、梓州路、京西；经济落后区：利州路、广西、夔州路。显然北方诸路的大部分地区居于宋代经济发达区。我们知道，以往在讨论经济重心南移的标志的问题上意见分歧颇大，可是把南北赋税收入在国家财政收入中所占比重的高低作为重要的判断标准，则没有异议。那么北方主要赋税收入在国家财政总额上大于东南地区，无疑表明北宋时期经济重心仍然没有南移。

第二，该书运用辩证方法，客观地评估南北经济的实际发展状况。其表现有三，一是始终把握个别与整体的关系，即无论是叙及北方某区域的经济状况，还是叙及南方某区域的经济状况，不仅分析该地区的经济特色和不足，而且把该地区与其他地区进行综合比较，以便揭示该地区在全国所处的地位。如在论及宋代南北纺织业发展时，作者是这样评论的："比较而言，四川、两浙稍逊于河北，淮南也稍逊于京东。单项产品最突出的是陕西的毛纺织业、福建的木棉纺织业，但南方的棉纺织业尚不足以与北方的毛纺织业抗衡。染色、服装业以河北、开封为优，南方的花色品种如麻、葛等纺织品优于北方。与唐代相比，东南的丝织业发展很迅速，而且又出现了划时代的棉纺织业，发展的形势很好，但从整体上看，南方的纺织业尚没有超过北方。"二是实事求是，过去探讨两浙经济时，一般将其笼统地视作宋代最发达的经济区，但实际上浙东和浙西的发展相当不平衡。程民生指出，浙东在经济地理上，属山地硗瘠、田土稀少的落后经济区，浙西虽因地处有利于经济发展的太湖流域而堪称宋代最发达的经济区，但其发展也是不平衡的，如杭、润、睦三州相对比较落后。那种只把目光盯在太湖流域并以此作为两浙经济发展水平的认识是片面的。三是用发展的眼光看待宋代南北经济发展的变迁，作者指出，与唐代相比，北方大部分地区在大部分时间内都有新的发展，南方大部分地区则有显著的发展。北方地区的发展起点较高，南方地区的发展起点较低，北方的发展大体上是持续上升的，南方的发展则在北宋中期达到高峰，以后便放慢了脚步。

第三，该书把宋代区域经济分作四种经济形态。

（一）国防经济。河北、陕西、河东三路地处边防，经济活动受国防局势制约，财政为军队服务。由于北宋政府注重该地区的经济发展，其农业、手工业、商业、畜牧业堪称发达，为宋代国防奠定了雄厚的物质基础。这一经济形态的突出特点是具有很强的负重力和再生力。（二）供应经济。两浙、淮南、京东、江东、江西、成都等地，尤其是两浙、淮南、京东三路的大部分地区土地肥沃，水源充足，社会经济发达，能够提供一定的供应物资，成为中央财政的重要支柱。（三）自给经济。梓州路、福建、荆湖南北、京西南北、广东等地，地方经济实力平平，在全国国民经济中不占重要地位，基本上自给自足。（四）贫困经济。广西、利州、夔州等路或地旷人稀，或穷山恶水，生产方式落后，开发程度很低。过去论者对两浙、淮南等地供应京师朝廷（亦中央财政）注意较多，故而该地区的经济地位显得特别突出，而西北地区相形之下则缺少这样的光彩。四种经济形态的划分，有利于人们正确理解北宋时期南北方的经济地位，使我们知道，河北、陕西等地的收入主要用于当地军费开支或战略储备，其负担远非其他地区能相比拟。此外，北方绝大部分地区是北宋政治、经济依托的重心所在，而南方则只有东南六路堪与北方经济相当，其他一半地区仍处在不发达或正开发的阶段。

第四，以往论者认为宋廷南渡以后，南方经济较北宋时期更为发达。早在几年前，漆侠先生在其名著《宋代经济史》中提出南宋时期南方经济不如北宋，呈衰退的趋势，然而限于篇幅，未及论述。程书全面深入地论述南宋时期南方经济的发展水平，并探讨了南方经济衰退的原因。他认为南宋时期的南方经济有局部的、个别的发展，但总体上没有持续的发展，因而不宜过高估计。南方经济衰退的根本原因在于，北宋时期社会生产发展处于主流，封建剥削、土地兼并等阻碍经济发展的消极因素处于次要地位，但这些消极因素在增长着，到南宋时期渐渐成为主要方面。"如果说北宋社会摆脱了封建国有土地制的羁绊，取得了封建经济力量的剧增的话，那么，南宋社会则是陷入了封建大土地私有制的泥坑，出现了封建经济质的深化，使南方经济发展受到阻碍。"

史料是治史的基础，程民生博览群书，引用宋人文献达四五百种，可谓资料翔实、言之有据。此外，该书在编写方式上寓学术于通俗，文笔流畅，洋洋洒洒。虽是专业性极强的学术专著，读来却不使人感到枯燥或艰涩，这是非常难得的。当然本书也存在不足之处，如在南北人口素质、南北粮食亩产量的讨论中，作者虽然提出了一些具有一定说服力的材料，论证北方人口素质高于南方、北方亩产高于南方，但似不够充分，因而有商榷的余地。但瑕不掩瑜，《宋代地域经济》不失为近年宋史研究中的一部不可多得的力作。

原刊于《中国经济史研究》1994年第3期

从矿冶业看宋代经济

　　王菱菱博士用二十年磨一剑的功夫写就的《宋代矿冶业研究》（河北大学出版社，2005年）是一部很值得一读的佳作。

　　日、美学者一向把宋代作为中国近世的开端，对宋代经济的发展给以很高的评价，其中"铁煤工业革命"即是论及宋代出现经济革命的重要标识。因而宋代矿冶业的研究自二十世纪二三十年代起即受到学界的重视，但是长期以来对宋代矿冶业的研究多局限于矿产地分布、矿产量、生产过程、冶炼技术等方面，未得其全貌。王菱菱首次以专题断代通史的形式和分量，对宋代矿冶业中矿产地的地域分布规模特点及其岁课额、矿业开采冶炼技术及其发展、各类矿产品的社会需求、矿冶业生产经营方式的演变及其作用、各阶层矿冶户的经济状况及社会地位、矿冶业管理机构的设置与职能、宋政府的矿冶业管理诸政策与实施效果等作了全面系统、巨细无遗的研究。可以毫不夸张地说，《宋代矿冶业研究》的出版，不仅把宋代矿冶业研究提高到一个新的阶段，而且对准确衡量和认识宋代经济发展水平也大有裨益。资料翔实是《宋代矿冶业研究》的一个显著特点，宋朝的经济问题大多是通过财政和赋役表现出来，有关矿冶业发展状况及其与社会经济诸关系的资料相对较为匮乏和零散，因而研究难度较大。作者在二十年磨一剑的过程中，披沙拣金，广泛搜集各类金石文献资料，引用古籍书目达二百六十种，几乎达到"竭泽而渔"的地步。特别是充分利用天一阁藏明代方志中所保留的宋代矿冶业资料，为本书更上一层楼的论证另辟了新的史料来源。在资料占有超越前人的基础上，作者经过深入钩稽和缜密考证，对前人陈说有较大的修正。譬如关于宋代铁的产量，过去日本学者估计为年产量在五千吨至四万吨之间，而美国学者则高估为年产量在七万五千吨至十五万吨之间，如果按照美国学者的估计，中国在十一世纪中叶的铁产量可与十八世纪欧洲的铁产量相媲美，但是王菱菱博士从两宋时期长期持续铸造铁钱、制造铁兵器和铁成为生产胆铜的原料这三个方面，对铁的需求增长以及制造铁农具对铁原料的消耗总量进行新的估算，最后得出宋代最高年产铁量应该是三万五千吨至七万吨之间。这个新的结论比过去仅从铁税课额或农具耗铁量来估算年产量要科学严谨得多，因而具有较高的可信度，也更接近宋代铁的年产量的实际。又如过去讨论我国历史上银矿、铜矿开采技术中使用先进的"火爆法""灰吹法"时，大都依据明朝人陆容《菽园杂记》所引《龙泉县志》的记载，以为这些技术在明代较为普遍和成熟。但经王菱菱博士确考，陆容所引《龙泉县志》不是明代文献，而是南宋处州人陈百朋撰写。从而确凿地证明了宋代的采矿过程中已普遍采用先进的火爆法生产技术；同时还表明宋代劳动者在选矿熔炼过程中已能熟练地根据矿石质量或种类的不同而采取不同的选矿、熔炼工序。这就大大提高了人们对宋人在我国银矿、铜矿开采技术发展史中所作的贡献和地位的认识。像这类极具学术创见的考证和议论在书中可说是俯拾即是，充分说明《宋代矿冶业研究》是一部有很高学术价值的佳作。

原刊于《光明日报》2006 年 1 月 28 日

宋朝的"夜间经济"缘何兴盛

"夜间经济"是20世纪70年代以后提出的经济学名词,又称"夜经济",是第三产业的重要组成部分,大致包括购物、餐饮、娱乐、休闲、旅游等类的经营和消费。在我国古代与这个名词相对应的是"夜市"。夜市一般是指"夜间交易市场或夜间商业活动"。也有学者引申为"古代夜市与日市相对,是商品经济发展的产物,是城市及城市经济的衍生物,是指在夜间进行的商业经营活动或场所"[①]。虽然现今不少学者把中国古代夜市的起源追溯至汉代,有的甚至追溯到殷周之际,但是严格意义地讲,具有现代夜间经济诸特征的夜市,则起自中晚唐:"夜市千灯照碧云,高楼红袖客纷纷。如今不似升平日,犹自笙歌彻晓闻。"

[①] 张金花、王茂华:《中国古代夜市研究综述》,《河北大学学报(哲学社会科学版)》2013年第5期。

（王建《夜看扬州市》）到宋代才兴盛起来，并日臻成熟。

一、宋朝夜间经济的兴盛

（一）大都市夜间经济的繁盛，不仅汉唐不能企及，明清也不能超越。

北宋首都开封、南宋行在临安（杭州）都是具有百万以上人口的大都市："夜市直至三更尽，才五更又复开张。如要闹去处，通晓不绝。"[1] "大抵诸酒肆、瓦市，不以风雨寒暑，白昼通夜，骈阗如此。"[2] 南宋都城临安的夜市与东京开封相比有过之而无不及："杭城（即临安）大街，买卖昼夜不绝，夜交三四鼓，游人始稀。五鼓钟鸣，卖早市者又开店矣。"[3]

东京的主要街区都有夜市，店铺林立。朱雀门外尤以"州桥夜市"与"马行街夜市"两处较大，东大街也是"街心市井，至夜尤盛"[4]。即便是禁地皇宫周围也有

① 孟元老撰，伊永文笺注：《东京梦华录笺注》卷 3《马行街铺席》，中华书局，2006 年，第 312 页。

② 孟元老撰，伊永文笺注：《东京梦华录笺注》卷 2《酒楼》，第 176 页。

③ 吴自牧：《梦粱录》卷 13《夜市》，《全宋笔记》第八编第 5 册，大象出版社，2017 年，第 222 页。

④ 孟元老撰，伊永文笺注：《东京梦华录笺注》卷 2《朱雀门外街巷》，第 100 页。

酒楼、店铺。宋仁宗时半夜酒楼作乐喧嚣声甚至传入皇宫内①。商品交易、娱乐、服务性场所或机构有很多，其中在夜间经济扮演重要角色的是酒楼、茶肆、邸店（客店）、塌坊（仓库）、瓦舍（瓦子）、妓馆。经营餐饮、住宿、百货、仓储等项目。

（二）定期、定点的夜市遍及全国城乡。

第一，定期集市夜间经济有三类：一是在都市固定的地区有定期市。如汴京大相国寺，"每月五次开放，万姓交易"，通宵达旦。二是专门性商品的定期集市，如有灯市、药市、蚕市、花市，往往形成较为长久的传统，延续数十甚至百年不变，每次都能汇集四面八方的商贾、客旅、交易、游玩，夜以继日，甚为兴盛。三是有许多伴随着村落共同体的土地神和佛教、道教等寺庙的祭礼而举办的庙市。庙会、庙市交易时间长，往往至深夜，交易的商品多是各地特产，由长途贩运而来。

第二，节日夜市。宋代节日很多，有官方确定的节日，如圣节（皇帝和和太后的生日）、元日（又称正旦，新年）、上元节（正月十五，元宵节）、中和节（二月一日）；有节气性节日：如立春、清明、立秋、立冬、冬至等较为重要。此外，还有一些季节性的节日，如端午、七

---

① 施德操：《北窗炙輠录》卷下，《全宋笔记》第三编第8册，大象出版社，2008年，第203页。

夕、中元（七月十五日）、中秋、重阳、腊八、除夕等节。宗教性节日，如佛日（四月八日）。据庞元英的记载："祠部休假，岁凡七十有六日。"[1] 重要节庆日一般都有庆典、商贸、娱乐、休闲活动，往往延续至夜晚。如正月初一"开封府放关扑三日。士庶自早互相庆贺……向晚，贵家妇女，纵赏关赌，入场观看，入市店饮宴。惯习成风，不相笑讶。至寒食、冬至三日亦如此"[2]。上元张灯，唐朝岁不常设，宋太宗时不禁夜，"观灯之盛，冠于前代"[3]。

（三）宋朝南北方都城州县夜市多分布在水陆交通线和商业型城镇。

以杭州为例，"其富家于水次起造塌坊十数所，每所为屋千余间，小者亦数百间，以寄藏都城店铺及客旅物货"[4]。而在州县城、镇市和草市等市场街、村市和虚市等农村场地，以及村落内，还有州县城之间约二三十里的地方，虽然塌坊、邸店的规模不及大城市的那么大，但

---

① 庞元英：《文昌杂录》卷 1，《全宋笔记》第二编第 4 册，大象出版社，2006 年，第 117 页。

② 孟元老撰，伊永文笺注：《东京梦华录笺注》卷 6《正月》，第 514 页。

③ 朱弁：《曲洧旧闻》卷 7，《全宋笔记》第三编第 7 册，大象出版社，2008 年，第 161 页。

④ 耐得翁：《都城纪胜·坊院》，《全宋笔记》第八编第 5 册，大象出版社，2017 年，第 18 页。

也确实都分布有兼营住宿和仓库的客店、邸店或仓库业、停塌之家。客店、邸店、店户、牙铺（中介）是来往于乡村、州县城客商与乡村、州县城生产者、消费者之间的服务桥梁。

（四）宋朝发达繁荣的夜间经济为国家财政提供了巨大的利源。

宋朝的酒茶课额一般可达 2000 万贯，其中来自夜间经营收入的份额可能不低于 30%。夜间经济整体在国家财政货币收入总额中所占比重，保守地估算应在 5%—10% 之间。

二、唐宋之际市籍制、市制的演变

宋以前夜间经济没有大的发展与汉唐市籍制和市制的束缚分不开。汉代市籍制是限制城市居民特别是工商业者的一种身份制度。一方面，登记在市籍的工商业者身份低贱，另一方面，该制度限制市籍之外的行商、坐贾、逆旅以及从事副业的农户经营商贸活动。唐朝的市籍制虽然比汉代的市籍制有所松动，但是在将商贾登记于市籍、市籍远役、市籍家属不得如乡籍名田、工商异等、农工不迁、市井之子三代内不居官吏等方面，都打上了汉代市籍制的烙印。唐代"市籍登记的市肆只限于土户"，换言之，在"市"内可以开设店铺的土户商人在市署登记为市籍，不在市籍之内的行商逆旅依然被排除在外。显然，市籍制的种种规定无不贯穿着抑制工商的思想。

唐朝的"市制"还包括坊、市隔离制度和宵禁制度。根据唐朝实行的坊制，城市内部根据道路直角划成正方形区域，即所谓坊。每一个坊有围墙，早晚关闭，维护夜间治安。唐代的市指定为相会交易之所，即常设店铺，多数店铺群集一处，则为商业区域，即大都市之"市"。同业商店集于同一街巷。旧"街市内货财二百二十行，四面立邸，四方珍奇，皆所积集"[①]。可以说，市籍制与市、坊的隔离制是唐代城市发展中特定时期封闭的市场体制的伴生现象[②]。

但是这种封闭的市场体制自唐中叶开始渐趋松动、走向衰落。首先是坊、市隔离制度在唐末五代逐渐崩溃，20世纪30年代，日本学者加藤繁归纳宋代城市市场形态："到了宋代，作为商业区域的市的制度已经破除，无论在场所上，无论在时间上，都没有受到限制。商店各个独立地随处设立于都城内外。""以前存在于市的内部的同业商店的街区，到处看到超越了它的旧的限界。定期市在同业商店

---

① 宋敏求：《长安志》卷8《东市》、卷10《西市》，《宋元方志丛刊》第1册，中华书局，1990年，第118页、第128页。
② 参见姜伯勤：《从判文看唐代市籍制的终结》，《历史研究》1990年第3期。

的街区以及交通便利的河畔、桥畔等处繁盛地举行。利用寺观或其他地方一旬举行几次或一年举行几次的定期市也时常举行。仓库也随着方便，自由设置。"（《中国经济史考证》）

坊、市分离制度的崩溃又加速了唐末五代市籍制退出历史舞台，城市居民有了"坊郭户"的新名称，宋朝城镇坊郭户分为主户、客户，包括经营大小商铺的坐贾、手工业作坊、各种服务性行业中有产业的民户和无产业的民户。划分主户及区分户等的标准是房廊、邸店、停塌、质库、店铺的房产和营运钱的情况，城镇坊郭户分为十等。他们取得了在街市自由开设店铺的权利。

随着市籍制以及坊、市隔离制度的破坏和衰落，唐朝"京夜市，宜令禁断"[1]，凡闭门鼓响后及开门鼓未响前，行人皆为犯夜，"笞二十，有故者不坐"[2]，到了宋朝有了根本性的改变，允许民众夜晚出行购物、娱乐。宋太祖乾德三年（965）颁敕令"夜漏未及三鼓，不得禁止行人"[3]，宵禁时间延长至三更。宋真宗朝以后夜间营业，不关坊门，警示坊门的街鼓之声已不再敲响，"不闻街鼓

---

[1] 王溥：《唐会要》卷 86，中华书局，2017 年。

[2] 这是宋朝建立之初执行唐朝的制度。窦仪等：《宋刑统》卷 26《杂律》，中华书局 1984 年，第 418 页。

[3] 李焘：《续资治通鉴长编》（以下简称《长编》）卷 6 "乾德三年四月壬子"条，中华书局，2004 年，第 153 页。

之声，金吾之职废矣"[①]。北宋徽宗时期，随着侵街建筑的合法化，夜市的范围更加扩大。从此，东京城内普遍出现了"夜市"与"早市"，居民生活更加丰富了。

三、宋朝商品经济和消费市场的大发展

夜间经济通常是在物流发达、商品交易频繁的条件下，才能既补充白昼经营之不足，又满足对夜间消费生活的持续需求，宋朝商品经济的大发展为消费市场提供了强有力的支持。

（一）商品经济与商业的发展。

唐中叶以来，商品经济有了长足的发展，至宋代随着政局的安定，农业、手工业的发达和进步，宋代商品经济进入一个快速发展的阶段。宋代商品基本上是由具有生活资料性质的和生产资料性质的两类商品构成。具有生产资料性质的商品诸如铁制和木制的各种农具犁、耙、镘、锄、镰刀、耘荡、锄柄、辘轴等等，以及刀、剪、针、水车、舟、船、车和耕牛之类，大都使用于生产上，因而构成为具有生产资料性质的商品。

具有生活资料性质的商品——"一食二衣"，是人类

① 宋敏求：《春明退朝录》卷上，《全宋笔记》第一编第 6 册，大象出版社，2013 年，第 264 页。

的两大基本需要。米面和布帛，是宋代商品最重要的两大组成部分，在整个贸易交换中占很大比重。此外，在宋代，珠、玉、犀、瑁、盐、茶、酒、木材、高级丝织品等商品产销较唐代有较大增长，且多是长途贩运的重要商品。

随着市场和长途贩运的发展，各种产业日益显现出向地方性集中的趋势。宋代商品的流通和交换已经形成四个大的区域市场：江南区域市场、川峡诸路区域市场、华北区域市场和西北区域市场。四个市场除在本域互通有无，由于北宋时商品多流向汴京，因而又表现出商品从南向北流这一特点。总之，乡村流向城市的产品远远超过了城市流向乡村的产品，即使是在农业生产最发达的地区亦不例外。

宋代的海外贸易发达。宋朝出口商品种类颇多，向高丽、日本及南海诸国输出了铜钱、银、谷物、奢侈织品、香料、书画、木材、书籍、文具、瓷器。其中最有特色的则有瓷器、丝织品和铜钱三项。宋代的进口商品品种繁多，输入宋朝的有南海、日本的香料、象牙、犀角、热带植物、珍珠、玳瑁、棉花、金、银、硫磺、水银、螺钿。宋代海外贸易之盛况，以泉州的记载为例，"州南有海浩无涯"，"每岁造舟通异域"，"更夸蛮货，皆象犀珠贝之珍"[①]。

---

① 祝穆：《方舆胜览》卷12《泉州》，中华书局，2003年，第214页、第215页。

又如明州，"乃海道辐凑之地，故南则闽广，东则矮人国，北控高丽，商舶往来，物货丰衍"①。在广州，由于大量舶货的拥入，以至有"斛量珠玑若市米，担束犀象如肩柴"之诗②。

大的区域市场的形成和城乡贸易、海外贸易的发达，促进了全国性商品流通和社会分工的新发展，加上官僚迁转赴任、军队轮守换防、公文邮递驿传、士人赴考旅行等数量的增加，极大地刺激了陆路、内河、海运等交通运输业的发展，这是京城、州县城镇、交通线、商品集散地的以旅店、仓储、酒楼、茶肆为主要经营内容的夜间经济兴盛的又一重要原因。

（二）大众消费的多样化。

在宋朝，无论城市还是农村，都把米、盐、茶、油、酢、豉、菜、薪炭视为生活之必需品，宋以前亦然。但是除了必需品，宋朝人也列入酒、姜、胡椒、羹、汤和砂糖等高级消费品。尤其是米、茶、胡椒，大致是宋代以后才普及的食品。所以大众消费内容的丰富多彩，是从宋朝才开始出现的。

大众消费的普及，从流通过程譬如农村市场交易的实

① 祝穆：《方舆胜览》卷7《庆元府》，第121页。
② 郭祥正：《青山集》卷8《广州越王台呈蒋帅待制》，《文渊阁四库全书》影印本，台湾商务印书馆，1986年。

例也能够看得出来。当时的村落市场交易品有米、麦、粟、菜、豆、水果、鱼鲜、猪、斗、鸡、鸭及麻、楮、农具、酒、盐、茶、薪、纸、扇、竹、木、箔、油、炭、曲、布、絮、牛、柴、面、席等等。

在宋代以都城和州县城为生活居地的权贵、士大夫、富民的奢侈消费增大并很快地向庶民中间渗透，大众消费中日常必需品的扩大和多样化，清晰地表明物流的增加，从而大大提升了市场购买力。

四、宋国家财经政策的导向

宋朝施行的财经政策是夜市兴盛的重要原因。

自唐中叶均田制瓦解，建立在均田制基础上的府兵制也随之失去了赖以存在的根基，因而从唐中叶开始渐次实行募兵制，到了宋朝，募兵制完全取代征兵制。由招募而来的国家常备军数量从宋初的二十余万到北宋中期以后超过百万，养兵费用常占国家财政支出的七八成，达四五千万贯之巨。为了增加财政收入，宋廷差不多是中国历代王朝自始至终唯一一个对绝大多数重要商品施行专卖制度的政府。尤其是盐、茶、酒、香料、醋、矾等事关民生的大宗商品专卖力度更大。宋朝的专卖制度有三个特点：一是经营方式自北宋中期以后主要采取官商结合。利用市场机制推行专卖，出现了类似于现今的招投标制度即买扑制。盐、酒、茶、醋都可以买扑，即由商贾、富豪承包买卖。二是以最大化攫取专卖利润为原则，采用赏格法、磨勘法等奖励机制鼓励产销。"今茶盐酒税监当之官，法已详矣。登格者有赏，亏损者有罚。人非木石，谁不自励。"[1] 三是放开零售批发市场，鼓励多产多销，譬如对酒的专卖就是"惟恐人不饮酒"[2]。因此酒楼"夜市尤盛"[3]。南宋建炎以后有俚语云："欲得富，赶着行在（杭州）卖酒醋。"[4] 其他专卖品也可以此类推。

在宋朝财经政策引导下，社会的营利思想有了很大改变，蔡襄说："凡人情莫不欲富，至于农人、商贾、百工之家，莫不昼夜营度，以求其利。"[5] 司马光也说："无问市井田野之人，田中及外，自朝至暮，惟钱是求。"[6] 孙升更是形象地说："城郭之人日夜经营不息，流通财货，以售百物，以养乡村。"[7] 南宋杭州的商业买卖"其夜市除大

① 华镇：《云溪居士集》卷24《上西京运使李龙图书》，《宋集珍本丛刊》第28册，线装书局，2004年，第303页。

② 吕祖谦：《历代制度详说》卷6，《文渊阁四库全书》影印本。

③ 孟元老撰，伊永文笺注《东京梦华录笺注》卷2《潘楼东街巷》，第164页。

④ 庄绰：《鸡肋编》卷中，中华书局，1983年，第67页。

⑤ 蔡襄：《蔡忠惠公文集》卷29《福州五戒文》，《宋集珍本丛刊》第8册，线装书局，2004年，第193页。

⑥ 李焘：《续资治通鉴长编》卷252"熙宁七年四月乙酉"条。

⑦ 李焘：《续资治通鉴长编》卷394"元祐二年春正月辛巳"条。

内前外，诸处亦然……百色物件，与日间无异。其余坊巷市井，买卖关扑，酒楼歌馆，直至四鼓后方静"，"卖早市者又开店矣"①。

原刊于《人民论坛》2019年第10期，原题为《古代夜市，为何宋朝最兴盛》。此次收录有改动。

① 耐得翁：《都城纪胜·市井》。吴自牧：《梦粱录》卷13《夜市》。

评《明清高利贷资本》

　　高利贷资本是一种古老的生息资本，它广泛存在于前资本主义时代，因其利率高昂、剥削残酷，对于这种古老的资本形态，不论是在中国还是在域外，长期以来无不受到社会广泛的道德谴责，许多著名的文艺作品以此为题，借以暴露和鞭笞它的罪恶。而在近代以来的中外经济史研究上，绝大多数学者对高利贷资本的历史作用亦持全盘否定、批判的态度。只有极少数的学者力图深入社会再生产、从商业流通领域内部来探讨高利贷与社会经济运行的必然联系，既肯定其消极作用，同时着重探讨其对生产、流通的一定程度上的积极作用。刘秋根博士即是这极少数学者当中的一位。刘秋根博士从事中国古代高利贷资本研究已有多年，在 1995 年出版的《中国典当制度史》一书中，他已开始注意到，作为高利贷资本之一种的典当业，在商业货币经济保持一定发展的前提下，因其自身特定的经营特点，为古代再生产所必需，并对生产、流通发挥了一定的作用。这一探索性的观点在他新近出版的《明清高利贷资本》（社会科学文献出版社，2000年）得到了全面、系统的论证和表述。可以说刘秋根博士的新作，不仅对研究中国古代高利贷资本乃至中国古代经济史作出了重要贡献，而且对深化理解和重新认识马克思主义经典作家关于前资本主义社会的资本理论亦具有一定的理论价值。

《明清高利贷资本》的创新贡献，首先表现在从理论上廓清了以往对高利贷资本认识上的一些盲区。作者认为过去对高利贷资本的全盘否定，在理论上主要是源于马克思对高利贷资本作用的论述。而马克思对高利贷资本的历史作用的论述，主要是从生产方式变革的角度，或者说是从研究资本主义生产方式起源的角度所做的一种整体评估，他正确地评价了适应以自耕农和小手工业者占优势的生产方式要求而"具有特征形式"的高利贷资本的保守性：是剥削已有的生产方式而不是创造这种生产方式，因而谴责了高利贷资本对小生产方式的破坏和毁灭。但毋庸讳言，作为揭示资本主义经济发展规律的理论著作，马克思没有也不必对高利贷资本与经济运行的关系作全面具体的研究。换言之，马克思评价高利贷资本的出发点限制了马克思对高利贷资本在前资本主义社会中的"从属形式"即"商人为牟取利润而借贷货币的形式"去做系统而又具体的论述。从这个角度而言，过去对高利贷资本的研究，只讨论了马克思已经讨论过的问题，而对马克思未作具体讨论的问题亦未作认真的讨论。所以，刘秋根博士在马克思主义理论指导下，结合中国历史实际，对马克思及学界未能具体讨论的高利贷资本的"从属形式"的探究，既反映了他勇于创新的精神，也表现了他对马克思关于前资本主义时代高利贷资本理论的贡献。

全书分六个专题："明清高利贷资本的形成及发展""明清商业、高利贷中的合伙制""明清高利贷资本活动形式""明清高利贷资本利率""明清农村高利贷资本""明清城市高利贷资本"，这些专题对明清高利贷资本进行了全面、系统的论述。其基本观点是：（一）中国古代高利贷资本对商人的资本放贷相当发达，至少进入明清以后，商人负债经营已相当普遍，因此，如果说封建社会商品资本经济的发展有赖于商业资本总量的扩展和单个资本规模的增加的话，那么这种扩展和增加在相当程度上是与高利贷资本的活动分不开的。明清时期随着商品货币经济的发展及生产方式的变化，高利贷资本得到了更大发展，社会财富通过多种途径转化成了高利贷资本。高利贷资本的总量有了较大增加。（二）将高利贷资本明确区分为"生活性、消费性"和"经营性、生产性"两种不同性质的借贷关系，即这种借贷既有对小生产者、地主、贵族的生产性、生活性借贷，也有对商人、手工业者的经营性、资本性借贷。（三）尤其是 16 世纪以后，商品货币经济的发展更加明显，随之人们在生活、生产过程中对货币、资本的需求也有了显著增加，而生产成本更是如此。与此相应，高利贷资本存在着各种适中或较低的利率，随着资本的流动，这种较低利率从整体上趋向往一些利率高的地方普及，从而带动高利贷资本利率在整体上呈稳定及下降之势，这就使得高利贷资本向生产、流通领域放贷成为可能。（四）整体上说，不论农村、城市，那种生活性、消费性借贷的盛行本身即是基于中、下层阶级生活的贫困，而且风险大、利率高昂，剥削是相当残酷的，虽然它也有促进城乡生活货币化的作用，但从整体上说，它的作用是消极的，也正是因为如此，高利贷资本受到历代社会舆论的谴责和鞭笞。而这种借贷在明清城乡各地仍然广泛存在。（五）明中叶以后，中国古代高利贷资本也开始了向近代借贷资本的转化，然而因信用制度发展的滞后及资本主义萌芽关系的弱小，高利贷资本社会化暨向近代借贷资本的转化过程未能彻底完成，因而生息资本主要仍是一种处于生产过程之外，与经济过程对立的因素，这大致是具有"从属形式"性质的高利贷资本的历史作用常被人们忽略的重要原因之一。（六）随着明清城市经济的发展，城市高利贷资本与工商业的发展关系发生了一些值得注意的变化，工商矿冶业中的资本性、经营性和生产性借贷明显地增加了，高利贷资本与城市工商业经济运行中的关系越来越密切。这种资本性、经营性借贷从行业分，有商业中的流通性资金借贷，手工业、矿业中的生产性资金借贷；从经济运行不同阶段看，则既有经营起步时的开办资本（或称原始资本），也有经营过程之中的流动资本借贷。而且在某些工商行业和城市形成某种比较固定的资本供需关系。高利贷资本在社会再生产中的积极作用日益显著。

在研究方法上，值得称道的是刘秋根博士对马克思理论的学习，他的学习不是仅限于读懂马克思《剩余价值理论》《资本论》等原著，而是更注重学习马克思观察问题、研究问题的视野和方法，使之上升为自己研究中国经济史的方法论。正如他本人所总结的"本书所用的是一种以实证为基础的科学抽象的方法，这种抽象方法是马克思政治经济学系统抽象方法在中国经济史研究中的应用。这种方法是符合马克思的批判改造黑格尔的逻辑学思想基础上形成的辩证逻辑思想（辩证法、辩证认识论）的。"（第25页）正是有了正确方法的指导，才使得他的研究更上层楼，超越前人。

马克思有句名言："在科学上没有平坦的大道，只有不畏劳苦沿着陡峭山路攀登的人，才有希望达到光辉的顶点"。刘秋根博士正是一位"不畏劳苦沿着陡峭山路攀登的人"。他之所以有所创新，有所贡献，与他长期以来对学问的执着追求精神分不开，这正如方行先生在序言中所表彰的："治学之道，贵在翔实占有资料。他对此用力甚勤，虽严寒酷暑，犹奔波在外，广事搜罗，用心参验。故此书资料丰富扎实，此其一。治学之道，贵在'通古今之变'。他对高利贷资本的研究，从唐宋开始，延及明清，发表了多篇论文和专著。对高利贷资本问题瞻前顾后，以求明其递嬗之迹。他对明清高利贷资本发展的展开论述，实得此融会贯通之助。此其二。"也正如漆侠先生所表彰的："特别是在当前拜金主义弥漫、学风不振的情况下，刘秋根同志却能够淡泊名利，自甘清苦，'宁坐板凳十年冷，不写文章一句空'，矻矻终日，踏踏实实地做学问，实为不可多得的青年学者，我国学术界的希望就寄托在这样的青年同志的身上。"（《中国典当制度史·序》）前辈学者的表彰是对他执着追求学问的最好肯定。

常言道：智者千虑，必有一失。本书也有值得商榷之处，如第二章明清商业、高利贷中的合伙制，若只是从探讨商业资本的组织方式而言，可以说该书的研究较以往的研究有相当大的进展，但作者认为明清商人与高利贷者常常是合二为一，故在高利贷资本运营中合伙制的材料比较缺乏的情况下，作者将其与商业资本合而论之。笔者以为这样做似不妥，其理由是：商人和高利贷者固然常常是合二为一，但商业资本与高利贷资本毕竟是两个不同概念的资本形态，两者不宜混用；而本书恰恰通篇论述都是商业资本运营中的"合伙"，高利贷资本却成了补充和点缀。所以，作者揭示明清商业资本运营中合伙制已经相当普遍，是符合实际的，但要说高利贷资本运营中合伙制已相当普遍，则缺乏令人信服的事实根据。此其一。其二，本书确定年利息率在 15% 以上的借贷，可通称为高利贷，并且认为在明清时期利息率在三分及其以下者较三分及其以上者为多。但实际上并不如此，因为（一）从本书举证来看，三分利是一个常数，但三分以上利息并不少于三分以下利息，请注意三分以下利息低至一千五百（一分五厘）以下即不属于高利贷，而三分以上利息可从四、五分利息高到"倍称之息"抑或高至两倍或三倍以上，而本书列举的实际数据经核算统计也是三分及其以上利息要高于三分及以下利息。（二）该书举证材料反映出的三分及其以上利息多是年利息，而三分以下利息则多是月利息，二者显然不能同日而语，但作者似没有严格加以区分和说明。其三，因笔误和校对不精也存在一些疏漏，如第 58 页脚注①"中国曲当"应为"中国典当"之误；第 90 页正数第 5 行"这利"应为"这种"之误，第 192 页正数第 11 行"没法"应为"设法"之误；第 238 页楷体标题中的"各种性"应为"生产性"之误；第 283 页正数第 10 行"高利货"应为"高利贷"之误，第 301 页正数第 3 行"信称之息"应为"倍称之息"之误；第 316 页参考文献古籍（62）《庚己编》应为《庚巳编》之误等。另外，第 318 页参考文献古籍（103），作者注《藏一话腴》为明代人陈郁所著，实际上陈郁是南宋人。《藏一话腴》为《四库全书总目》收入子部杂家类，作四卷。并曰："郁字仲文，号藏一,临川人,理宗朝充缉熙殿应制,又充东宫讲堂掌书。始末略见其子世崇《随隐漫录》中。……多记南北宋杂事,间及诗话,亦或自抒议论。"可见《藏一话腴》为宋人所作,而非明代作品。

方行先生在书序最后说:"我希望他在已有基础上继续努力,撰写一部通史性的中国高利贷史,曾当面提及,今在此重申,以表示我深切的期望。"这既是方先生的殷殷期望,也是我们所有关注刘秋根博士的同道的热切期待。

原刊于《中国经济史研究》2001年第2期

《北宋黄河水灾防治与水利资源开发研究》序

郭志安是我在河北大学任教职时带的第一位硕博连读的学生。时光荏苒，转眼就过去近二十年了，现在重读郭志安在博士学位论文基础上修改加工的这部书稿，真是感慨万千。咫尺韶华，白驹过隙。

博士学位论文选做黄河史方面的题目是很难的。黄河既是中华文明发祥的母亲河，又是给中华民族带来苦难最多的河。黄河既是水利史研究的重中之重，也是自然灾害史不可回避的课题。因而黄河受到学界的特别关注也是情理之中的事。郭志安选做博士学位论文之时，不论是中国水利史还是宋代水利史研究已多有较高水准的研究成果问世，就是关于宋代黄河的专门研究，日本学界和复旦大学历史地理研究所也都做了颇为深入的工作。岑仲勉《黄河变迁史》（人民出版社，1957年）更是通家之作。在这样的学术背景下，我之所以同意志安选做北宋黄河史方面的题目，一是因为当时正值我受中国社会科学院历史研究所赫治清和李世愉两位先生邀请，参加中国社会科学院重大招标课题"历代灾害与对策研究"之时，我负责宋代部分的撰写，说实话当时我有点私心，希望志安在做论文时能对我的撰写工作有所帮助；二是自汉代以后黄河平流八百年，至唐末五代又开始泛滥，宋代黄河泛滥的规模很大，给北宋的社会生产和民众的生命财产都造成了巨大破坏，尽管黄河水利史和黄河本身的研究已很深入，但是黄河与社会之间的研究还有较大空间可以进行。

志安完成博士学位论文撰写后，随即以博士论文申请了国家社科基金项目，获得批准，现在的书稿应是他完成社科基金项目后形成的，所谓十年磨一剑。这部书稿浸透了志安孜孜以求的心血，比博士学位论文有较大改进，譬如书中列的 13 个附表，集中体现了志安对宋代黄河史研究作出的新贡献。祝贺志安第一部宋史研究专著出版，希望今后能再接再厉，为宋史研究做出更大的贡献。

志安做事认真负责，脚踏实地，不好高骛远，做学术也是做力所能及的问题。我印象很深的一件事是 2004 年年初他的硕士论文《陈瓘研究》初稿写好后给我看，我看完后建议他对陈瓘的思想略作补充，因为陈瓘最初跟王安石学，后转投程门，故在学术思想的传承上与杨时很相似，学界对杨时的思想已多有研究，但是对陈瓘的思想还缺少梳理。当时志安没有接受我的建议，他老老实实地对我说，他还搞不懂陈瓘的思想，做不了。当时我并没有怪罪他，反而觉得他很真诚，这就是所谓"知之为知之，不知为不知，是知也"古训的体现吧。后来他的硕士论文得到邓小南老师的肯定。2004 年下半年我向河北大学校方提出调动工作的申请并辞去人文学院院长的职务，从那时起我基本待在北京，当时我负责编刊的《宋史研究通讯》的印刷和500 份的邮寄工作主要是志安一人帮我义务承担。2006 年姜锡东接手中国宋史研究会秘书长后，志安又任劳任怨协助姜锡东编辑、印刷、邮寄《宋史研究通讯》的工作一年多。

今年元月中旬，河北大学宋史研究中心的高树林老师走了，我回保定参加吊唁活动。志安负责接送参加吊唁老师的工作，在去殡仪馆的路上，与郭东旭老师、刘秋根学兄说起高树林老师晚年的境遇。我说，据我所知高纪春多年坚持回河大看望高老师，郭东旭老师顺口说，志安这些年春节也常去高老师家拜年，秋根学兄随声说，志安也常来我家拜年。当然志安和吕变庭最近十年来每年年底也都要从保定来参加在京同学举行的新年活动。写到这，我内心有一种暖暖的感觉。古人云："学之经，莫速乎好其人，隆礼次之"，"疾学在于尊师"。尊师是一种良好的品德，宋人品评人物不仅重学问，更重品行，今于志安，我亦如是，是为序。

原刊于《北宋黄河水灾防治与水利资源开发研究》，人民出版社，2021 年

杨芳《宋代仓廪制度研究》序

历史评价往往与现实关怀和理论绾结在一起，对宋代历史的认识尤其如此。20世纪对宋代历史的评价以改革开放为界标，20世纪80年代以前对于宋代历史的评价极低，常冠以积贫积弱的标签，学者以为这与20世纪前半期中国遭受帝国主义列强侵侮，国家处在积贫积弱的状态分不开；改革开放以来，随着中国在国际上的地位日益提高，对宋代历史的评价也随之水涨船高，乃至越来越多的人奉"华夏文化造极于赵宋"之说为圭臬。其实这两种评价都不符合宋代历史的实际。就拿宋代的救荒救济来说，此前囿于阶级斗争的理论，对于国家的所有救济活动都视作是伪善的统治策略，予以批判，很少研究，此后又走向另一个极端，大肆渲染《宋史》所谓的"宋之为治，一本于仁厚"，极尽夸张之能事。这两种研究倾向都不可取。北宋中后期人范祖禹说"朝廷自嘉祐以前，诸路有广惠仓以救恤孤贫，京师有东、西福田院以收养老幼废疾。至嘉祐八年（1063）十二月，又增置城南、北福田，共为四院，此乃古之遗法也。然每院止以三百人为额，臣窃以为京师之众，孤穷者不止千二百人，又朝廷每遇大冬盛寒，则临时降旨救恤，虽仁恩溥博，然民已冻馁死损者众……国家富有四海，每岁用系省钱一二万缗，于租赋之入，无异海水之一勺，而饥穷之人，日得食钱之资，升合之米，则不死矣。此乃为国者所当用，王政之所先也。"（《太史范公文集》卷14，《乞不限人数收养贫民札子》），宋朝士大夫类似于范祖禹所言，在宋代文献中俯拾即是，虽然朝廷如所求而行也能见诸史端，但是大多数情况是难以兑现的，或者是大打折扣的。所以在看到宋朝社会救济事业（包括备荒仓廪制度）发展不断进步的同时，还要看到统治者维护统治所需和统治者自身消费大大高于救济穷苦百姓的备荒支出，而天下"只是百姓一般受无量苦"的社会现实。

杨芳的这部《宋代仓廪制度研究》对于宋代在备荒救济方面的论述有三点值得称道：第一，正如匿名评议人所说的，本书将"仓廪制度置于国家财政、社会经济体系中认识。不仅比较完整地呈现了宋代粮食仓廪的种类、功能、运行和兴废状况，而且通过仓廪储粮的管理、使用，探讨了宋代中央与地方的财政关系，分析了国家赋税征收状况与民众生存状态的关系，也讨论了国家、士大夫和地方富户在救荒备荒中的作用及角色变化"。第二，在救荒储粮与军政储粮上，强调了宋朝始终把后者摆在最为重要的位置上，因而在论述中贯彻了军政优于荒政这一基本观点。第三，准确把握了唐宋之际仓廪制度转型的时代背景，特别是论证和说明了仓廪与市场的联系、仓储调节的市场化倾向，得出通过市场获取粮食成为仓储粮主要来源的结论，这就大大补充和丰富了前人关于宋代仓廪储粮量低于唐代的原因的探讨。

杨芳是我在首都师范大学带的第二届博士，2011年博士学位论文答辩之际，为她的工作去向，曾专门写推荐信给我的母校文史学院田澍院长：

田澍兄见信如晤：

杨芳2007年跟我学中国古代经济史，此前在母校跟宝通学兄学秦汉魏晋史。起初仍然想在硕士论文基础上做博士论文，并选择"汉唐时期丝绸之路人口研究"为题，由于我对她所学的方向没有专门研究，不能具体指导她，做了近一个半学期感到心中很没有底，才下决心让她做宋代经济史方面的问题。《宋代仓廪制度研究》目前在宋史学界尚未有系统全面研究，资料较分散，头绪较多，可以说有相当难度。说实话我对以前从未接触过宋史的杨芳能否做下去，内心很没有把握，特别是2009年她又休学一年回家生孩子，更让我揪心。上学期她返校时，我就直言说她得有再延一年的准备。新年初杨芳交来了第一稿，虽然论文还没写完，需要锤炼处甚多，但从框架结构和对问题的梳理，已经达到我认可的初步要求，接下来再雕琢细磨应当说可以写成一篇很不错的博士学位论文。不到两年时间写到这种程度，确属不易，这很令我惊异。从她论文写作过程中与我的互动以及她在硕士论文基础上修改发表的几篇论文来看，我个人觉得杨芳很有潜力，假以时日我想她应当会有所成。

引述这封推荐信的目的，一是可以借此了解杨芳跟我读博士学位的大致情况；二是我曾对她颇有期许，但是毕业八年多了，除了修改修订博士论文外，似没有更多的作为，所以借此，再一次督促她努力，争取更大的进步。是为序。

原刊于杨芳《宋代仓廪制度研究》，上海古籍出版社，2019 年

第二辑　中古政治文化

历史学视野下的政治文化
——余英时《朱熹的历史世界》读后感

　　我想从宋史的角度谈几点看法。对宋代文化的研究，在二十世纪八十年代中期以后成为宋史研究的一个热点，研究宋史的人多是从制度的层面讲这个问题，而思想史学界则多从学派、人物或思想理路入手。一直到九十年代中后期出现一种合流，打破了学科的界限，但是这种打破还是宋史接受思想史的研究成果，思想史接受宋史的研究成果。宋代的政治文化的整合性研究，应该是在二十一世纪初期出版的两部书，即余先生的大作和漆侠先生写的《宋学的发展和演变》。历史学家关心的问题有很多相通的地方，虽然论证的方法和角度不同，但是确实有殊途同归的东西。余先生提出宋代儒学的整体动向是重新建立社会秩序，漆侠先生认为北宋儒学的主流是社会实践和社会改革，虽然用词不同，但是他们的立脚点是相同的，都是从儒学内圣外王的角度谈问题，这是他们的一个相同点。还有，他们对宋代儒学的发展阶段的划分也基本相似，漆先生认为宋学经历了从宋初形成阶段发展到熙丰时期的洛学、王学、苏学的对立，然后到南宋理学的发展三个阶段，余先生也有类似的三个阶段划分，这是他们又一个相同点。漆先生《宋学的发展和演变》没有写完，但在他的写作计划中有"道学与南宋中后期的政治"方面的内容，其结论大致与余先生截然相反。

"国是论"是余先生书中非常重要的架构，如果这个问题不能落到实处，推论就难以成立，所以这方面的材料还需要补充一下。第一，宋神宗定"国是"不是始见于熙宁三年（1070），而是在熙宁元年（1068），当时王安石还未任参知政事，也就是说变法还未开始。由此来看余先生有关宋神宗与王安石为了压制异论而定"国是"的论证值得重新思考。第二，就我目前看到的有关宋代"国是"的材料，"国是"的内涵有两点。一是泛指国论中之一种，把"国是"作为基本国策来理解，这个国策包括对内对外政策。这一类"国是"从宋神宗朝一直贯穿于北南宋的历史中。另一类是余先生所讲的作为政治路线代名词的"国是"。运用"国是"这个手段来打压反对派，主要存在于北宋后期绍述派当政、宋高宗时期秦桧掌权和庆元党禁前后的历史时期。第三，关于资料的使用问题。余先生不是做宋史研究的，他对北宋、南宋的"国是"基本还是一种推论。有一些基本资料余先生没有使用。如绍圣本《神宗实录》就明确说宋神宗"去壬人而定国是"。《续资治通鉴长编》有元丰四年（1081）"定国是"的具体记载。南宋中后期人对"国是"议论和反思的材料颇多等等。从论证的角度讲，如果使用这些材料来讲"国是"可能会更好一些。

余先生书中另一个重要架构是宋孝宗后期欲起用理学集团来完成他未竟的恢复大业，要重建历史"遗失的环节"，但是余先生只注意到理学集团的思想和动向，而对反理学倾向和当时的历史环境没有太多的论述，我觉得这是一个非常关键的问题，因为如果只从一个角度，不能把历史说清楚。虽然余先生从心理学史及其他角度揭示了一个层面，但是不能忽略当时的历史条件。比如说宋孝宗和理学集团结盟的基础是什么。我想讲三点。第一，孝宗自己的政治态度。孝宗号称南宋第一明君，他的政治态度更多是务实的。孝宗在位二十七年，他一直对恢复这个问题念兹在兹，虽然受到宋高宗的影响，但是整军和理财措施却一直切切实实地在做。余先生说张栻、朱熹等都曾纷纷给宋孝宗上奏，但他们一上来先讲一段大道理，让孝宗如何做修养，理学家更多是纸上谈兵，所以得不到宋孝宗的重用。孝宗不喜欢空谈，这在陈亮的《上孝宗书》里说得很清楚。后来宋理宗时魏了翁也有一个很具体的论述，说宋孝宗很想有一番政治作为，但是给他出谋划策的人主要是理学家，大都夸夸其谈，而没有具体的施政措施，让他无所适从。

第二，学术环境，宋孝宗时期的学术文化政策是相对比较自由的。孝宗并不偏袒某一个学派，在这个时期里，理学恰恰是在民间发展，官方并不重视。宋孝宗对王安石新学、理学、苏学三派，更喜欢苏学。王安石新学自北宋后期就祀享孔庙，属于官方学派。当时理学派的很多人上奏，想把王安石从孔庙中撤出来，但是孝宗不同意，他认为王安石的政事虽有误，但文章还是很好的，在三个学派中，宋孝宗并不很喜欢理学。

第三，理学家的政治取向，这个问题涉及面较大，在这里只举两个例子。其一，宋孝宗后期，赵汝愚编了一部《宋朝诸臣奏议》。赵汝愚本身不是理学家，但他不仅赞同理学，而且在这部书里贯穿了理学家们的政治主张，只要翻阅一下《宋朝诸臣奏议》有关篇章，就可明了他坚决反对变法，政治上绝对保守。其二，《朱子语类》说宋仁宗后期到宋神宗时期是该发生改变的节骨眼，但使用王安石不当，苏轼的主张不对，而司马光也不行。他的学生问，如果让明道先生做这个事怎么样呢？朱熹说不出所以然，只是说明道先生会"自君心上为之"。可见他们不是反对富国强兵式的变法，而是对改革现实弊政拿不出切实可行的大政方针。元朝人编《宋史》表彰理学，"崇道德而黜功利"，理学家重建社会秩序主要是在道德层面，与王安石"汲汲以财利兵革"的"外圣"有很大的不同。所以宋孝宗和理学集团结盟的政治基础是什么？当时是不是又处在一个如朱熹所说的类似熙丰时期那样的关键节点？当时的政治环境适合大变革吗？理学家不能得君行道，余先生讲主要是由于宋孝宗受高宗的影响。事情并不这么简单，问题是理学家们除了念念不忘"正心诚意"，并没有给宋孝宗提供多少有裨于整军和理财的措施或方案。

原刊于《读书》2005 年第 10 期

按：余英时《朱熹的历史世界：宋代士大夫政治文化的研究》简体版（上、下），由生活·读书·新知三联书店在 2004 年 8 月出版后，三联书店编辑部与北京大学中国古代史研究中心联合举行座谈会，邓小南教授牵头，田浩、阎步克、陈苏镇、葛兆光、李华瑞、黄宽重、张国刚等应邀参加座谈会。本文是笔者在座谈会上的发言。

重建北宋政治文化的扛鼎之作

——读邓小南《祖宗之法——北宋前期政治述略》

　　与国内岁数相仿的宋史学人相比，邓小南教授的作品数量不算多。但是经过她慎之又慎地研究后拿出的作品，总能令人赞叹她的缜密与精当。

　　"祖宗之法"在北宋中叶以后，常常是宋朝君臣讨论建构政治秩序和理想时的核心话题之一，但现今研讨宋代政治史，提及"祖宗之法"，多是把它作为一个历史现象加以评论和研究，而很少把"祖宗之法"与宋代的政治运行机制和政治文化发展联系起来深入探究，邓小南教授的著作可谓是独创性的探索。全书共分六章，论述的主要内容大致可分为两大部分，一是讨论在北宋前期政治格局形成的过程中，祖宗之法所具有的内涵和外延。虽然她叙述的是北宋前期的政治，但是没有就"祖宗"论祖宗，而是将历史视野上溯到汉唐以来历代统治者对于"祖宗"以及祖宗成规故事的尊崇，特别是着重考察有宋一朝自"闺门之法"的角度对于李唐史事的反思，沟通"正家"与"治天下"的努力，在很大程度上突显了赵宋"祖宗之法"的时代特点。虽然赵宋祖宗之法的基调和实质，此前已有前辈学者概括为"以防弊之政，为立国之法"，"事为之防，曲为之制"，但是深度挖掘祖宗之法的基调和背后太祖、太宗创法立制的心路历程，以及尽可能还原各类政治操作事实之间错综复杂关系的历史链条，则是邓小南教授的新贡献。可以毫不夸张地说，这部作品是迄今讨论"祖宗之法"与北宋前期政治最为透彻的力作。

二是讲士大夫与祖宗之法的推衍。邓小南教授说："'祖宗之法'源于政治实践中的摸索省思，回应着现实政治的需求，但它所认定的内容又在很大程度上寄寓着宋代士大夫的自身理想，而并非全然是'祖宗'们政治行为、规矩原则的实际总结。"（第14页）"在所谓'祖宗之法'层层复复、高度包容的内容之中，倾注着当时士大夫们建树统治规范、实现长治久安的深切热情，体现着一代代人对于时代责任所特有的认识与追求，也折射出一种整体性的社会理想。"（第518页）这是很有见地的看法，了解此即可明了为何祖宗之法在北宋中期以后政治文化发展中始终居于核心位置。北宋实行崇文抑武、扩大科举选官范围、大兴学校教育等政策，士大夫阶层迅速崛起，并成为北宋政治势力中与皇权共治天下的重要力量，这已是不争的事实；自中唐开始的儒学复兴运动到宋仁宗朝达到高潮，用融会贯通的儒佛道三家学说思想重新诠释儒家经典，高扬内圣外王的大旗，重建社会秩序，成为当时士大夫们的共同理想。而"祖宗之法"在仁宗朝被正式提出，绝不是偶然的巧合，这恰恰是宋朝士大夫从"奉行圣旨"到"同治天下"转变的标识。此后，宋的政治运行轨迹便与祖宗之法绾结在一起，明显地呈现出两条发展线索，其一，对祖宗之法是恪守还是超越，引发北宋中后期的政治大反复、大分化、大对立、大变动。经过庆历新政、王安石变法、靖康之变，恪守祖宗之法成为南宋君臣议事日程上的政治信条，不敢越雷池一步。从而使南宋社会上上下下因循守旧，政治保守主义日益弥漫，乃至关键时刻无所作为。其二，不同时期的士大夫们高扬祖宗之法"防范弊端"的大旗为政治革新开道，在"回归三代"政治理想引导下，按照各自的立场、预设，塑造或诠释"祖宗之法"。特别是南宋时期，这种塑造和诠释更多地成为南宋政治思想的重要组成部分。

这部作品还值得特别称道的是其写作方法和探索精神，书的"序引"提出"以'问题'为导向，注重过程、行为、关系"，作为研究宋代政治史和制度史的新方法、新思路，这实际上是要从目前学界相当程度存在的"自主"状态，走向对方法论、论题意义、学术规范有意识的"自觉"。这部作品之所以能够透视宋代政治的精神脉络与整体气氛，并深刻解读其形成过程中的若干环节，与邓小南教授着力把新方法、新思路运用到具体的写作当中分不开。邓小南教授的探索和实践，对于今后提升宋代政治史乃至更长时段的政治文化史研究水平，无疑是极具学术价值和发人深省的。

原刊于《文汇读书报》2006 年 11 月 24 日第 9 版

《武士的悲哀 ——北宋崇文抑武现象透析》评介

自南宋亡于蒙元之后，人们谈及宋朝历史时，总是冠以"积贫积弱"。近年来，随着学界对宋代社会经济研究的不断深入和拓展，宋朝未必积贫已成为愈来愈多学者的共识，但宋朝的积弱仍是一个不争的事实。积弱的一个重要表现是武功不竞，元朝史臣在《进宋史表》中曾概括两宋的朝政世风："至若论其有余，亦惟断以至公，大概声容盛而武备衰，论建多而成效少。"那么，"武备衰"是如何造成的呢？对这个问题，学界多从宋朝的军政腐败无能和宋朝的"崇文抑武"国策加以探讨，总结出了不少有益的历史教训。最近西北大学陈峰教授在前人研究的基础上，另辟蹊径，推出《武士的悲哀——北宋崇文抑武现象透析》（陕西人民教育出版社，2000 年）一书。本书认为，宋代源远流长而日益加深的"崇文抑武"国策产生了极其巨大的消极影响，不仅导致了国家武装力量的核心——武将群体的萎靡、无能以及自卑，而且造成一个时代尚武精神的沦丧。从这一角度，陈峰教授对宋朝的积弱原因作了深层次的透析，其透析有两点值得称道。

一是注重历史与逻辑的内在统一，也就是说一个尚武时代的沦丧不是短时期一蹴而就的，而是随着"崇文抑武"国策在不同时期的不断推广和加深逐步形成的。太祖赵匡胤承五代藩镇割据之后，有鉴于武人专权的弊端，针对将、兵中的不利于专制主义的各种因素，"事为之防，曲为之制"，改变了武将桀骜不驯的状态，与此同时大力提高文臣的社会地位，恢复士大夫们失落百余年的自尊和荣誉。在太祖精心营造的开国气象中，官僚体系内文臣与武将两大集团的力量大体趋于均衡，历史在这一时期已走出"重武轻文"的世风，呈现出一种良好的发展态势。但太祖的后继者只是简单地继承了他的历史遗产，经过太宗朝矫枉过正的嬗变，真宗朝文恬武嬉的风云，及至仁宗朝，宋朝已从"重武轻文"完全逆转为"重文轻武"。至此"在北宋167年的历史上，武人的地位在仁宗时沦落到了极点"。

二是注重个案研究与整体叙述的有机联系，崇文抑武国策的形成是一个过程，而诸多武将的个人遭遇则是这个过程的具体反映。过去讲论宋朝重文轻武的文章不能算少，但通过一个个武将的个人遭遇来透析说明这个国策消极影响的种种表现，似是陈峰教授首次阐发，而且选材颇具典型性，如以曹彬事例说明武将的驯服、谦恭，以傅潜、王超、王荣的事例说明武将庸懦无能，以狄青、王德用的事例说明建功立业的武将受排挤压抑，以辛仲甫的事例说明文职人员不愿与武人为伍，以柳开、陈尧咨、种世衡和张亢等人的事例说明具有尚武精神的文士终未能施展抱负等等。用这些典型事例来说明宋朝武士的悲哀，正是作者慧眼卓识之所在，当然这种卓识是建立在征引大量可信的原始材料基础上的。

除上述两个特点，本书文字流畅，深入浅出，雅俗共赏，也是一大优点。

本书不足之处，主要是对宋神宗至北宋灭亡的史实论述过于简略，似有虎头蛇尾的缺憾。漆侠先生说得好，"不论从哪方面说，陈峰同志的这部书稿，为深入探索'崇文抑武'这一重大历史问题作了良好的开端"，希望陈峰教授在今后的研究中更上一层楼。

原刊于《中国史研究动态》2001 年第 5 期

《司马光与王安石——中国历代人物研究系列之一》序

杨渭生先生是我尊敬的前辈学者，最初认识先生是在1990年的暑期。当年漆侠师想要适时举办"第二届国际宋史研讨会"，因为以前没有办过这样的会，故特邀请曾参与主持杭州大学和北京大学联合举行的"第一届国际宋史研讨会"会务工作的杨渭生先生，来河北大学指导会议筹办相关事宜。当时漆侠师让我担任会议的秘书会务组织工作，先生到保定后主要是由我来接待。我与先生在保定朝夕相处三天，相聚甚欢。先生不仅具体指导会议筹办的各个细节，还很关心刚刚拿到博士学位的我今后的学术发展，一再敦嘱我要继承漆侠师的学术衣钵，并说邓广铭先生和漆侠先生是他最敬重的学界泰斗、宋史权威，能在他们指导下学习宋史是很幸运的，也是很难得的学习良机。1991年8月，"第二届国际宋史研讨会"在北京盛唐饭店召开。会议举办时，先生再次应漆侠师邀请，提前两天到北京，协助我们一起操办会务。会议结束后，很感谢先生一直视我为忘年交，我们之间不时有书信往来，先生有了新著会寄赠我学习，我写了书稿也呈请先生指教。多年来，我一直珍惜与先生亦师亦友的情谊。

杨渭生先生出身于爱国华侨之家，为人谦逊，和蔼可亲，勤于读书，善于读书。先生著述宏富，涉猎领域甚广，对宋代文化史、宋丽关系史、浙江地方文史、古籍引得、版本目录都有精深研究，目前编辑、出版的著述已达千万字。先生近年先后主编《两宋文化史》，撰有《宋丽关系史研究》《两宋文化新观察》等多部专著；重视宋代人物研究，新编《沈括全集》（上、中、下三编，2011年）、出版《探骊吐凤悟精微——宋代科技奇人沈括》（2016年）、《南宋理学一代宗师杨时思想研究》（2018年）、《一代高僧两宗祖——延寿与净慈寺》（2019年），还有不少专著尚待增订、出版。对于北宋中期的重要人物司马光和王安石，先生更是研究有年，早在二十世纪五十年代后期至六十年代中期就撰有《司马光王安石年谱合编》，可惜"文革"期间出版未果，且遗失了书稿，造成不可挽回的损失。

二十世纪八十年代以来，先生持续关注司马光和王安石的讨论和研究，写出了多篇颇有分量的论文，为学界称道。这次先生新集的《司马光与王安石》有四个特点：一是对司马光和王安石在北宋中期变法中的立场、态度、政见和得失作了公允的评价，对于旧史家加在两人身上的不实之词作了有力辩驳；二是对于司马光取得的史学成就，司马光的哲学思想、历史观和学术思想的深刻意蕴及对后世的影响作了正确的评价，有些论述别具只眼；三是对王安石新学的内容、特点、历史地位及其与革新变法的关系，作了中肯而颇有见地的评价，同时先生还是较早系统研究王安石早年在鄞县经历的专家；四是先生发挥自己善于编辑引得、工具书、年谱的特长，在正文论述之后，附有"司马光与王安石事迹著作年表合编""司马光与王安石研究资料"及附录，对于现今和后来的司马光、王安石研究者都会有所裨益，颇有学术价值。

后学李华瑞谨序

2019 年 10 月 1 日

原刊于《司马光与王安石——中国历代人物研究系列之一》

按：2019 年 9 月 23 日早上八点多，突然接到久违的杨渭生先生的电话，先生说最近将要出版《司马光与王安石——中国历史人物系列研究之一》，嘱我作序。先生说完，我一时语塞，不知如何回答。我对先生说："您是我一直尊敬的前辈学者，以我学识之谫陋，何敢给德高望重的前辈学者您的大作作序。"再三推脱，先生一句"我们是老朋友"，让我不能再推却先生的盛意，只好勉为其难。2020年11月9日9点，我正在上课，突然接到杨先生的电话，先生用很伤感的语气告诉我，他挚爱的大女儿走了，先生不断重复说："我的宝贝女儿很好很乖的，可是她死掉了，我怎么办?"当时我竟不知如何安慰先生，也许是过于忧伤，今年（2021年）4月25日惊闻杨先生已于24日仙逝，至感悲痛。这篇书序竟成了我与杨先生交往的最后纪念。附志于此。

宋代践行孟子的仁政思想

中国古代以孔孟并称的时代，始自唐中叶的孟子升格运动。虽然孟子的"亚圣"名号完成于南宋后期，但是孟子思想在宋仁宗以后对宋代社会的影响，则具有名副其实的"亚圣"地位。北宋王安石和南宋朱熹对于孟子"亚圣"地位的确立功不可没。孟子思想对宋代社会的影响是多方面的，限于篇幅，以下谈谈孟子仁政思想对宋代社会的影响。"仁政""王道"是孟子政治学说的核心。虽然目前学界对"仁政"有多种解释，但是均贫富、制恒产，济贫乏，"谨庠序之教，申之以孝悌之义"是仁政的三项重要内容。

一、均贫富、制恒产

在孟子看来，圣王的王道是要为人民的福祉尽一切努力，这意味着国家一定要建立在殷实的经济基础上。孟子以为王道最重要的经济基础在于平均分配土地。为了实现为民制产的主张，孟子提出了利用西周井田制加以润泽而使之适合战国时代实际情况的具体措施，即所谓"正经界，均井地"。他说："夫仁政，必自经界始。经界不正，井地不钧，谷禄不平。是故暴君污吏必慢其经界。经界既正，分田制禄可坐而定也。"（《孟子·滕文公上》）孟子所提出的关于正经界、均井地、平谷禄的具体措施，旨在防止豪强兼并，保证农民"百亩之田"的恒产不受侵犯。

中唐以后随着均田制瓦解，至宋代因制不立，土地兼并激烈，由此贫富分化也日益扩大。宋统治集团中有相当多的士大夫把重建"井田制"作为解决社会矛盾的一种手段，但是这种努力往往脱离社会现实。随着北宋中期新儒学的复兴和社会矛盾的日趋尖锐，先进的士大夫秉持内圣外王之道，欲重建社会秩序，打出回到三代去的旗号。孟子所谓"仁政自经界始"，成了宋朝的时代最强音。

熙、丰年间王安石在宋神宗支持下进行的变法活动，就是以"摧抑兼并、均济贫乏"为宗旨。王安石懂得不能简单地恢复井田制度，即不能"遽夺民田"以赋贫民，但这并不意味王安石漠视占田不公的社会现象，王安石新法中继承宋仁宗时期郭咨等人"千步方田法"的"方田均税法"："分地计量，据其方、庄帐籍，验地土色号"，"方量毕，计其肥瘠，定其色号，分为五等，以地之等，均定税数"，"其分烟析产、典卖割移，官给契，县置簿，皆以今所方之田为正"，在此基础上陆续颁布了青苗法、免役法（募役法）、市易法、农田水利法等新法。王安石新法在很大程度上是对孟子所谓"仁政必自经界始"说法的一种实践。其后虽然有所反复，但是北宋后期六十年基本上是沿着王安石摧抑兼并的路线行进。

北宋亡国后，南宋统治者虽然否定了王安石变法，但是南宋大部分士大夫仍坚持了"仁政必自经界始"的理念。也就是说王安石与后来成为道学的程朱学派，虽然在思想方法上即对心性之学的认识上相异，但在推崇孟子上是高度地同调，亦即在践行孟子政治理想上殊途同归。因而从南宋初期至晚期，清查与核实土地占有状况的"经界法"一直陆陆续续在推行。另外，宋代的抑兼并不仅是抑制土地兼并带来的占有不公现象，而且是抑制与商人、高利贷、官僚结合的兼并势力。《宋史·食货志》叙述户部职能时，有数项职能直接与抑兼并相关，这就是"以征榷抑兼并而佐调度"，"以常平之法平丰凶、时敛散"，"以免役之法通贫富、均财力"，"以义仓振济之法救饥馑、恤艰厄，以农田水利之政治荒废、务稼穑，以坊场河渡之课酬勤劳、省科率"。

二、济贫乏

"以不忍人之心，行不忍人之政"是孟子的重要政治主张。孟子说："老而无妻曰鳏，老而无夫曰寡，老而无子曰独，幼而无父曰孤，此四者天下之穷民而无告者也。文王发政施仁，必先施四者。"又说："养生丧死无憾，王道之始也。"汉唐时期中国式的"社会保障"已有相当水平的发展，宋朝因统治者努力践行孟子的仁政思想，则将中国古代的社会保障推进到最高水平，可以说汉唐不能企及，元明清也没有超过。

在救荒方面宋朝比周、秦、汉、唐的重要进步，表现在宋朝将宋以前近两千年中各代所实施的"祷旱、蠲放、降损、赈恤、缓刑、流移、移用、仓人、捕蝗、劝分、平籴、常平、广惠仓、青苗、义仓、惠民仓"（《历代制度详说》）等救荒的特殊措施和不固定的制度集中会于一朝，使之固定化、规范化、制度化、有序化。元人所修《宋史·食货志》说："宋之为治，一本于仁厚，凡振贫恤患之意，视前代尤为切至。"

宋代养老济贫的机构是居养院。居养院的前身源自唐代的悲田、福田院。北宋沿用其名称和职掌，最早也只设置于京师，有东、西二所，仍名福田院，主要收养"老疾孤穷丐者"。英宗即位前该机构规模很小，只收养24人。英宗时扩大到300人，经费增加到5000贯和8000贯。宋神宗时增加对特殊天气如寒冬异常下的收养人数，福田院也由一所增加到四所，每天受到政府救济的人数达到1200人。神宗之前福田院的经费来自皇帝的私藏封桩库收入，神宗元丰以后则改由户部左藏库支付，这表明神宗以后社会救济从皇帝的个人行为转向政府行为。

宋哲宗元符元年（1098）十月八日，下诏："鳏寡孤独，贫乏不能自存者，州知通、县令佐验实，官为养之，疾病者仍给医药。"这项诏令表明从此地方的老病孤寡之人也由政府提供房舍，收容安养。宋徽宗时期，社会救济制度有较大发展。崇宁五年（1106），正式将这类机构定名为居养院。居养院收养老人，据大观元年（1107）的规定，被收养的老人必须年龄在五十岁以上，每日领米、豆一升，支钱十文，每五日一发放。高龄者待遇更为优厚，八十岁以上，给新色白米及柴钱；九十岁以上，每月增给酱菜钱二十文，夏月支布衣，冬月给衲衣絮被；百岁以上，每日添给肉食钱并酱菜钱共三十文，冬月给绵绢衣被，夏月给单绢衫裤。

宋徽宗崇宁元年（1102），朝廷诏令诸郡设安济坊，收养有病而无力医疗的病人，随后又推广到各县。南宋时除安济坊外，又有养济院，也是医疗贫病的机构。安济坊与养济院内均有医生，由城内医生轮差，为病人看病。

北宋中期以来对于凶年灾民所遗弃的子女，政府鼓励富有的人家收养，收养之后，政府每日给常平米二升。收养的年龄最早规定为三岁以下，乾道元年（1165）改为十岁以下，嘉定二年（1209）又改为七岁以下。宋晚期设立的慈幼局是全国性的，淳祐七年（1247），朝廷诏令临安府首先设置，到宝祐四年（1256）推广于全国。慈幼局除收养弃婴外，又资助贫困的产妇，贫家子多，无力养育，也可以送到局中来。由政府给钱雇乳妇，养在局里，哺育幼儿，对于收养的小儿，政府也每月给钱米绢布，供其温饱，养育成人。从居养院到婴儿局、慈幼局，收养弃婴的方式基本上没有改变。

三、"设庠序以教之"

均贫富、制恒产、济贫乏，这不过仅仅是王道之"始"，因为它只是普通百姓获得高度文化的经济基础，还要"谨庠序之教，申之以孝悌之义"（《孟子·滕文公上》），使人人受到一定的教育，懂得人伦的道理，只有这样，王道才算完成。当论述教育问题时，孟子更多地是以古代帝王的教育为楷模，因而其内容主要有两个方面：一是劳动技能；二是以尊尊、亲亲为主要内容的人伦关系。

通观宋代的教育活动基本上是沿着孟子的思路进行的，主要有三方面的内容：一是大力兴办州县学校，北宋仁宗、神宗、徽宗曾三次在地方大办教育，北宋末期全国已经普及了县学和公立小学，"其法浸备，学校之设遍天下，而海内文治彬彬矣"。南宋在北宋大力发展学校教育的基础上，各地书院又如雨后春笋。学校教育事业的发展，大大拓展了宋代社会的受教育面。二是在改革科举考试制度弊端的同时，整顿中央学校使之成为培养、选拔官吏的重要途径。宋神宗熙宁是宋朝兴学的一个高潮，宋神宗在太学实行三舍法，即外舍、内舍和上舍的升级制度，这是中国乃至世界教育史上的首创，实为现代教育分级制的先河。三是对前代的教育分科有所发展，在太学之外，先后建立武学、律学、医学、算学、书学、画学等，尽管对其他学科重视不够，但无疑是高等教育实行分科的萌芽。这里贯穿了王安石发展孟子既注重教养人伦又不忽略培育实际劳作技能的教育思想："乡射饮酒、春秋合乐、养老劳农、尊贤使能、考艺选言之政，至于受成、献馘、讯囚之事，无不出于学。于此养天下智仁、圣义、忠和之士，以至一偏一伎、一曲之学，无所不养。"（《临川先生文集》）

宋代先进的士大夫打出法先王之政的旗号，继承孟子的"仁政""王道"遗志，"回到三代"就有特别的政治意蕴。他们追求的"圣人之道""先王之政"在思想文化层面是一个深奥的哲学伦理问题，而在政治社会层面则是一个浅显的现实关怀问题，即如何使人民得到基本的生活物资保障，生老病死、鳏寡孤独如何得到国家与社会的帮助和扶持，进而如何使人民受到良好的教育，懂得人伦道理。

原刊于《中国社会科学报》2018 年 2 月 23 日

宋太祖的恻隐之心

——孟子思想对宋代的影响

  宋太祖赵匡胤是中国历史上大有为的皇帝，毛泽东曾把他与秦始皇、汉武帝、唐太宗和成吉思汗并称。他们的功绩各有千秋，但是纵观历史，宋太祖赵匡胤是最不好嗜杀的君主。下面举几个为人熟知的故事。

  五代是一个"天子，兵强马壮者为之"的时代，将逐帅，帅逐主的兵变，司空见惯。赵匡胤从后周孤儿寡母手中夺取政权，也是通过"陈桥兵变"。这是一次精心策划的兵变，没有发生像郭威主导的澶州兵变那样混乱鼓噪、几乎难以控制局面的场景，将士们只是露刃立于庭中，有人以黄袍披在赵匡胤身上后，大家便罗拜于庭下，一派井然有序的模样。更为重要的是五代兵变一个突出特征是纵容兵变士兵大掠府库和富豪之家，"部下分扰剽劫，莫能禁止，谓之靖市，虽王公不免剧劫"（《画墁录》）每一场兵变都是一场浩劫，但是陈桥兵变发生时，赵匡胤大声对诸将说："我有号令，尔能从乎？"皆下马曰："唯命。"太祖曰："太后、主上，吾皆北面事之，汝辈不得惊犯。大臣皆我比肩，不得侵凌。朝廷府库、士庶之家，不得侵掠。用令有重赏，违即孥戮汝。"诸将士都应声"诺"，军容整齐地列队返回京师。因而陈桥兵变基本上是一次和平兵变：没有喋血宫门，伏尸遍野，更没有烽烟四起，兵连祸结，几乎是兵不血刃，就取得了改朝换代的成功。开封城中没有发生以往改朝换代时出现的那种烧杀抢掠的混乱局面。

赵匡胤登上皇帝位时，宋的周围北有北汉，南有两湖、南唐、吴越、后蜀、南汉等割据政权并存。赵匡胤继承周世宗统一南北的遗志，数度出师南方诸国，但宋太祖特别嘱咐将帅不得滥杀无辜。据记载乾德伐蜀之役，赵匡胤听闻西川行营，有大校割民妻乳而杀之者，亟召斩之。近臣营救颇切，上（太祖）流涕曰："兴师吊伐，妇人何罪？残忍至此，当速置法，以偿其冤。"（《皇朝编年纲目备要》）乾德五年（967）削平后蜀，帅军出征的王全斌等人因"贪残无厌，杀戮非罪，稽于偃革，职尔玩兵"遭到降职处分。也有传说，宋军平定后蜀，宋太祖命将士将蜀主孟昶押送到京师，大将曹彬曾秘密上疏，"孟昶在蜀国称王三十年，而蜀道千里"，为防夜长梦多，发生变故，建议把孟昶的一班文武大臣都杀了，赵匡胤看后批文说"汝好雀儿肠肚"（《后山丛谈》）。开宝年间，曹彬率宋师征伐江南（南唐）兵围金陵，宋太祖曾数遣使者"勿伤金陵城中人"，"城陷之日，慎无杀戮，设若困斗，则李煜一门不可加害"（《东轩笔录》）。在太祖一朝，战败的割据政权的降主大臣都保全了生命。对此，南宋后期人吕中曾慨叹："自古平乱之主，其视降王不啻仇雠，而我太祖待之极其恩礼……自古共取之主，其视生民殆若草菅，而我太祖待之曲加存抚，江南兴师，不戮一人。平蜀多杀，每以为恨……"（《宋大事记讲义》）不用讳言，这段话显有溢美之意，但相对唐末五代视人命如草芥来说，不啻是一个巨大的进步。

中国历史上自秦始皇之后朝代更替大致经历了农民战争、民族战争和兵变三种形式，新君主坐定江山后如何处置功臣？揆诸史实，一般难逃兔死狗烹的下场，即司马迁所谓"可与共患难，不可与共乐"。而宋太祖赵匡胤通过"杯酒释兵权"，是不多的例外，让当年的拜把子兄弟和握有兵权的重臣："出守大藩，择便好田宅市之，为子孙立永远不可动之业，多置歌儿舞女，日夕饮酒相欢，以终天年。我且与尔曹等约为婚姻，君臣之间，两无猜疑，上下相安，不亦善乎？"结果使得拜把子兄弟和握有兵权的重臣在饮完酒的第二天纷纷要求解除兵权。据近人考证，"杯酒释兵权"的真实受到质疑，也就是说夺兵权确有其事，并非是在酒席上进行的，但从宋初夺兵权的历史过程和宋太祖的行事风格及其嗜酒的特点来讲，这个故事渲染宋太祖不杀功臣的主旨是符合历史真实的，而且从史籍上看，太祖时期有不少国家大事、方针政策是在酒宴上决定的。

宋太祖不杀士大夫的故事更是历史的美谈。据陆游《避暑漫抄》载，宋太祖曾在建隆三年（962），秘密立下一个誓碑，并留有密诏，自他百年之后，新君即位都要"谒庙礼毕，奏请恭读誓词"。誓词"一云：柴氏子孙，有罪不得加刑，纵犯谋逆，止于狱内赐尽，不得市曹刑戮，亦不得连坐支属"，"一云：不得杀士大夫及上书言事人"，"一云：子孙有渝此誓者，天必殛之"。20世纪40年代张荫麟先生首先注意到宋代文献有关宋太祖于太庙立有不杀上书言事大臣的誓碑的记载，并撰写《宋太祖誓碑及政事堂刻石考》一文予以考辨。认为太祖誓约最初见于曹勋《北狩见闻录》，而有关誓碑的故事仅见于题名陆游的《避暑漫抄》，故推断"誓碑之说，盖由《北狩见闻录》所载徽宗之寄语而繁衍耳"。显然张先生并未否认太祖誓约的存在，且谓"北宋人臣虽不知有此约，然因历世君主遵守惟谨，遂认为有不杀大臣之不成文的祖宗家法"。改革开放以后士大夫政治受到宋史学界关注，宋太祖立誓碑被重新提出来讨论，且形成了否定说和肯定说两种意见。不过自80年代中期以后，无论是否相信太祖誓约及誓碑的真实性，有一点在宋史学界可以说已经基本达成共识，即普遍承认在宋代（尤其是北宋时代）确实存在着"不杀士大夫"的祖宗家法。

那么为何宋太祖赵匡胤在结束动荡走向治安的大变局时代，能够采取不同于历史上绝大多数君主用铁血政治的手段或方法呢？这可以有许多原因去探究，但是其中与宋太祖的恻隐之心分不开。

什么是恻隐之心？朱熹在《四书章句集注》中注孟子所言"今人乍见孺子将入于井，皆有怵惕恻隐之心"时说："恻伤之切也，隐痛之深也。"用今天的话说就是对别人的不幸表示同情、怜悯，而心有所不忍。见到遭受灾祸或不幸的人产生同情之心。

宋太祖即位前亲身经历了后晋、后汉、后周诸朝的动乱，亲眼看见了因兵变兼并战争所造成的人间悲惨景象。宋人朱弁曾记述这样一个故事："山阳郡城有金子巷，莫晓其得名之意。予见郡人，言父老相传，太祖皇帝从周世宗取楚州，州人力抗周师，逾时不下。既克，世宗命屠其城。太祖至此巷，适见一妇人断首在道卧，而身下儿犹持其乳吮之。太祖恻然为返，命收其儿，置乳媪鞠养，巷中居人，因此获免，乃号因子巷。岁久语讹，遂以为金，而少有知者。"（《曲洧旧闻》）这段故事说明宋太祖在举起屠刀之时，尚没有完全丧失良知，这也正是他与五代武夫悍将不同的地方。所以当他掌握政权后，能够施行一些"仁政"也绝不是偶然的。开宝八年（975），有司言："自三年至今，诏所贷死罪（免于死罪）凡四千一百八人。"宋太祖"注意刑辟，哀矜无辜，尝叹曰：'尧、舜之时，四凶之罪止于投窜。先王用刑，盖不获已，何近代宪网之密耶。'故自开宝以来，犯大辟，非情理深害者，多得贷死"（《宋史·刑法志》）。

对开国皇帝的所作所为，于宋人心有戚戚焉。今传陈桥兵变故事在原始记载中，宋太祖的弟弟赵匡义并不是陈桥兵变的主要参与者，但是宋太宗赵匡义的儿子赵恒即皇帝位后，新改的《太祖实录》添加了许多太宗的成分，尤其是把太祖约法士兵"禁剽劫都城"这一陈桥兵变不同于五代兵变最重要之举，归为赵匡义"立于马前，请以剽劫为戒"。再后来程颐将"受命之日，市不易肆""百年未尝诛杀大臣"列为宋朝超越古今五事中的两件大事。可见，这种由恻隐之心所驱动的不杀无辜之举得到宋朝史官、士大夫和思想家的普遍赞同。

宋人普遍赞同为政要有恻隐之心，主要导源于孟子思想。而孟子升格运动是唐中叶以后经学思想发展的一大景观，也使得中国古代思想逐渐进入孔孟并称的时代。孟子说："恻隐之心，人皆有之；羞恶之心，人皆有之；恭敬之心，人皆有之；是非之心，人皆有之。恻隐之心，仁也；羞恶之心，义也；恭敬之心，礼也；是非之心，智也。仁、义、礼、智非由外铄我也，我固有之也。"（《孟子·告子上》）孟子将孔子提出的儒家政治伦理核心概念仁、义、礼，延伸为仁、义、礼、智，且与人心所固有的"善"联系起来，给儒家政治思想注入新鲜内容。孟子的思想对后世特别是对宋代产生了重要影响。

蒙文通先生说："孟子之学，主于'以不忍人之心，行不忍人之政'。汉儒言政，精意于政治制度者多，究心于社会事业者少。宋儒则反是，于政、刑、兵、赋之事，谓'在治人不在治法'。其论史于钱、谷、兵、刑之故，亦谓'则有司存'，而谆谆于社会教养之道。"北宋、南宋思想家的代表王安石、朱熹对孟子的不忍人之政有深刻理解。《河南程氏外书》记载说："王介甫为舍人时，有《杂说》行于时，其粹处有曰：'莫大之恶，成于斯须不忍。'"（蒙文通《儒学五论·宋明之社会设计》）朱熹临终时最为看重的著作是几易其稿的《四书章句集注》，《孟子集注》对孟子思想的阐发自不待言。

宋朝及后世历代的史官大都认为宋朝以仁治世，"宋之为治，一本于仁厚"，这虽有溢美之嫌，但纵观中国古代历史，宋朝对鳏寡孤独弱势群体的救助，汉唐不能及，元明清没有超过，却也是不争的事实。《宋史》评论宋太祖功绩时说："遂使三代而降，考论声明文物之治，道德仁义之风，宋于汉、唐，盖无让焉。"

原刊于《光明日报》2019年5月29日第16版

王安石读史断想

　　北宋大政治家王安石喜欢读史书，撰有《读江南录》《读孟尝君传》《书刺客传后》《读柳宗元传》等文，并且留下了大量的读史、咏史、怀古的诗作，如：《秦始皇》《汉文帝》《孟子》《商鞅》《贾生》《张良》《韩信》《叔孙通》《司马迁》《扬雄》《诸葛武侯》《读秦汉间事》《读汉书》《读后汉书》《读唐书》《读蜀志》等等。据记载王安石对陈寿所修的《三国志》很不满意，以为裴松之的注"该洽，实出陈寿上"，"盖好事多在注中"，故"旧有意重修"（王铚《默记》卷中）。

　　王安石读史品评人物往往以"唯我独知古人心"的孤独感品评其独特价值，譬如孟子游学诸侯列国，时人目为迂阔，但王安石《孟子》一诗写道："沉魄浮魂不可招，遗编一读想风标。何妨举世嫌迂阔，故有斯人慰寂寥。"他认为孟子生前、身后的"寂寥"都不能遮蔽其对后世历史的影响。他把孟子的"风标"，即品格，视为楷模和精神寄托。商鞅作为历史上著名的变法人物，不但生前遭遇车裂的酷刑，而且死后还受到非议。但是王安石写了《商鞅》："自古驱民在信诚，一言为重百金轻。今人未可非商鞅，商鞅能令政必行。"作者正是从"取信于民"这一角度，表达了他对历史改革家商鞅的敬仰之情，也借此表明了自己的政治见解以及改革社会的决心。贾谊在《史记》与屈原合传，才高却遭排挤，许多文人墨客都同情他的才高位下而不遇的悲惨命运，但王安石的《贾生》"一时谋议略施行，谁道君王薄贾生。爵位自高言尽废，古来何啻万公卿"，赞叹贾谊的政治谋略得到汉文帝的采纳并予以施行的幸运，从一个侧面体现了王安石意欲得君行道的政治胸怀。《读唐书》："志士无时亦少成，中才随世就功名。并汾诸子何为者？坐与文皇立太平。"这首诗写的是关于唐太宗君臣为唐朝的建立而建功立业之事，但王安石并没有像前人围绕帝王与功臣赞叹英雄造时势，而是深刻揭示了"时势造英雄"的历史思想，对唐初君臣的活动做了新的历史解读。

如果说王安石的咏史怀古诗针对千年相沿的历史陈见，发前人之未发，因而立意超卓，表达了自己的独特见解，那么王安石早年写的《答韶州张殿臣书》，对过往历史书写的方式和评鉴更是直接予以批评，甚至否定：

自三代之时，国各有史，而当时之史，多世其家，往往以身死职，不负其意。盖其所传，皆可考据。后既无诸侯之史，而近世非尊爵盛位，虽雄奇俊烈，道德满衍，不幸不为朝廷所称，辄不得见史。而执笔者又杂出一时之贵人，观其在廷论议之时，人人得讲其然不，尚或以忠为邪，以异为同，诛当前而不慄，讪在后而不羞，苟以餍其忿好之心而止耳。而况阴挟翰墨，以裁前人之善恶，疑可以贷褒，似可以附毁，往者不能讼当否，生者不得论曲直，赏罚谤誉，又不施其间。以彼其私，独安能无欺于冥昧之间邪？

在这里王安石对于三代以后的历史书写进行鞭挞，史官一意逢迎朝廷的好恶取舍史料，只表达"尊爵盛位"的偏狭事迹，而那些出于一时之贵又缺乏史德的史官，以一己之私，"苟以餍其忿好之心而止"；品评历史蓄意颠倒黑白，甚至"阴挟翰墨，以裁前人之善恶，疑可以贷褒，似可以附毁"，这样的书写与历史原貌相去甚远。王安石还写有《读史》一诗，谓："自古功名亦苦辛，行藏终欲付何人？当时黯暗犹承误，末俗纷纭更乱真。糟粕所传非粹美，丹青难写是精神。区区岂尽高贤意，独守千秋纸上尘。"诗的前四句说自古以来获得功名的人都是经历了艰辛困苦，但他的一生事迹有谁能如实的记载下来呢？历史人物生前可能已经被人们误解，后世"末俗"更是众说纷纭，难以辨别历史的真相了。那么王安石为何对过往历史书写有这样的看法呢？

这大致有两方面的原因，其一，王安石认为史家撰述历史时，从诸多材料中廓清历史的真相是有相当高难度的，"作史难，须博学多闻，又须识足以断其真伪是非乃可。盖事在目前，是非尚不定，而况名迹去古人已远，旋策度之，焉能一一当其实哉！"（李壁《王荆文公诗笺注》）写好的历史书，才学和才识是相辅相成的，一般的史官难以胜任。

其二，前引王安石《读史》"糟粕所传非粹美，丹青难写是精神"，什么是历史的精神呢？在王安石看来就是就是儒家经典所讲的"道"或"义理"。"惟其不能乱，故能有所去取者，所以明吾道而已"。宋儒以义理之学对汉唐章句之学的革新始自宋仁宗庆历前后的疑古思潮。从"疏不破注"到"舍传求经"，再到"疑经改经"，的确是一次思想解放运动。而王安石变法时期主持撰著的《三经新义》是义理之学替代章句之学的标识。宋神宗熙宁四年（1071 年）更定科举法。王安石说："孔子作《春秋》，实垂世立教之大典，当时游、夏不能赞一词。自经秦火，煨烬无存。汉求遗书，而一时儒者附会以邀厚赏。自今观之，一如断烂朝报，决非仲尼之笔也。"请自今"学校毋以设官，贡举毋以取士"（《宋史纪事本末》）。王安石学生陆佃也说："若夫荆公不为《春秋》，盖尝闻之矣。公曰：

'三经所以造士，《春秋》非造士之书也。学者求经，当自近者始。学得《诗》，然后学《书》，学得《书》，然后学《礼》，三者备，《春秋》其通矣。故《诗》《书》执礼，子所雅言，《春秋》罕言以此。"（《陶山集》）由此可知，王安石对《春秋》经采取一种审慎的态度，而对解释《春秋》的"三传"更是以为雅不足据："至于《春秋》三传，既不足信，故于诸经尤为难知。"（《王文公文集》）王安石对经典《春秋》和三传有这样的看法，那么对于经、传之外的史书的轻视和批判也就不难理解了。所以王安石说"区区岂尽高贤意，独守千秋纸上尘"，也就是说过往的史家之笔怎能写出高贤的思想意境，只是在史书上留给后世一点被颠倒重塑的历史踪迹罢了。

由王安石对史学的贬抑联想到宋以后史学的发展，不免感慨系之。北宋仁宗朝是中国古代经学和史学均发生变革的时代，以王安石为代表的新经学和以司马光为代表的新史学都取得辉煌成就，不过随着王安石新经学在北宋后期占主导地位，其尊经贬史的倾向使得新史学一度陷入低潮，及至南宋对王安石及其新法的否定，新史学在南宋才又达到一个新高潮。继起的朱熹是新经学的集大成者，朱熹在内圣外王的取向上与王安石不同，但在一道德、性命之学、对史学的贬抑等方面却与王安石有千丝万缕的关系。到宋理宗以后程朱理学逐渐占据官学主导地位，与之相伴的则是新史学的渐次沉寂，而且一蹶不振。反倒是朱熹将宣扬伦理纲常作为主旨而编撰的《通鉴纲目》，奠定了新史学成为新经学附庸的历史基础，而得到元明清统治者的关注。

耐人寻味的是，朱熹完成了王安石尊经贬史、以经统史的夙愿，但是现实中他所鞭挞的三代之后史学种种离奇古怪的现象依然如故，甚至因强调一道德使得历史真相更加扑朔迷离。自南宋以后，王安石及其变法基本被否定，直到清乾隆时期，同乡人蔡上翔著《王荆公年谱考略》为其辩诬正名。蔡上翔在序中指出，王安石在南宋以降直至清朝乾隆 700 多年间的历代史书中所遭受的种种诋毁和诬谤，多出于采纳反对王安石私书的正史，谬传千百年，愈传愈难辨，并由此想到王安石早年写的《答韶州张殿臣书》，无限感慨道："每读是书，而不禁嘘唏累叹，何其有似后世诋公者，而公已先言之也。"这难道是被置于附庸的史学对倡导"一道德"的王安石的一种讽刺？

原刊于澎湃新闻官方账号 2018 年 12 月 8 日；《光明日报》2018 年 12 月 12 日第 16 版，原题《由王安石读史想到的》

中国图像史学学科的性质及特点

一、图形史学研究扩大了学科视野

图像史在国内外算是一个比较新的学科领域，我和蓝勇老师于 2001 年在云南的"面向 21 世纪的中国历史学"会议上相识。在那场由中国史学会召开的会上，蓝勇老师的发言犀利、睿智，并且很有前瞻性，很多预测和观察在现今也都得到了验证，从那时即可看出蓝勇老师对史学前沿的把握比较到位。现在蓝勇主编的《中国图像史学》虽然有他自己的兴趣在前面做铺垫，但是更重要的是我们仍然从中感受到他比较敏锐和前瞻的史学观念。

我个人对图像史的研究不多，但从宋史研究的角度来讲，宋史研究对图像的关注是比较多的。20 世纪 50—60 年代，台湾出版过图录性质的普及专书；中国国家博物馆、文物出版社出版了宋元出土文物和用于教学参考的图录，中国社科院历史所正在编辑《中国历代文物图集》；前一段时间商务印书馆也组织在京的相关专家分断代编写《中国图像通史》，编辑约我做宋代部分，这次来参加会议，可以说是一个很好的学习机会。另外，以往宋代图像史研究在绘画、建筑、文物遗迹、地理图志、耕织图等方面研究较多，除此而外，宋代礼器研究也很兴盛，金石学的发展就与其关系紧密。清代的金石学研究即起于宋。2010年台北故宫博物院曾展出收藏的南宋图像方面的著作、绘画、书法等，当时还来了很多欧美、日本美术馆、博物馆的专家，台北故宫博物院在2000年前后出版了文化艺术方面的图像书《千禧年宋代文物大展》，2010年出版了与南宋艺术与文化的《图书卷》《绘画卷》《器物卷》等图像资料。近些年来域外学者对《清明上河图》、宋代绘画作品背后的政治隐情都有深入和视角很新的研究。

二、图像史学需要严格避免新学科泛化情况

从传统编史角度来讲，一般都会提到左图右史。在古代经部、史部、子部编纂和收藏方面都有丰富的图像资料。在古代传统人文图书中的文史哲是不分家的，包括相应的图像。但是自19世纪40年代以来，西方以自然科学的方法分科研究社会科学的理论和范式传入中国以后，文学、史学、经学、美术、绘画都被分开进行研究，现今的图像

史大致以文物考古和传世图像资料为主，因而我们现在的图像研究主要局限于美术考古、绘画史、佛教以及建筑史等，现今将图像史学重新纳入史学范围，是与以前的研究有很大的不同，值得重视和提倡。为此我谈三点建议，不妥之处，请批评指正：

第一，注意新学科生长之际可能伴生泛化情况的出现。很多人对图像史学和图录的关系也没有分得很清楚。从方法上讲，如陈寅恪"以诗证史，以史证诗"在诗、史两方面均不偏废的方法，值得图像史学借鉴，也就是说"图像"是作为一种特殊"史料"出现，不是仅仅停留在对图像的鉴赏和评论的描述上，而是从图像产生的背景、蕴含的内容、作图的场景和方式等方面揭示出的文化特质、形象表现与文献资料一道通过"二重证据法"来研究历史的发展过程。如果把图像史学简单理解为对图录的解释，就会出现泛化的问题。我举一个很简单的例子，"唐宋变革论"，是日本学者一百年前提出来的，但是在我国大陆地区直到 21 世纪才重视起来。但与此同时，出现了泛化现象，即把唐宋时期所有思想、文化、制度乃至细小的历史变化问题统统归结为唐宋变革，而且与近代化相联系。这种状况不仅出现在史学，而且在文学、哲学等领域也是大行其道，并且远甚于史学。但是"唐宋变革论"是日本学者根据唐宋历史发展的特点，并参照西方文艺复兴时期的历史分期方法，提出的一个观察中国古代历史发展重要阶段且很严谨的历史分期方法，它有特有的范畴、范式和概念等等。可是我们做研究的很多人不管"唐宋变革论"的理论范式和范畴，一讲到唐宋历史问题的变化，就统统归结为唐宋变革。由此我想到，如果从一开始就不注意学科性质分野，中国图像史也可能会出现这个问题，将所有对图像的解释都称为图像史学，要高度重视出现与"唐宋变革论"类似的泛化问题。因而建构中国图像史学的理论，建构学科的研究对象、研究范畴，是十分迫切和必要的。

第二，在避免泛化的同时，根据图像史学本身的要求，应注意扩大图像史学研究的范围，似不应偏重于历史地理。此次发行的第一期《中国图像史学》，所收文章一半以上都是有关历史地理方面的，虽然图像史学与历史地理之间关系很紧密，但是地理图志只是图像史的一个重要方面，过多关注历史地理会使刊物失去应有的丰富性和多样性。譬如前面提到的在古代文献中经史子集都有相应的图像与文字交织在一起；又比如中国社科院历史所主办的《形象史学研究》，就包括文物、图像与历史，考古、文字与文献等内容，因此今后要不断拓展中国图像史学的研究范围，期望刊物能容纳较多的内容。当然每一种刊物都有自己的倾向性，既然主编研究领域见长于历史地理，可以在每期上开列"地理图志研究"专栏，但是科学出版社编辑这本刊物，不要过于偏重历史地理。这只是我的一孔之见，仅供参考。

第三，繁简字的转化。我看第一期《中国图像史学》不是繁体字，是简化字。繁简字转化非常重要，比如姓范的"范"，和模范的"範"；里程的"里"与里外的"裏"是不一样的；又如"干"：对应三个繁体：（干）涉，（乾）燥，（幹）部。"复"：对应两个繁体：重（複）、繁（複）、（複）杂，（復）查、（復）习。还有些人名和地名是专用名词，不能简单简化，图像资料呈现的文字一般都是固定的，更不易简化，要尊重图像的原貌，其实国内有几家大型文史期刊都采用繁体字，譬如《中华文史论丛》《文史》，就可借鉴参考。

本文系在《中国图像史学》创刊座谈会上会上的发言稿，原刊于《中国图像史学》，科学出版社，2016年

评《剑桥中国宋代史上卷》

用"千呼万唤始出来"形容中文译本《剑桥中国宋代史上卷》的出版，最恰当不过了。据本书主编之一史乐民的介绍，1993年已故的著名华裔宋史专家刘子健生前通读过各个章节，说明宋代卷的大部分稿件在20世纪90年代初期已基本完成。国内学者也不断风闻这部书即将出版，可是直到2009年英文版才得以问世，又过了十余年姗姗来迟的中文译本也终于与国内读者见面了。

有学者说《剑桥中国史》的最大特点，是作者注意到很多大陆学者写通史时会忽视的层面，视角往往比较新颖，具有多方面把握材料的能力。这种说法若是放在《剑桥中国宋代史上卷》基本完稿的近三十年前，大致是可以成立的。在20世纪80年代之前，大陆的宋史研究，不论是与中国古代各断代史研究相比，还是与海外甚至是中国台湾地区的宋史研究相比，都相对落后一些。《剑桥中国宋代史上卷》编撰队伍不仅有一流的中国台湾学者柳立言、黄宽重以及美籍华裔学者陶晋生参与编写，而且在西方学术背景下广泛汲取20世纪日本、中国台湾以及中国大陆宋史研究者的成果，可以说，《剑桥中国宋代史上卷》集20世纪宋代政治史研究之大成，代表了20世纪世界范围宋代通史、政治史编纂的最高水平，是不为过的。不过，恰恰是在《剑桥中国宋代史上卷》启动编纂之时，大陆宋史研究自改革开放以来，经过十余年的准备和积累开始进入起飞阶段，至2009年《剑桥中国宋代史上卷》英文版出版之际，大陆宋史研究已位居国际宋史研究的主流和前列。2011年由漆侠先生挂名主编、王曾瑜先生总其成、近70位宋史学者参加编写的《辽宋西夏金代通史》（8册），不论深度和广度，还是其吸纳的20世纪90年代以来最新的研究成果，已大大超越《剑桥中国宋代史上卷》。

　　《剑桥中国宋代史上卷》编撰初衷就很强调国际化，也希望反映西方学术背景下的研究特色，虽然说这种研究特色不等同于西方的学术立场，但实际上不可能不打上西方学术立场的烙印。就《剑桥中国史》将10—14世纪中国历史分作《剑桥中国辽西夏金元史》和《剑桥中国宋代史》，就能看到日本"唐宋变革论"和美国"征服王朝论"对中国历史分期的立场。当然客观地讲，《剑桥中国宋代史上卷》在论述史实时主要显现的还是西方学术背景下的研究特色。下面从五个方面来看西方学术视野下宋代政治史的编写特点。

一、重视五代十国历史的书写。日本学界从 20 世纪初奉行"宋代近世说（唐宋变革论）"，将唐中叶作为唐宋变革的起始，故编写宋代历史往往从唐后期、五代十国的历史讲起，以明了贵族政治向宋代独裁政治和平民社会的演进，中国学者单就研究五代十国的历史而言，近三十年来取得了明显进展，但是在编撰中国通史时不论是划分隋唐五代史还是划分五代十国辽宋西夏金史，往往把五代十国作为唐宋之间从分裂走向统一的过渡阶段，叙述都较为简略。

《剑桥中国宋代史上卷》却给以较大篇幅论述，这一方面是由于《剑桥中国史》没有把五代十国划入隋唐史卷，另一方面正如本书导论所言："正如这一卷最初的两章所写的那样，混乱和政局动荡的景象在很长一段时间主导着我们对由唐朝到宋朝这一过渡时期的认知。如今，这种认识必须由这样一种观点代替，就是北部的五代和南部的九国是一个拥有强有力的国家政权的时代，并为宋朝建立统一的政权奠定了基础。"本书用两章的篇幅叙述五代十国的历史，从而为唐宋的传承和演变做了很好的铺垫，也为太祖由军事独裁者向权威帝王的转型做了铺垫，更为南方逐渐占据宋朝政治经济文化中心区域做了铺垫。笔者以为这种铺垫实属必要，而且有些论述颇有见地。

二、《剑桥中国宋代史上卷》与大陆研究宋代政治或编撰中国通史中的宋代政治仅是把宋辽、宋夏、宋金、宋蒙元关系看作是和战问题的最大的不同点，是将草原游牧、渔猎民族政权——辽、西夏、金、蒙元——与宋朝的互动和影响作为宋代王朝政治的主要线索之一来论述，也就是说在挑战与应战模式下，把宋代政治史看作是处理周边民族政权关系并由此引起宋朝内部政治集团势力消长、政治议程变动、政治机构和制度变化的过程。用主编史乐民在导言中的话概括说，就是"中原与草原民族的关系与王朝事务的形成"（第 20 页）。这条主线的基点是建立在以下两个认识上：

其一，北方民族政权体制与汉族政权管理模式相结合产生的"双重管理帝国"，使得辽、夏、金、元经济、军事实力大增，"10—13 世纪亚洲内陆国家治国才能的快速发展允许其在北部边境的国家供养强大的军队，这在数量上和财富上抵消了农耕中国宋国家的优势，在东亚削弱了中原王朝宋的实力"。从而阻止了宋朝夺取在以中国统治为中心世界秩序中的强大位置，把宋朝地位降低到东亚各国体系中一个平等参与者的位置。并用战争或战争威胁让朝贡变成宋朝"保障和平"的一种方法（第 16、17 页）。

其二，在内部，一直有国内威胁挑战着边境的稳定，对和解的共识是实用的而不是有原则的。宋朝的"文官主义"使许多从战争而不是和平中获益的个人和团体边缘化，亦即军功集团退出历史舞台。庆历新政、王安石变法都是解决民族矛盾而兴起的政治改革运动，甚至把宋神宗起用王安石变法的决策称作宋神宗父子的民族统一主义和国家行动主义。

对此，有两点论述值得注意，一是本书对"澶渊的绥靖与和平"的论述较充分，对澶渊之盟条款的解释比大陆学界的相关研究和论述细致多了，因而对"澶渊之盟"性质和意义的判断也就大不相同。大陆学界的叙述一般多是从宋朝国内政治或宋辽民族平等原则进行否定或肯定，而《剑桥中国宋代史上卷》概括为"总之，虽然辽朝能够使用合（和）约从宋朝额外获益（特别是在 1042 年和 1075 年），但宋朝视辽朝为一个主权帝国和外交对手的外交关系所呈现的务实取向，使得'澶渊之盟'成为中国历史上一个'划时代事件'"（第 245 页）。二是大陆学界讲南宋初期历史除了宋金之间的战争外多叙述宋朝军民的抗金斗争，而《剑桥中国宋代史上卷》则侧重叙述高宗、秦桧统治下的"战争与外交""和平进程"。同时指出，南宋边疆政策，一个半世纪统治阶层的肆意妄为，渐渐破坏了朝廷对战争与和平问题作出普遍适用、深思熟虑决定的能力，也使南宋在面临巨大威胁时决策机制陷入瘫痪（第 33 页）。

三、中国传统史学如以二十四史、《资治通鉴》等为代表的著作本源和主体是以人为本的历史叙事，人是连接历史学时间、空间、事情三个要素的关键。而近代以来国内的历史研究和编写通史受西方史学理论和社科方法影响，大都"以事为本位""以问题为本位"。而《剑桥中国宋代史上卷》却难能可贵地从宋代朝廷的角度，侧重历史过程的叙说，用较多的笔墨描述每一朝的君臣关系、君与臣的角色、人事与权力等，反而更具有接近宋代王朝史的特色。如将南宋后期的政治停滞和衰落，与光宗、宁宗、理宗、度宗的荒淫、懦弱和疾病，以及权相韩侂胄、史弥远、贾似道的专权、无能联系起来考察，是很有说服力的。由于对皇帝、臣僚个人活动有较多描述，因而本书的篇幅也相应大增，可以说《剑桥中国宋代史上卷》是迄今笔者所见叙述宋代政治史部头最大的著作。

四、北宋中后期政治占本书篇幅最多，王安石、宋神宗在熙丰时期为富国强兵而进行的变法又是重中之重。对于争议很大的王安石变法的论述，有几点值得称道：1. 本书充分吸收包括漆侠、刘子健、东一夫等研究王安石变法高水平的论著以及众多日本宋代财政研究成果，使得论述站在较高的起点。2. 本书以青苗法、免役法、保甲法、市易法为例，充分展现王安石新法的合理性和创造性，理解王安石要做什么。3. 本书阐释了新法执行过程遇到的问题、解决办法，以及变法派对初衷的背离及其原因，即"从经济再分配到榨取税收"（第 377 页）。4. 本书对反变法派的反对意见的合理内核及其危言耸听的不实之词进行了客观的分析。5. 本书既不采信南宋以来从道德角度的评判，也不卷入近代以来的赞誉和诋毁的争议，没有轻易简单地肯定或否定。6.对元丰时期神宗的独断，神宗对王安石的尊敬和对蔡确、王珪的轻蔑，对守旧派大臣的眷顾，本书都写得很精彩。

五、本书从重新审读传统文献历史书写的立场，对徽宗、高宗朝的政治和人物作了新的评价。编者以为对徽宗时期的评价一般倾向于高度笼统的叙述，因为他统治时期的文献记录是历史编纂中充满问题的雷区。这些问题之中最重要的一条就是中国传统史学中的道德褒贬偏见，必须用怀疑的眼光来阅读徽宗朝的这些所谓原始资料，注意它们涵盖和忽略的内容。从较为正面的角度重新诠释徽宗一朝的政治活动。蔡京被打入《宋史·奸臣传》，对蔡京的评价和记述也同样是在政治史的道德诠释中，蔡京被描绘为一位绝对的恶人，是北宋灭亡的替罪羊，本书通过对徽宗朝文献资料进行更仔细的阅读，揭示出"虽然蔡氏远远不是无可指责的，但也不至于犯下其传记作者所称的那种程度的罪行"，"蔡京政府也没有那么自私自利"（第520、521页），因而从正面角度评价蔡京的教育政策及改革、社会福利制度的扩张。对于另外一个受传统史学严厉批判而列入《宋史·奸臣传》的秦桧，本书也是在认真解读资料的基础上，做了"不带有感情色彩"的平实叙述，剖析和梳理秦桧统治十四年里，主张和平、杀害岳飞、专权、篡改国史、抨击道学等事实的经过。并认为"秦桧是金国间谍的说法不可信，这很可能是毫无根据地抹黑秦桧的名誉。尽管秦桧被许多史学家控告是卖国贼，但没有确凿的证据证明他曾经主动与金国勾结"（第 625 页）。

此外，有一些论述颇为新颖，如"旧史家和史学研究把（元祐时期）反变法派同盟分成朔、洛、蜀三个分立的党派，这种方法固然有助于理解，但它抹杀了北宋后期政治生活中的混乱无序和错综复杂"（第 467 页），对此编者进行了四点有力反证，无疑深化了对这个问题的认识。又如"绍圣集团作为当时最具纪律性的政治组织，在财政和边事上获得了巨大的成功，不仅达到而且超过了神宗君臣的功绩"（第 503 页），这个评论颇有启发意义。对于1276 年元军攻陷临安和 1279 年厓山之败后，宋朝军民和士大夫有不同表现，前一次是"满朝朱紫尽降臣"，后一次却有成千上万的殉国者，这种差异，编者以为是元军攻破临安时，南宋尚有大片领土，宋朝人仍有复国希望，而以城投降将避免百万平民遭屠戮；"厓山之败一个无法忽略的因素是绝望"，故宋朝人选择自尽而非降敌，这个解释很有道理（第 859 页）。

以上对《剑桥中国宋代史上卷》的称道主要是从学术多元的视角出发，对于其中的一些观点笔者并不一定赞成。

第一，《剑桥中国宋代史上卷》最大的不足之处是常识性错误太多，仅中译本所加译者按语纠正错误达 167 处，此外笔者阅读过程中随手拈来的错误还有二三十条之多，比较多的错讹是职官和人名张冠李戴，注释人物生卒年、事件发生年代、古今地名不实，还有纪事内容、统计数据不确等。而且错讹几乎都出现在非华人学者的论述部分。

第二，由于每个章节大都单独成篇，出自不同编写者，因此本书内容前后多有重复。

第三，英文写作对古汉文资料的理解可能已经有了语言隔阂，再从英语翻译为中文，与实际的语境距离会更加扩大。本书的一些明显的史实错误，可能是翻译把原文误读的史实又误译造成的。

原刊于《光明日报》2021年4月17日第12版《光明阅读》，题目为《再现宋代政治忧患的鸿篇巨著——评〈剑桥中国宋代史上卷〉》。本次收录有改动。

第三辑　宋辽夏金史

《王曾瑜先生八秩祝寿文集》后记

　　2017年三、四月间，我与程民生、陈峰、姜锡东等学兄电话商议，为王曾瑜先生庆祝八秩寿诞出一本论文集。诸位学兄都觉得非常有必要，委托我具体筹办。姜锡东兄慨然允诺，出版资金由河北大学宋史研究中心支付。于是同年五月，我趁王先生来敝校主持博士学位论文答辩之时，初步拟定了一个征文名单，并预先征求出席答辩委员会的邓小南、包伟民、程民生、杜建录等师友的意见。但我们的计划，却没有得到王先生本人的同意。之后我又几次发邮件和打电话，向他表达出版论文集是我们对他学术和个人品格的敬仰，主要由多年来受他教诲和影响的后学为他过一个非常简单的生日，并保证不惊动历史研究所和宋史研究会。到七月初王先生这才同意我们筹办，并最后确定征文名单。于是在7月11日我和姜锡东兄向王先生的好友、同事、晚学发出了"王曾瑜先生八秩祝寿文集"

的征文启事：

王曾瑜先生（1939 年—），汉族，上海市人，1962年毕业于北京大学历史学系。大学毕业后长期在中国社会科学院历史研究所工作（当时是中国科学院哲学社会科学部历史研究所）。历任中国社会科学院历史研究所研究员、中国社会科学院研究生院博士生导师、中国社会科学院荣誉学部委员；中国宋史研究会会长、河北大学宋史研究中心特聘教授、博士生导师；首都师范大学历史学院特聘教授。

王曾瑜先生是著名的历史学家，见识高远、造诣深厚、旨趣宽广，在宋辽金史研究诸多领域成就卓著，是继邓广铭先生、漆侠先生之后，又一位被国内外宋史学界公认的宋史大家。

2018 年 6 月欣逢王曾瑜先生八秩寿庆。特请 先生的好友、同事、晚学、弟子撰著鸿文，为王曾瑜先生八十华诞贺寿。

征文启事发出后，得到诸位师友的大力支持。由于征文时间距离寿诞日较为紧迫，对于稿件也提出了相应的变通要求："收入文章为专业学术论文，可以是新写，也可以是旧作。" 所以收入论文集内的有很大一部分是作者的旧作。虽然是旧作，但作者为了表达对王先生的敬意都将自己的代表作发给我，可惜由于论文集篇幅所限，对于好几位作者超过两万字的论文都另请换为一万五千字左右的文章，如邓小南、包伟民、魏明孔、吕变庭、王茂华的论文都在三万字以上，叶坦、王书华、高纪春、韩毅、史泠歌等也在二万字以上。在此表示深深的歉意。

感谢关树东、李晓、沈冬梅撰写《王曾瑜先生学术编年》。

虽然收稿时间确定在2017年9月底，但是实际上交到出版社已是11月初，所以在这里要感谢科学出版社历史编辑部主任杨静女史的努力，使得论文集能够在寿诞日之前出版。

原刊于《王曾瑜先生八秩祝寿文集》，科学出版社，2018年

《宋夏史探研集》序言

这是我的第四部个人论文集，主要收录近四五年来发表的论文。论文集大致分六个方面的内容。前三组文章均涉及国家与社会的关系，第一组文章对宋代国家形象、社会变革运动、地方社会、酒库与军费等问题提出了一些自己的看法。我个人始终坚持认为由国家政策和政治体制导致宋代积贫积弱的国家形象，不能与衡量经济文化发展水平简单地等同起来。其实，任何时代，一个大国都有文治武功，偏废哪一方面都不是客观的真实历史。《孟子》的地位是宋人抬起来的，其功臣主要是王安石和朱熹。现今所谓的孔孟之道始自宋朝。以往对于孟子升格运动和从思想史层面对孟子的研究已有很多很多的成果，但是为什么宋人看重孟子，孟子与宋代士大夫的政治追求、践行有什么关系，孟子的思想在社会变革运动中起了什么作用，这些似还有相当大的空间需要发掘，近两年，我的研究重点将向这方面倾斜。《王安石与孟子》是我的初步尝试。

几年前与明史学界的朋友交流，说到宋代政府在经济方面的一些政策、措施和作为，明史学界朋友不约而同地说宋朝是大政府，明朝是小政府，这给我留下深刻印象。2013年、2014年两次参加由《历史研究》编辑部与南开大学、华中科技大学召开的学术研讨会都涉及国家与社会这一主题，于是我尝试着写了一篇三四万字与明朝比较的文章，后经多位朋友批评，在原来的基础上修改完成了本论文集第二组的两篇文章，虽然发表了，内心还是有些忐忑，希望读者朋友不吝赐教。

　　第三组文章是在出版《宋代荒政史稿》前后写成的，除了《论宋代自然灾害与荒政》一篇是书稿的结论，其余基本是对此前研究的补充和拓展，并有一些新的认识。《抄札救荒与宋代赈灾户口的调查与统计》希望能对宋代人口研究提供新的佐证。

　　2004年到北京工作以后，我在学术交流方面受益颇多，由于汉唐史学界朋友的引荐，近几年到新疆阿克苏、吐鲁番等地参加与丝路交通相关的学术会议，第四组文章即是为参加会议所写的论文，当然我的话题还是与此前做宋夏关系史研究分不开，在此基础上有所拓展而已。但是到新疆（宋朝的外国西州、龟兹、于阗）参加会议之后，我不仅感到地理那么的遥远陌生，而且确有小天下之慨。宋代历史文化的内涵确实较前代深入了许多，但是在眼界和格局上也狭小了许多。在库车、阿克苏、吐鲁番看到太多的汉唐遗迹和遗物，而属于宋代的竟只在新疆阿克苏博物馆收藏看到一件标为"宋代"的绿绸袍，丝绸质地，在阿瓦提县的古代遗址采集，衣长132厘米，袖通长173厘米。年代不详。为此感慨嘘唏良久。宋建国直至宋神宗即位之前对秦凤以西的地区基本采取放弃的态度，及至西夏坐大，北宋政府再想通过变法来重新经营已经不可能，历史没有再给宋人机会，秦凤以西沦为宋朝国史的"外国"，着实令人扼腕叹息。由此联想到现今的宋史研究，真的不能盲目因循宋人自我欣赏式的自豪而对其点赞，要越过宋人的局限看看外部的精彩世界。由此想到邓广铭先生提倡"大宋史"研究，确是高明的见解。

第五组的两篇文章是承担史金波先生主持国家社科基金委托项目"西夏文献文物研究"子课题"《天盛律令》与《庆元条法事类》比较研究"的阶段成果。

第六组是应报刊之约写的几篇学习心得以及书评、书序和悼念师友的文章。

附录所收文章是首都师范大学历史学院前辈学者邹兆辰先生撰写的，邹老师在许多年前曾访谈过漆侠师，感谢邹老师奖掖后进，帮我梳理出道以来的学习生涯，使我"知不足""知困"，期望在今后的研究中能够有所"自反"和"自强"。

原刊于《宋夏史探研集》，科学出版社，2016年

探寻"宋型国家"的历史

感谢首都师范大学"燕京学者文库（哲社类）"出版计划，将我三十年来从事宋史教学与研究方面二百余篇论文中选编 25 篇出版，这既是对我过去三十年研究宋史的一个阶段性总结，也是对我年过花甲的一个最好纪念。

2010 年中国人民大学出版社将我的《宋夏关系史》收入"当代中国人文大系"丛书时，我曾按出版社的要求写过一个学术"自述"，作为附录四收入新版的《宋夏关系史》。"自述"大致回顾了我在母校西北师范大学历史系初学历史和其后跟随陈守忠、漆侠先生读宋史的经历以及一些学史的感悟，并从"宋代经济史研究""宋夏关系及西夏史研究""王安石变法研究史""宋代政治史研究""唐宋变革问题研究""宋代自然灾害与社会研究""其他方面的研究"等七个方面，对当时已完成和正在进行的课题作了简要梳理。现又过去了八年时间，虽然出版了《唐宋变革论的由来与发展》（主编）、《宋代救荒史稿》和两本论文集（第五本论文集《宋夏史探知集》即将出版）。但是在研究领域方面并没有太多的更新。这次选编的论文集除了《李焘笔下的王安石变法》《王安石历史地位与南宋以后中国社会变迁》《唐宋史研究应当走出"宋代近世说（唐宋变革论）"》《西方学人眼中的宋代历史》4 篇文章是新选的，其他 24 篇都选录已出版的四部论文集：《宋史论集》《宋夏史研究》《视野、社会与人物——宋史、西夏史研究论文稿》《宋夏史探研集》。之所以还要出版这本论文集，主要是各论文集印数甚少，从希望聆听到更多读者批评的角度，再增加一些印数也不为过，所以考虑再三就选录了 21 篇文章收入这本《探寻宋型国家的历史》中来。

已出版的四部论文集都有出版前言、自序或说明，对于结集都有简略交代。2017 年应甘肃文化出版社的邀约，出版了《西夏史探赜》，为此而写的"我与西夏史研究"前言，是回望我过去三十年对西夏史研究的又一次"自述"。也是因为这个原因，本论文集除了选择适合"华夷区隔"主旨相关的论文外，没有再选西夏史研究方面的论文。故已讲过的就不再重复。

这里主要是讲一下近几年我对宋史研究的一些不成熟的新想法。

本论文集选择《探寻宋型国家的历史》为书名，就是蕴含着我对研究宋史方法论的一些思考。众所周知，20

世纪初以来对于宋代历史地位的毁誉参半式评价是秦汉以降中国古代史各断代史评价中落差最大的。按五个社会形态学说，人们往往把宋代列入封建社会的下行阶段，政治上腐朽、经济上积贫、军事上积弱、学术上反动，几乎成为评价宋代历史的代名词，进入 21 世纪以来，"宋代近世说（唐宋变革论）"甚嚣尘上，宋代一跃成为中国近世的开端。这种毁誉参半的评价从方法论上讲都是受西方社会科学方法和史学理论的影响，都是把宋代历史附着在西方历史卵翼之下的一种反映。故我想从宋代历史的实际重新探讨宋代历史的特点。当然在国人从 20 世纪初以来就用西方的学术规范、问题意识、理论框架甚至叙述话语来研究、描述宋代历史的大背景下，我对宋代历史的学习和研究无不打着我所生活的时代的深深烙印。我现在的新想法只是对自己过去研究的一些新反思而已。

在中国古代，宋朝至少在以下几方面是中国古代史上独一无二的。

首先，宋代自始至终是一个不与游牧渔猎民族一争雄长的时代，以往认为宋朝的积弱很大原因是强调契丹族、女真族、蒙古族过于强大，其实不仅如此，而是有着非常深刻的社会历史文化原因。汉、唐帝国强盛时，还追求运用武力手段开疆拓土，将边防线推进到塞外，以积极防御的态势压制主要对手——北方游牧渔猎民族政权势力，削弱其军事威胁。唐中叶以后经三教合流而形成的新儒家思想对外部世界有了与此前很大不同的认识，华夷之分在汉族政权的知识阶层内有了新的界定。宋真宗景德年间与辽朝签订的"澶渊之盟"，是汉族所建中原王朝放弃与游牧民族一争雄长国策的标志。"澶渊之盟"的历史意义讨论目前多限于辽宋关系史，但这是中国历史上农耕民族与游牧渔猎民族关系分水岭的重大历史事件，关乎着中国历史的走向，却未引起学界的足够重视。过去认为宋朝的积弱与宋朝的"守内虚外"国策分不开。但是这多是从内政外交政策的"内外"角度去考量，其实若从宋朝对西、北、南边疆守土来讲，从太祖开始就只守唐中期以后形成的农耕"内地"——以汉族聚居区为主，并无恢复汉唐"内地"以外旧疆的举措。即使到宋神宗支持王安石变法，欲恢复汉唐旧疆，也是汉唐时所谓的王化之地——燕云十六州和河西、河套、河湟。但是这种做法并没有得到大多数知识阶层的认同，北宋灭亡后南宋人总结亡国原因时几乎一致认为王安石变法变乱祖宗法度，开边生事是首要原因。可见太祖以来形成的守内虚外是经唐后期五代至宋人形成的既定方针。对于宋人来说"欲寇不能，欲臣不得，最得御戎之上策"（李心传《建炎以来系年要录》）。这个"最得御戎之上策"，实则是汉族政权主动的战略退却，为一争雄长的游牧渔猎民族进入中原共生共存提供了可能和机会。"树欲静而风不止"，不进则退。由此看10—13世纪的多民族政治对峙下的文化认同，再由此看宋朝之后民族政权的更迭，中华文明和疆界的形成，细究于心都会得出不同于现今的许多有益认识。

其次，宋朝奉行养兵政策，豢养一支以募兵为主的庞大军队也是中国古代史上独一无二的，尽管明清中后期也实施募兵制。中唐以后，随着均田制和府兵制的相继瓦解，募兵制日渐代替征兵制，养活一支以流民为主的军队，使得养兵费用在国家财税收支上占据越来越大的份额，到北宋中期养兵费用已达五千万贯之巨，占国家财税收入的70%—80%，帝制国家为了满足这笔巨大的军费开支，自真宗咸平年开始"度茶、盐、酒、税以充岁用，勿得增加赋敛"（李焘《续资治通鉴长编》）。将人民生活的主要商品：盐、茶、酒、矾、醋、矿冶、香料等统统专卖经营。这种以工商税收为主的财政政策，大致也为中国古代各朝所仅见。五代至宋初，政府主要靠严酷的法律禁榷，由各级官府直接经营，即最大限度地控制生产、销售环节，但是官营成本高，效率低，国家只得向民众主要是商人开放销售（流通）领域，诸如在经济领域广泛实行买扑招标制，并逐渐开放部分生产领域，这就使得宋代的商业市场、城市城镇发展，呈现出与前代甚至与后代不同的面貌，从而造成空前的繁荣，并由此也促成经济的大发展。但是过去我们囿于西方社会科学和经济史理论的范式，对此轻描淡写，未给以足够的重视，或者多从国家干预经济的负面作用及其导致历史进程因果颠倒的关系加以批判。我个人以为这是偏离宋代社会经济发展本相的一种认知，实际上对宋代经济史研究有必要重新认识帝制国家财经政策，即国家对经济发展的主导作用，以及市场繁荣背后的国家财经供需因素，庶几方可道升堂奥，更接近宋代历史发展的实际。

再次，宋朝科举取士之多，文官地位之高，整个文治氛围居于秦汉以降各代之冠，已是学界的共识。遗憾的是，迄今并未见较为全面深刻剖析贯通宋代文官政治的论著问世。

至于宋学与汉学成为中国古代经学分野最具代表性的两大类型，也已是常识。从汉武帝"罢黜百家"、汉宣帝"独尊儒术"到唐朝《五经正义》的颁行，是为汉学的第一座山头，从唐中叶开始的儒学复兴至宋代，在北宋有《三经新义》，到南宋则有《四书章句集注》，构成宋学的完整体系，到明清继承汉宋方有《四书五经》。经学学风和释经方法的转变不仅仅是思想文化内在理路的转变，更折射着社会历史内容和观念的变动。北宋的荆公新学力图通过建立刚健政府、完善社会制度来实现儒家的政治理想，结果是导致权力膨胀、腐败公行；南宋由朱熹完成的道学或理学反其意而行之，欲从正君心、重塑君主"圣人"形象来实现先王的社会秩序，结果是君心不仅没有被"正"，反而使整个社会呈现在"万马齐喑究可哀"之中。从目前的研究看，关于经学学风和释经方法的转变对中国古代社会特别是对宋代社会历史影响的探索，还远远不够。

而傅乐成先生对宋型文化已有论述（当然还需新的补充），不赘。

以上不是为了重复叙说中国古代各王朝之间的简单比赛（杨联陞《国史诸朝兴衰论》附录《朝代间的比赛》），而是要充分说明宋代是中国历史上具有鲜明特色类型的时期。因而从宋代历史的实际出发，扬弃西方汉学的范式、模式，探讨宋代历史本身具有的独特内涵及其意义，我深切感到这应当是今后研究和教学努力的方向。

原刊于《光明日报》2019 年 1 月 21 日 14 版；又见《探寻宋型国家的历史——李华瑞学术论文集》自序，人民出版社，2018 年

《宋代西北方音》简介

　　李范文先生著《宋代西北方音》，16 开，共 538 页，计约 50 万字，1994 年 6 月由中国社会科学出版社出版。这部巨著是迄今国内外利用《番汉合时掌中珠》的西夏文和汉语注音研究宋代西北方音最具权威性的著作。《番汉合时掌中珠》（以下简称《掌中珠》）是西夏人骨勒茂才于西夏乾祐二十一年（1190）编写的一部字典。该字典以事门分类，并在每一词语条目上都列有四项：西夏文、汉译文、西夏文的汉字注音、汉译文的西夏字注音。这种西夏文—汉文互注音义的双解语汇本，对早期解读曾被称作死文字的西夏文和进一步构拟西夏语音起了十分关键的作用，因而自 1909 年俄国人从我国古黑水城首次发掘出《掌中珠》以来，该书一直被国内外研究西夏文字的学者关注，并取得了一些重要成果。李范文先生的研究正是在日本学者西田龙雄、桥本万太郎，俄国学者克恰诺夫、索夫罗诺夫、克平，以及我国学者王静如、龚煌城、李新魁等学者研究基础上，将西夏语及宋代西北方音的研究向前推进了一大步。本书共十二章。

第一章 引论。介绍《掌中珠》的作者、版本、发现和出版印行的情况，以及国内外学者已经取得的研究成果（包括一些未发表的文章）。

第二章 《掌中珠》两种手写本勘误。目前在我国国内有两种版本的《掌中珠》。一为罗福成的手抄影印本，一为罗福葆的手抄晒蓝本。李范文先生根据《掌中珠》的原刊本，对这两个手写本进行逐字校勘，校正了罗福成的影印本 370 个错别字，罗福葆的手抄晒蓝本 865 个错别字，这些错别字各占原书篇幅的 10% 和 22%。

第三章 《掌中珠》注音释读。1964 年日本西夏学者西田龙雄出版了《西夏语研究》第一卷，他论证了《掌中珠》西夏文字的读法，并为其中用汉字注的西夏字加注了他自己拟测的音值。由于西田教授在拟测西夏语音系时，有关《文海》的研究专著尚未出版。《文海》所列的反切资料无法利用，也无法进行反切联系，因而西田教授的注音有待进一步完善，特别是西田教授对《掌中珠》汉字的西夏字注音，未拟测注音，而这部分内容占全书的一半，不能不是一个缺憾，对此李范文先生对《掌中珠》的西夏文全部拟音，并加注上声调。李先生的拟测注音，不仅对研究西夏文有参考价值，而且对研究 12 世纪末汉语西北方音也有重要参考价值。

第四章　汉文复字注音与附加符号考辨。《掌中珠》里西夏字的汉文复字注音，原书作者未作说明，近代学者只能猜测其各种解释，至今尚无定论。为了弄清这些汉文复字注音的西夏字的音值，李范文先生分别按类作了考释和标点，搞清楚了西夏字的音值。

第五章　《掌中珠》的西夏语声母，西夏语有多少声母，西夏人编撰的大型韵书《同音》仿汉语 36 个字母而分 9 品。李范文先生对《掌中珠》汉文注音资料进行分析，认为西夏语的声母并非 9 品，实际上只有 6 品，并没有 2 品轻唇音和 4 品舌上音，而 9 品来日音又可合并于其他品，因而李先生把西夏语声母归纳为 6 品 30 个声母音值。他利用汉字注西夏字音的注音，把西夏的声母按 36 个字母分类，然后对西夏的汉字注音，用丁声树《古今字音对照手册》及经李方桂修订的高本汉拟测的中古汉语音值来注汉字音，以便与西夏字音对比，从中找出规律。

第六章　《掌中珠》中的西夏语韵母：西夏语平声 97 韵，上声 86 韵，共 183 韵，为何西夏韵书《五声切韵》里说西夏语有 105 韵，而这 105 西夏韵几乎就是唐宋时期流行的 106 个汉语韵的翻版，因而，李先生把《五声切韵序》里的 105 韵译释出来，注上声调，并将《掌中珠》中西夏字的汉字注音拟出其音值，以便同西夏字韵母做比较。

第七章　宋代汉语西北方音的声母。李范文先生在本章运用第五章注西夏语声母的相同方式，对西夏字注音的汉字进行比较研究来拟测汉语音值。但在内容安排上与第五章略有不同，以 36 字母为序，分别列表叙之，这样就清楚地表述了 12 世纪汉语西北方音发展变化规律和分合情况。

第八章　宋代汉语西北方音的韵母。罗常培先生《唐五代西北方音》一书把西北汉语方音韵母分为 23 摄 55 个韵母。王力先生在《汉语语音史》里，把宋代汉语分为 9 个元音，32 个韵部。杨耐恩先生的《中原音韵系》和李新魁先生的《中原音韵系研究》对元代汉语韵母均分为 19 类 46 韵母，而宋代汉语西北方音究竟有多少个韵？与唐五代宋元的汉语韵有何不同？李范文先生以《切韵》为基础，以李方桂先生修订的高本汉拟测的韵值为准，再以《掌中珠》的夏汉、汉夏注音资料和藏语注音，参照《唐五代西北方音》韵母一节，拟测宋代西北方音有 23 摄 48 韵，同时通过比较研究，李先生对汉语西北方音中的鼻韵尾入声 -p、-t、-k 的消失问题发表了自己的看法。

第九章　宋代西北方音与唐五代、近代方音比较。本章是对前几章的总结，李先生把自己拟测的宋代西北方音（12 世纪）中的声系和韵系与《切韵》（7 世纪）、《唐五代西北方音》（8—10 世纪）、《中国音韵学研究》（20 世纪西北方音）中的声系和韵系排列在一起作了比较，从而揭示了自 7 世纪以来汉语西北方音发展变化的规律。

第十章　《掌中珠》的版本比较。据俄国西夏学者戈尔芭切娃和克恰诺夫合著的《西夏文写本和刊本》统计，《掌中珠》有 7 个版本。但李范文先生又据美籍西夏学者鲁光东（Luc Kwan-ten）发表的《掌中珠》照片，与已刊行的几种不同版本比较，认为似有 8 个版本，李先生将鲁光东先生发表的原件重新剪贴放在一起影印，以便于读者对照比较。

第十一章　《掌中珠》校勘本。李范文先生在这一章里根据罗福成的影印本和罗福葆的晒蓝本，参照《文海》《同音》原件，又以鲁光东发表的《掌中珠》原件参校，整理出一个新的校勘本，这就大大方便了利用《掌中珠》研究西夏语、西夏史及宋夏关系的学者。

第十二章　《掌中珠》检字索引。分西夏字检字索引和汉字检字索引，均按笔画部首排列。

原刊于《宋史研究通讯》1995 年第 1 期（总第 25 期）

"制蕃字以为程文，立蕃学以造人士"

——西夏开国皇帝元昊

　　元昊是西夏的开国皇帝。元昊一生充满传奇色彩。现存汉文资料有关他的故事，比其他西夏统治者加起来还要多。史书说他圆面孔、高鼻梁，性雄毅、多大略，从小就通晓汉蕃文字、佛学、法律、占卜，"善绘画，能创制物始"，尤精于军事谋略。宋仁宗明道元年（1032）十月，元昊的父亲李德明去世。十一月，元昊嗣位。元昊继承夏国王位，是夏国发展史上的一个重大转折。元昊与他的祖辈、父辈不同，他对父亲向宋称臣的政策很是不满。他曾对父亲说："衣皮毛，事畜牧，蕃性所便。英雄之生，当王霸耳，何锦绮为？"他还劝父亲勿事宋朝，宋朝的赏赐只够王室和贵族享用，而广大部落则得不到好处"穷困颇甚"，还不如"小则恣行讨掠，大则侵夺封疆，上下具丰，于我何恤？"因此，元昊自承袭王位起，便有步骤、有目的地开始了他的王霸事业。他在政治、社会、文化诸领域发起了一场大胆的改革运动。在改革过程中，不同于祖辈、父辈完全学中原帝王的气派，他有意识地突出党项民族的特点。首先是改姓，将唐朝和宋朝赐给党项皇室的李姓和赵姓，改为党项姓嵬名氏，元昊自称"兀卒"即表示自己为天子可汗之尊；其次是发布剃发的法令，令国人皆秃发。再次是颁发了有关服饰的规定，凡文官武将、庶民百姓各有所服。而元昊本人"衣白窄衫，毡冠红里，冠顶后垂红结绶"，这是采用了吐蕃赞普和回鹘可汗的服制。

1036 年左右，元昊颁行党项文字，"元昊自制蕃书，命野利仁荣演绎之，成十二卷，字形体方整类八分，而画颇重复"。元昊主持创制的蕃书，即后来所称的西夏文。这一事件的意义要比其他改革重要得多。因为创制民族文字是西夏社会发展所必需，也是元昊同宋朝分庭抗礼、标新立异的重要步骤，更是强调民族特点的突出举动。1038年，元昊称帝建大夏国，上表宣称"臣偶以狂斐，制小蕃文字，改大汉衣冠。衣冠既就，文字既行，礼乐既张，器用既备，吐蕃、塔塔、张掖、交河，莫不从伏。称王则不喜，朝帝则是从"。

元昊大力推行蕃文，尊为"国字"，使"艺文诰牒尽易蕃书"，并且用这种文字翻译《孝经》《尔雅》《四言杂字》等书。翌年设立蕃、汉二字院，蕃字院掌管与吐蕃、回鹘一带的往来文书，汉字院掌管与宋朝的往来表奏，中间写汉字，旁边写西夏文。天授礼法延祚二年（1039）元昊又建立蕃学。特别是从元昊开始用西夏文翻译佛经，历时五十多年，共译出大小乘佛经 820 部，3579 卷，它不仅满足了西夏党项民族对佛教信仰的需求，而且是在中国佛教文化史上值得大书的盛举。西夏文的创制对西夏文教的兴盛、佛教的传播、文学的繁荣、印刷业的进步都有直接影响，可以说对整个西夏文化的进步有巨大的贡献。

他的后继者也是不遗余力地推广西夏新文字。为了便于学习本民族的文字，西夏中后期编撰了多种西夏语言文字方面的辞书。《音同》（又译作《同音》）是一部以声母分类的西夏文字典。这部字典共收六千多字。大致成书于公元 1132 年，是迄今现存最早的西夏字书。《文海》是一部兼有《说文解字》和《广韵》特点的大型西夏文韵书；为了便于汉族人学习西夏文，西夏人在 1190 年编写了夏汉、汉夏双解通俗语汇辞书《番汉合时掌中珠》。

西夏文属于表意性质的方块字，直接借鉴汉字形体构造的"六书"（即象形、指事、形声、会意、转注、假借）的造字方法，以会意合成和音意合成方式为主，它的基本笔画类似汉字"形体方整，类八分"，也有点、横、竖、撇、捺、拐、提等。而且西夏文的书写亦有楷书、行书、草书、篆书之分。在吸纳汉文字造字方法的同时，又有党项民族独特的构造方法，如笔画较汉字繁复，撇、捺等斜笔较多，无竖钩；象形字和指示字较少；会意字比汉字少，类似拼音构字法的反切上下合成则是西夏文构字的一大特点。

西夏文的创制对于从"无文字，但候草木以记岁时"的游牧民族来说具有划时代的意义，它标志党项民族跨入较为先进的民族行列。西夏党项族对于西夏文字的创制感到非常的自豪，他们在《献给尊师的颂诗》中歌道："藏汉蕃族为同母，分地异处而言殊。极西愈高为吐蕃，蕃人国家用蕃文。极东愈低为汉族，汉人国家用汉文。各有语言各自爱，各有文字各自敬。"值得注意的是，诗作者认识到藏汉蕃为"同母"，语言有亲属关系，但分处异地，而语言各异。

西夏文从创制时算起到被人遗忘，大致使用了约500年。明代中叶在河北保定的西夏遗民依然使用着西夏文。其后就再未见西夏文使用的记录。直到十九世纪初，清朝著名西北史地学者张澍在甘肃武威发现刻有西夏文的《重修凉州护国寺感应塔碑》，西夏文才又开始为世人所知，但是人们已很难识读。19世纪后期，欧美学者率先对北京居庸关石刻西夏文进行研究，20世纪初，俄国人在我国西部居延海南侧黑水城（在今内蒙古额济纳旗）的"著名的塔"中发现了迄今世界上数量最多的西夏文献（计有数万件，其中百分之八十是佛经），解读西夏文便逐渐成为一门专学。

当年元昊主持创制西夏文，十年之后即用于翻译佛经，不到三十年西夏文就在西夏境内的法律条文、官署文件、审案记录、买卖契约、文史书籍、字典辞书、碑刻铭文、印章、符牌、钱币以及译自汉文的儒家经典、史书、类书和兵书等典籍，得到广泛使用和传播。而现今研究西夏文已有百余年，耗费了国际众多优秀学者的毕生精力，研究的专书也出了数十种，可迄今仍然未能完全揭开西夏文神秘的面纱。难怪有学者感叹：今后的学者在研究西夏文字时应该致力于对这些简易规律的推寻，否则我们将永远愧对这样的责难——当年的西夏人用很短时间就能学会的这种文字，为什么我们今天这么多优秀学者联起手来还不能全部识读呢？这正是元昊主持创制西夏文的魅力所在。

宋朝第一文臣：范仲淹

　　范仲淹（989—1052）字希文，苏州吴县人，祖辈原为官僚，两岁丧父，家道中衰，其母改嫁，因此他的青少年时代是比较困苦的。大中祥符八年（1015），范仲淹27岁，考中进士。初入仕途的范仲淹凭借他对当时社会现象的观察，对宋朝的统治忧虑忡忡。天圣三年（1025）和五年（1027）他先后上书抨击时事，要求改革吏治，但是当朝执政大臣却置若罔闻。

　　范仲淹自地方小官选拔为京朝官后，八九年间，遭到三次贬逐。天圣七年（1029），范仲淹上疏要求章献刘太后还政于年已二十岁的宋仁宗，朝廷为之震动，他被贬为河中府通判。明道二年（1033），范仲淹上疏反对宋仁宗废郭后，宰相吕夷简因之前罢相与郭后有关，同时为了邀君固宠，借机贬范仲淹知睦州。景祐三年（1036），范仲淹知开封府，向仁宗献百官图，指斥吕夷简任人唯私，升迁不公，同吕夷简集团的矛盾公开化、尖锐化，被贬为知饶州。

宋人笔记《续湘山野录》说，范仲淹三次被贬官，每贬一次，当时的人称"光"一次，第三次称之为"尤光"。如果说范仲淹的这些活动一次比一次光彩，这就表明其光彩之处就在于范仲淹为使自己的国家摆脱困境，不顾自身荣辱安危，把自己推到时代的最前列。

宋仁宗宝元元年（1038），占有灵夏之地、河西走廊的党项族首领元昊上表宋朝称帝，建立大夏国。引起宋廷朝野不满，遂爆发宋夏战争。战争之初，宋军惨败，宋仁宗起用范仲淹和韩琦经略陕西、河东，抵敌西夏。在经略陕西边防时，范仲淹改变宋初以来军队存在将帅缺乏独立自主的战争指挥权等弊端，将指挥权不相统一的驻兵分为六将，各将三千人，练兵、戍守、教阅，统一指挥权，号令明白，总领不贰。此即为后来王安石变法制定的"将兵法"所继承，"盖本范公之遗意也"。同时，范仲淹爱抚士卒，安抚蕃民，积极备御，成功扭转了宋军初期不利的被动局面。

从范仲淹经略西夏的全过程来看，他是主守、主和观点的主要代表人物。但他的主守思想与那种"来者御之，去时勿追"的消极防守不同，他的主守思想较为积极，即所谓"国家用攻则宜取其近而兵势不危，用守则必图其久"，也就是说在战略上防御，在战术上则以攻为守，始终掌握战略的主动权，从而从根本上解除边患造成的危机。范仲淹的浅攻横山之策，实际上就是这种战略思想的反映。这一决策从当时宋朝进讨无能、守御维艰的情况来看，不失为一个有远见的战略决策。虽然未及付诸实践，但是后来为宋神宗开边西夏所继承。

宋夏战争的爆发导致社会矛盾进一步加剧，北宋统治集团中的一部分，包括宋仁宗本人感觉到，若不采取措施，缓和这些矛盾，北宋的统治便岌岌可危。于是宋仁宗在改革呼声推动下"遂欲更天下弊事"，任命当时因抗夏业绩而声望日隆，又是"蕴至诚，以康济斯民为己任"的范仲淹为参知政事，韩琦、富弼等为枢密副使，与宰相章得象等同时执政，欧阳修、蔡襄等为谏官，积极支持范仲淹。范仲淹综合他多年来改革意见并加以补充发挥，于庆历三年（1043）九月写了一篇《答手诏条陈十事疏》呈给了宋仁宗，作为他改革的方案。所谓十事是指"明黜陟、抑侥幸、精贡举、择官长、均公田、厚农桑、修武备、减徭役、覃恩信、重命令"，这些是以裁减冗官，选拔"贤能"为整顿吏治的手段的改革建议，被宋仁宗采纳。庆历新政遂渐次展开。以范仲淹为首的改革派，都认为改善吏治是根本。钱穆认为，依照当时情况，必先澄清吏治，否则不足以宽养民力。非宽养民力，不足以厚培国本。非厚国本，不足以遽希武功（《国史大纲》）。这正是范仲淹的改革设想。

范仲淹"内刚外和"，是一位无所畏惧的改革者。新政首先实行的是"择官长"，改变即使是无能、老弱、贪污的官员，也一例依资格选任的状况。由朝廷选任各路转运使，由转运使选任各州知州，再由知州选任各县知县、县令，不称职者必须随时撤换或降职，政绩突出的提拔重用。范仲淹坐镇中央，检查全国路级官员的名单，看到有不称职的转运使、提点刑狱，就一笔勾销。富弼一旁见他罢黜不才毫不留情，有些担心地说，"一笔勾之甚易，焉知一家哭矣！"范仲淹回答说："一家哭何如一路哭耶！"（《皇朝编年纲目备要》）

庆历新政施行了一年多，虽然在既得利益受到打击的大臣反对下失败了，但是以范仲淹为代表的士大夫为改变国家积贫积弱局势所做的努力和尝试，则是永远不会磨灭的。二十多年后，继庆历新政而出现的王安石变法，便是继承范仲淹等人的遗志，进行了更加深入，更加广阔的变法运动。

中国古代学术自汉武帝以降至清代，主要是围绕汉学、宋学展开。宋仁宗统治时期是宋学勃兴的重要阶段，朱熹推原学术，充分肯定范仲淹对宋学建立，有其不可磨灭的开风气之先和荐拔人才的作用，"自范文正以来，已有好议论"，而建立宋学的关键人物胡瑗、孙复、石介、李觏、张载等都曾得到范仲淹的荐引、提携或关照。《宋元学案》编有表彰范仲淹学术源流及思想的《高平学案》，其按语云"高平一生，粹然无疵，而导横渠（张载）以入圣人之室，尤为有功"。范仲淹不仅对许多学者予以汲引、援助，而且以其独有的行谊和风范给当时士大夫以极大影响。"（仲淹）每感激论天下事，奋不顾身，一时士大夫矫厉尚风节，自仲淹倡之。"（《宋史·范仲淹传》）这样的士风，对宋学当然有着深厚的影响。不特如此，范仲淹自己在学术上也有致广大而尽精微的学养和过人的成就。据史载范仲淹"通六经"，尤长于《易》经，同其他宋学建立者一样，范仲淹也是摆脱此前的注疏，径直从《易》的义理方面进行阐发的。范仲淹阐发《易》的义理同李觏探索《周礼》一样，用于对社会现实的变革上。在上给宋仁宗《答手诏条陈十事疏》这一庆历改革的纲领性文件中，范仲淹指出"历代之政，久皆有弊，弊而不救，祸乱必生"，而救乱就需要变，因而他引《易经》上"穷则变，变则通，通则久"的教导，来进行政治改革，从而充分体现了通经致用的实践意义。

唐中叶以后由于均田制的瓦解，科举制度逐步占据选士的主导地位，加上唐末农民战争，作为帝制王朝统治基础的地方世家大族分崩离析。北宋中叶开始，范仲淹、欧阳修、二程、张载等人从理论上、实践上都积极倡导重建地方宗族组织。宋仁宗皇祐初（1049），范仲淹为了加强本族之间的互相扶助，在姑苏置上田十顷，创办义庄，"以岁给宗族。虽至贫者，不复有寒馁之忧"。又亲定《义庄规矩》。范仲淹创设义庄，实则是一项养恤和教育族人的福利制度，自创设以后，不仅大大助益历代苏州人才的培养和社会公益的发展，而且范氏义庄在南宋以后成为元明清统治者树立的榜样，在全国得以大力推行，各地大族纷纷购置田地仿效，范氏义庄延绵不绝800年，产生了难以估量的历史影响。

皇祐四年（1052）范仲淹去世。范仲淹被《宋史》编撰者列为宋朝文臣第一："自古一代帝王之兴，必有一代名世之臣。宋有仲淹诸贤，无愧乎此。"他在《岳阳楼记》写下的："居庙堂之高则忧其民，处江湖之远则忧其君。是进亦忧，退亦忧也。然则何时而乐耶？其必曰：先天下之忧而忧，后天下之乐而乐欤。"成为一代有理想士人精神风貌的写照。

原刊于《人民日报》2020年5月5日《文化遗产》版

第四辑　宋史研究史

中国宋史研究会四十年历程的见证

　　中国宋史研究会自 1980 年 10 月在上海成立，迄今已走过四十年的历程，四十年间，中国宋史研究会年会的召开经历了由定期到不定期再向定期的发展。从 1980 年至 1992 年，年会共举行了 5 次，1980 年、1982 年、1984 年的三届年会是两年召开一次，其后时隔 3 年，于 1987 年召开第四届，之后又时隔 5 年，于 1992 年召开第五届年会，在 1994 年召开第六届年会以后至今都遵循两年召开一次年会，但是由于疫情的原因，原本 2020 年召开的第十九届年会延期到 2021 年召开。

　　如果说由定期到不定期再到定期举行年会是中国宋史研究会存在的主要标志，那么每届年会后选编的论文集——年会编刊和秘书处自 1984 年编辑的会刊《宋史研究通讯》则是这种存在的最好历史见证。从第一届年会编刊至 2018 年第十八届年会编刊，前后共编辑出版 18 部，在这里还要特别提及 2 部国际宋史研讨会论文集[1]，共收入会员及海外学者的论文 623 篇。《宋史研究通讯》虽不是正式出版刊物，但作为会刊，迄今已编辑和刊印总计 75 期。有关《宋史研究通讯》的情况，将另文叙述，下面主要叙述作为中国宋史研究会最重要的标志——年会编刊的 6 个侧面。

一、年会编刊的编辑、出版

第一部年会编刊，主要是主编邓广铭先生选编："现在我们把这些论文略加分类，编辑在一起，由《中华文史论丛》作为增刊之一，把它印行出来（凡文长四万字以上的，均将另出专书，不收入此集内）"。

第二部年会编刊是邓广铭先生与"郦家驹、李涵、郑涵等同志共同编选。2.5 万字不收"。

第三部年会编刊，"共收论文 36 篇，是从第三次年会所收的近百篇论文中选辑出来的，是由研究会的几位理事，即郦家驹、徐规、李涵、漆侠、王曾瑜等同志与我共同选定的。编选标准：一是看理论与史实结合的情况，二

---

[1] 由第一、第二任会长邓广铭、漆侠共同主编的《国际宋史研讨会论文选集》和《中日宋史研讨会中方论文选集》。

是看所论述的课题是否有独到之处，三是看文章是否写得平实。由于篇幅的限制，凡超过二万五千字的文章，也一律割爱"①。

第四部与第五部年会编刊，大致遵循前三部的编辑体例，先由年会主办单位根据参会理事审稿意见提出初选名单，将论文汇总交由邓广铭先生最后定度。

1994年年会编刊，因当时四川联合大学经费问题，论文集由河北大学历史研究所出资并组织编辑工作，然后交由河北大学出版社出版。

从1996年开始至2004年的年会编刊，是由秘书处和主办单位共同拟定初选名单，请参会理事审稿，最后由年会编刊主编定度。其选稿原则一仍邓广铭先生所定的选稿原则。

2006年以后的年会编刊一般都有编后记，记录编辑过程和选编依据：2006年年会编刊编后记："本书为会议论文的汇集。需要说明的是，提交会议的论文，先由宋史研究会的理事分头筛选，复经朱瑞熙和王曾瑜两位老会长审定。有许多论文未收入本集，原因有三：一是已经在其他刊物上发表了的文章；二是篇幅过大的文章；三是我们虽然尽力努力，但无法与作者联系上的文章。"2008年年

---

① 邓广铭、徐规等主编：《宋史研究论文集·前言》，浙江人民出版社，1987年。

会编刊编后记："此次未收录的论文，主要出于以下原因：1.有些论文已经投寄其他刊物，尊重作者意愿，兹不再收。2.虽然提交了论文，但作者没有参会，论文未经讨论，因而未予收录。3.根据会议通知的要求，凡篇幅过大，字数超过二万的论文未予收录。4.经编委会多次联系，始终没有回复的论文未予收录。论文集的排序方式，大体以文章类别为单元；各单元兼顾内容与时段，按'先总后分、先北宋后南宋'的原则排序。"2010年年会编刊编后记："会前送交专家书面评议，会上分组进行报告、讨论。在此基础上，再经会议各大组组长、中国宋史研究会各理事等多层选筛，最终由文集编委会确定，精选出代表海内外宋史研究新前沿与高水准的论文25篇。"2012年年会编刊后记较为详细记录了论文选编过程："年会闭幕后，会务组随即展开了论文集的编纂工作。先是将参会的191篇论文分成两部分：一是参加10个分论坛的学者提交的论文，由每个分论坛的召集人请分论坛内相关学者评议、推荐。二是参加6个专题组别的学者提交的论文，按照惯例，由宋史研究会理事负责审议、推荐。会务组根据论文研究内容并结合每位理事的研究专长，将论文通过电子邮件提请给理事评审，每位理事评审3—4篇。这一工作大约持续到2012年12月份，审议意见发回会务组，共有51篇论文拟收入论文集。接下来，会务组联系了51篇论文的作者，征询他们是否同意将论文收入论文集，是否已经在其他刊物上发表。如果同意收入论文集，建议将字数压缩至一万字以内。这一工作持续到2013年4月份，最终有39位作者同意将论文收入论文集并作了修改和文字压缩。有12位作者表示不再收入论文集，其中有的已经发表，有的已有发表意向。"2016年年会编刊后记："会后，由宋史研究会理事会成员包伟民、曹家齐、戴建国、范立舟、黄纯艳等专家组成编委会，从所提交的240多篇论文中精选出29篇，进行出版交流。……该论文集由宋史界有名望的诸位专家进行遴选，内容较为全面，质量更为可靠，价值各有亮点，总体可读性强，具有较高的学术价值和出版价值，并具有一定的现实关照意义。"

虽然因各种原因，不能将每届年会的所有高质量论文全数收入论文集，且越到后来选编的论文占提交会议论文总数比例越小，留下种种遗憾，但是由于采取了比较审慎而严格的选稿制度和标准，历届年会编刊都能保持较高的学术水准则。曾任唐史学会会长的冻国栋先生对此有较为中肯的评价："作为兄弟学会的成员之一，我感叹良多。比如，我手头几乎保存了全套的《宋史研究论文集》和中国宋史研究会的《通讯》。每一部论文集，可以说都有不少的闪光之作。不少学者善于提出新问题，用于尝试新理论或新方法，或运用新资料对宋代史上许多重要的学术论题进行深入剖析；或者继承传统的实证方法，经过艰苦而细致的考据、辨析，不断推出足以传世的经典性篇章。

作为相邻断代史的同行，我为之艳羡，为之自豪，更为之钦佩。"①

二、年会编刊与国际宋史研究平台的形成

中国宋史研究会成立之初，大陆地区的宋史研究不论是研究议题还是发表的论文，与日本、中国台湾地区上有一定差距，而欧美的宋史研究在当时亦有较好的发展势头。"1980年中国宋史研究会成立以来，国内宋史研究更进入了一个新的阶段，研究领域有了新的开拓，由单纯的政治、文化扩展到对政治、经济、思想、文化作全面的探讨；专门研究机构纷纷成立，研究专著及论文不断涌现。中国台湾、香港地区及日本、美国、新加坡、法国、德国、韩国等国家的宋史研究也方兴未艾。尤其是日本学者，在宋史研究方面着鞭最早，成果最为卓著，自加藤繁以来，经过日野开三郎、周藤吉之、再到现在的柳田节子、斯波义信等，人才辈出，成绩斐然，令世人瞩目；而台湾地区在20年前便已成立了宋史座谈会，至今已举行了100多次会议，出版了20多本研究论文集，在国内外也产生了不小的影响；此外如美国学者还出版了《宋辽金研究导

① 邓小南、杨果、罗家祥主编：《宋史研究论文集（2010）·开幕式祝词》，湖北人民出版社，2011年。

报》（现改名《宋元学报》）可见，宋史研究，已经成为世界性的热门。"① 不过限于当时处在改革开放初期，中国宋史研究会的年会尚不能直接包括港台地区和海外的学者，因而当时单独专门与港澳台地区的学术交流有四次重要的会议，第一是由刘子健先生牵头，1984 年 12 月在香港中文大学举行海峡两岸暨香港、澳门的宋史研讨，大陆出席的代表有邓广铭、陈乐素、郦家驹、漆侠、王曾瑜、朱瑞熙等，台湾地区有宋晞、王德毅、梁庚尧、黄宽重、张元等。这是两岸的宋史学界交流重要的里程碑。

1985 年由邓广铭、徐规领衔，"由北京大学、杭州大学联合主办的中国宋史国际学术讨论会于五月十四日至十七日在杭州市柳莺宾馆举行。参加这次讨论会的中外学者有六十七名，其中教授和相当于教授学衔的二十四名，副教授二十三名，实际到会的学者六十名。到会学者中，有我内地学者三十九名，香港地区学者三名，日本学者九名，联邦德国学者一名，美国学者八名，还有全国新闻、出版单位的特邀代表十五名。中外学者提交大会的论文共有五十七篇"②。

1989 年 7 月原拟由邓广铭、漆侠领衔召开中日宋史

① 刘秋根：《一九九一年国际宋史研讨会述要》，《河北大学学报》1991 年第 4 期。
② 《中国宋史国际学术讨论会在杭举行》，《杭州大学学报》1985 年第 3 期。

研讨会，由于政治风波未能召开，但 1991 年 5 月，河北大学出版社出版了由邓广铭、漆侠主编的《中日宋史研讨会中方论文选集》，选入中方代表已提交的 29 篇论文。

1991 年 8 月由邓广铭、漆侠领衔，由北京大学、河北大学主办，在北京盛唐饭店召开第二次国际宋史研讨会，"与会中外学者六十九人（实到六十一人）。其中，美国学者五名，日本学者七名，韩国学者一名，我台、港地区学者七名、内地学者四十一名。提交论文四十九篇（实际印发四十七篇）"[①]。翌年由河北大学出版社出版《国际宋史研讨会论文选集》，收入提交大会的论文 36 篇。

自 1991 年后，这类虽未以中国宋史研究会名义而实则是代表内地宋史学界单独召开的国际宋史研讨会没有再召开过。而以年会邀请海外学者参加，并在年会会标前面冠以国际宋史研讨会的形式，始自第九届在河北大学召开的宋史年会。其后除第十届和第十一届"会标"上没有出现"国际"外，年会兼具国际性已成为惯例。2000 年，漆侠先生在第九届年会编刊前言中指出"下一阶段的宋史研究究竟应该怎样开展，怎样才能从整体上提高研究水平，使之以一种崭新的面貌走向二十一世纪，是我们这次会议应该探讨的问题之一。为此，我想，根据宋史研究的实际

---

① 《国际宋史研讨会在北京举行》，《杭州大学学报》1991 年第 4 期。

需要，加强国际合作、分工协作不失为一个好办法。这种合作可以采取多种形式，如合作进行课题研究；合作进行宋代大型文献的整理研究；合作出版学术著作等。过去宋史界同道们已经做了一些工作，如果继续努力，进一步强化，将会使宋史的发展更上一层楼。这都需要我们积极探索、寻找门路、稳步推进。这次大会如能在这方面有所进展，则予心愿足矣。历史即将进入新的时代，历史学这门古老的学科也适应时代变化焕发出青春。"漆先生的预期和愿望，在之后逐渐得到践行。

2010 年由武汉大学、华中科技大学承办的"中国10—13 世纪历史发展国际学术研讨会暨中国宋史研究会第十四届年会"，与会专家学者有 143 人，其中来自美国、法国、日本、韩国、新加坡和我国台湾、香港地区的学者计 33 人。在闭幕式上，法国学者蓝克利（Christian Lamouroux）先生的致辞很有代表性："我只能回顾第一次参加宋史年会，是昆明云南大学在 1996 年举办的会议。印象很深，认识了不少学者，交了很多朋友，论文内容丰富多样，讨论也很积极，学术气氛很浓，宋史研究会已经创造了学术传统。从港台及海外地区来的一共只有三个人，即黄宽重先生、准备读博士班的陈文怡先生，还有我本人。……最近有一位同仁问我，这几年宋史学界发生了比较重要的变化是什么？我回答说大概是中国学者恢复了在国际学术网络内的地位，发挥了学术交流的重要性。看这两天的论文那么多，成果那么明显，学术责任感那么强，我感觉到武汉会议是对我个人想法的认同。……让我很高兴的是中国宋史研究会健康得继续发展下去，进入了21世纪，已经成为很有生命力、很有代表性的学会。" 正如漆侠先生在第六届年会编刊序言中说"回顾1980年中国宋史研究会在上海成立以来的十四五年间，中国宋史研究扭转了此前在断代史研究中的落后状态，有了极其显著的发展，取得了多方面的重大成就"①。包伟民在第十四届年会编刊所载的学术总结中亦言"中国宋史研究会已经成了中国大陆乃至台港澳、海外宋史研究界同道们相互间交流学术不可或缺的平台"②。

三、年会编刊与 10—13 世纪的中国史研究

邓广铭先生在1982年年会编刊上的开幕词说："收入上一册《论文集》中的，有论及宋元时期高昌回鹘封建社会特征的一篇，收入这一册《论文集》中的，既有论述契丹王朝的，也有论述河湟吐番（蕃）的。表面看来，这似乎都超出两宋政权所统辖的疆域乃至时限之外了，实际

---

① 漆侠、胡昭曦主编：《宋史研究论文集》，河北大学出版社，1996年。
② 邓小南、杨果、罗家祥主编：《宋史研究论文集（2010）》，湖北人民出版社，2011年。

上我们却认为，这样做并无不恰当处。理由如下：我们的学会虽是以宋史研究会为名的，而实际上，不论北宋或南宋，都只是当时中国大陆上先后或同时并立的几个割据政权之一。既不应把宋朝作为正统王朝看待，更不能把它与那时的中国等同起来。宋史研究会的会员同志们所要致力的，是十至十三世纪的中国历史，而决不能局限于北宋或南宋的统治区域。事实上，像这样严格地区分畛域也是行不通的。因为，北宋与契丹、西夏、回鹘等政权，南宋与金及大理等政权，彼此之间的和平交往与矛盾斗争的事件是大量存在的，在论述这类事件时，只谈其中的任何一方而不涉及其对立的一方，那是断然讲不清楚的。所以我们宋史研究会的会员与辽金史研究的会员，所属学会名称虽异，但均以研究那一时期的有关中国史为职志，是并不矛盾的。因此，在这两个学会的会员之间，也万万不可以严格划分此疆彼界，而互相不越雷池一步。我们希望，有朝一日，我们这两个学会能合二而一，取名为辽宋夏金史学会，那就更便于我们的通力协作了。"[1]邓广铭先生倡导的"大宋史研究"理念，被其后历届中国宋史研究会遵循，特别是近十年来更加注重10—13世纪的整体性，这种整体性的理念反映在第八届及之后历代年会会标上就很能说

---

[1] 邓广铭、郦家驹主编：《宋史研究论文集（1982）·前言》，第二册，河南人民出版社，1984年。

明问题。

第十七届年会议题在把握 10—13 世纪中国史研究整体脉络的同时，针对性讨论的问题就有"宋金教育与科举""宋辽金时期军事与外交"等，而且会议认为，10—13 世纪中国史研究作为整个历史学研究的重要组成部分，对于研究中国整体文明形态，发掘中国传统文化的核心与内涵具有重要意义。

四、年会编刊与四十年宋史研究的学风导向

求真、务实，可以说是中国宋史研究会成立四十年来的一贯学风，这与首任会长、第一部年会编刊主编邓广铭先生的大力提倡分不开。在第一部年会编刊的前言中，邓先生说入选年会编刊的论文"全都是扎扎实实，在占有广泛材料的基础上，才提出自己的论点的"。因而，在这些论文当中，既无哗众取宠之论，也无怪诞无稽之谈，基本上是向着"平实"的方向努力的。所以，"务实、求实"也就成为我们这许多篇论文的一个共同特点。1992 年第五届年会编刊所载题为"解放思想，实事求是，把史学研究推向新的高峰"的前言中，邓广铭先生再一次强调："学术研究中的实事求是"的重要性就在于"这一问题对我们树立正确学风，对我们史学研究工作的排除干扰和健康发展，关系极为重大"，"在史学研究方面的解放思想：一是

要从教条主义的束缚中解放出来，二是要从大量的史料所带给我们的陈旧观点的束缚中解放出来"。在第十七届年会上包伟民会长特别强调这两条对现今宋史研究依然有指导意义："在 20 多年以后的今天，应该说，解放思想仍然是我们深入理解宋代历史的首要任务。尤其是在大多数议题对于相关的历史资料似乎已经竭泽而渔的前提下，如何走出简单地堆砌资料、铺陈资料，做到'学贵心悟'从对资料的比较和分析中发现问题，仍然知易行难。任何一个时代的史学研究，都必然回应时代的关怀。史家所关心的议题，观察问题的取向，与其在分析中所持的立场，都必然会受到时代的影响。例如，近年来，与认为赵宋是中国古代最为积弱不振的王朝的传统看法针锋相对，关于宋代是中国古代经济文化发展顶峰的看法，得到了越来越多人的认同，这就是近二三十年以来中国大陆经济发展、国人文化自信增强的一种反映。当今中国，经济扩张乏力，文化转型艰难，社会改革遭遇瓶颈，人们思想迷茫，机遇与挑战并存，我们如何通过反思历史，以获取批判现实与改造现实的精神动力与思想要素；同时，通过解剖现实社会，反过来加深对宋代社会的体悟，也应该成为这次年会的一个重要任务。"①

---

① 包伟民、曹家齐主编：《宋史研究论文集（2016）》，中山大学出版社，2018 年。

五、见证四十年来宋史研究议题的变化

笔者在总结 1980 年至 21 世纪之交的宋史研究趋势时指出："宋代经济史、典章制度、历史文献考订和人物评价一直是众多研究者关注的重点，而 20 世纪 80 年代后期以来社会史、文化史又成为新的研究热点或增长点；近年来研究倾向更趋多样化，士人阶层、家族宗法、性别观念、民间信仰、社会生活、基层社会、地域文化、宋学诸学派等课题纷纷进入研究者的视野。在研究倾向转变的同时，学科间的界限也日益受到挑战。宋史研究中诸领域间，如经济与社会、思想与政治、法律与社会、民族与文化，甚或综合更多领域间的互动研究倾向在近年已初见端倪。如讨论宋代士人、家族就往往将文学、政治、经济联系起来做综合考察；又如讨论宋代思想则关注思想与当时的社会、经济、政治、文学之间的联系。思想史解释资源范围扩大，社会史、经济史、文学史、学术史，乃至文献学、考古学等所依据的资料大量进入思想史的视野。"[①] 这一时期的年会会议论文讨论形式和年会编刊所收论文大致反映了这一趋势，即以经济史、政治史、文化史、人物及其他为几大模块为主分类，如第一届年会编刊收录的文

---

① 李华瑞：《建国以来的宋史研究》，《中国史研究》2005年增刊。

章"涉及的方面比较广泛;占比重较大的,是论述宋代社会经济发展或专就宋代封建生产关系中的某个侧面进行了考察。此外,有论述宋王朝所制订的典章制度的;有论述发生在十至十三世纪内的阶级矛盾、阶级斗争,或民族矛盾、民族斗争的;也有评价这时期内的历史人物的;还有少数关于史事考证和史籍校勘的"。第二届年会编刊共收入 26 篇论文,"其内容所涉及的问题,占比重最大的仍然是关于宋代社会经济发展,或就宋代生产力与生产关系的某个方面的考察"。第三届年会编刊论文内容涉及"户等、佃客地位、公使钱、关中经济、江西铜矿、商业立法、计钱方式、布帛买卖、川峡铁钱、检校库;王小波、二十豪横、变法、州县令考核、县尉、邮递铺兵、职官、宋夏战争、宋金战争、民族政策、文献、人物、妇女再嫁"。由这届年会编刊所收经济史方面的论文有一个明显变化的信号,即经济关系、土地制度的研究让位与货币、市场、区域经济。与此相应,从第四届年会编刊开始直到第十二届年会编刊,政治史大模块的研究超越经济史研究占据收录文章的首位。

2008 年"国际宋史研讨会暨中国宋史研究会第十三届年会",在邓小南会长的大力倡导下,以论坛模式呈现,大大促进了议题的转型,即从传统的政治、经济、军事、文化几个大模块的问题讨论向议题的小型专题化和交叉精深化转变。正如邓小南会长在开幕词所讲:"近些年来,在大家的共同努力下，国内宋史学界求实、务实的风气日渐成长；学术议题新鲜多元，学术讨论日益活跃；各种类型的专题讨论会、学生研读班，成为引领学术成长的牵动力量。一批具有新视角、新思路，材料分析严谨扎实的学术著述、学位论文，激活了一个个可以持续发展的学术生长点。"①是故议题的转型为其后历届年会所承袭："例如'宋代自然灾害、疾病与回应''宋代文书传递与信息沟通''性别视角中的宋代历史''宋代周边关系与域外文献'等，观察到本领域的一些新关注点。这些新关注点一方面反映了本领域学者对国际学术潮流的回应，另一方面也反映了中国历史的一些特点。"②第十四届年会论文以"宋代行政运作之日常秩序"等专题为中心，组成 11 个论坛，并结合相关议题，分置于 5 个大组。第十五届年会"将参会的 191 篇论文分成两部分。一是参加 10 个分论坛的学者提交的论文，二是参加 6 个专题组别的学者提交的论文"。第十六届年会分作 12 个小组展开：第一组"制度、理念与政治运作"；第二组"政治、法律与军事攻略"；第三组"经济活动与社会成长"；第四组"人物、家族与世

---

① 邓小南主编，林文勋、吴晓亮执行主编：《宋史研究论文集·开幕词》，云南大学出版社，2009 年。

② 邓小南主编，林文勋、吴晓亮执行主编：《宋史研究论文集·闭幕词》，云南大学出版社，2009 年。

系";第五组"文献、文学与历史书写";第六组"教育、文化、思想学术与宗教信仰"。六个分论坛:"宋代日常生活""宋代政治文化""制度史视野下的宋代""皇权再认识""文化物事形成的谱系与观览""南宋临安志"。第十七届年会会议在把握10—13世纪中国史研究整体脉络的同时,针对"宋代日常生活史""宋代社会经济史""宋代思想史""宋金教育与科举""政治文化""多视角认识宋代的政治与制度""宋辽金时期军事与外交""宋代文献研究""方志材料与地方史研究"等研究内容进行了讨论,并多维度地探讨了"宋代旅行、性别与生活""宋代城市与乡村"" '南海1号'与宋代海上贸易""熙丰印象"等专题。第十八届年会"第一组 学术与思想,(论坛:宋代的思想与政治、区域交流与思想文化、知识的构成与思想),第二组 财政与经济(论坛:过程视角下的唐宋财政赋役),第三组 军事与边疆(论坛:宋代西部边疆政治与军事、两宋时期的军事体制与军政格局),第四组 制度与秩序(论坛:信息传递与宋代的统治秩序),第五组 地方与国家(论坛:宋代的国家治理与文化建构),第六组 礼制与社会(论坛:科学、技术与医学视野下的宋代社会、10—13世纪的宗教空间与政治文化、10—13世纪中国民间信仰与基层社会),第七组 史学与文献(论坛:宋代石刻文献)"。

论坛形式迄今已成为中国宋史研究会年会的一大亮点。

值得一提的是，按照国际惯例，研讨会一般设有论文评议程序，如1991年举行的"国际宋史研讨会"就是如此："在讨论前，文章按内容归类，并分别拟定主持人及论文评论员。讨论时，主持人按发言程序点名发言，在发言人宣讲论文要点后，评论员进行评论、质疑，其他与会者提出补充意见。论文发言人则可根据情况进行答辩。整个会场很活跃，中外学者无拘无束，畅所欲言、各抒己见，学术气氛很浓厚。大会开得很成功。"[①]其后历届年会一般也有这个程序，但多流于形式化。从2010年第十四届年会，重新健全了论文评议程序，邓小南会长在开幕词中说道："举办方在会前收集了书面评议100多篇，像'宋代文献与文化研究'组，汤勤福老师第一位提交了详尽的评议，和辛更儒老师的评议一起，被视为工作的范本。日本学者平田茂树的评议，则类似于一篇学术论文。让我们感动的是，许多先生在七八月的酷暑中阅读论文、赶写评议。这一切，在我们宋史研究会的历史上，应该说是'史无前例'的；这一切，都保证了本次会议的学术质量。"[②]这一做法也为其后历届承袭。

①《国际宋史研讨会在北京举行》，《中州学刊》1991年第6期，第130页。
②邓小南、杨果、罗家祥主编：《宋史研究论文集（2010）》。

六、见证四代学人薪火相传

1949 年中华人民共和国成立以后，在中国古代史断代研究中，宋史研究相对落后。民国时期虽然如严复、王国维、陈寅恪、胡适、蒙文通、钱穆、傅斯年等大家都关注过宋代文化，但并未做过相应研究。中华人民共和国成立以后至 1978 年，国内第一、二代宋史研究者屈指可数，只有邓广铭、蒙文通、陈乐素、张家驹、聂崇岐、张亮采、程溯洛、束世澄、张维华、华山、何竹淇、张秉仁、吴天墀、漆侠、沈起炜、王云海、关履权、万绳楠、朱家源、郦家驹、李埏、倪士毅、徐规、王瑞明、李涵、姚瀛艇、陈守忠等二十多人。从二十世纪五六十年代到 1980 年中国宋史研究会成立时，全国研究宋史的人员已达六七十人。像毕业于二十世纪五六十年代的杨德泉、柯昌基、吴泰、戴静华、郭正忠、陈振、胡昭曦、贾大泉、裴汝诚、高树林、周宝珠、梁太济、杨渭生、朱瑞熙、王曾瑜、陈智超、杨国宜、乔幼梅、张邦炜、龚延明、何忠礼、李裕民、许怀林、郭东旭、葛金芳等人，到二十世纪八十年代以后，与从三四十年代走过来的前辈学者，一道撑起了大陆宋史研究的骨架。

中国现代学位制度始建于二十世纪三十年代中期，宋史方向的研究生培养大致稍晚于这一时期。从四十年代开始至"文化大革命"之前，已故和健在的老一代宋史前辈多有硕士研究生学习的经历。

中国的博士学位制度则是在 1980 年以后建立的。1981 年，北京大学历史学系邓广铭先生获得第一批博士生导师资格。其后，1984 年，河北大学漆侠先生、四川大学吴天墀先生，1986 年，云南大学李埏先生、杭州大学徐规先生等也先后获得博士生导师资格。期间，四川大学胡昭曦教授、杭州大学梁太济教授亦是经国务院学位办批准的博士生导师。中国宋史方向的博士研究生培养由此展开。

1995 年，博士研究生指导教师资格的审批权由国务院下放到具有博士授予权的高校和科研单位，这使得博士生导师人数剧增。此前，国务院审批的博士生导师共有五批。这五批当中，宋史方向的博士生导师只有 7 人，而从 1995 年至今的 25 年当中，据不完全统计，宋史方向的博士生导师人数达到 87 人，分布在 33 座高等院校及科研院所[①]。于是从 1996 年开始，毕业于八十年代至九十年代的第三代宋史学人陆续担任博士生导师，培养第四代宋史学人，从 2012 年以来，第四代宋史学人开始担任博士生导师。

历届中国宋史研究会年会编刊的作者队伍变化，与上

① 这里的统计只限于参加中国宋史研究会的学者。近年统计参考了刁培俊《2018 年中国大陆宋史研究生导师阵营（更新版）》转引于"宋史研究资讯"微信公众号。

述培养宋史研究薪火相传教育机制的演变相一致。中国宋史研究会成立之时，论文作者主要是第一、二代宋史研究者，1977年、1978年、1979年"新三届"本科生和研究生虽然参加了会议①，但只有虞云国的论文《从海上之盟到绍兴和议期间的兵变》初登年会论文集，第二届年会编刊则收有魏天安、张其凡、陈植锷等人的论文。到1984年的第三届年会编刊，第三代宋史研究者开始崭露头角，第五届年会编刊之后，第三代宋史研究者已成为主力军，且持续至今。2004年第十一届年会论文集开始收录第四代宋史研究者的论文，2018年第十八届年会编刊收录第四代宋史研究者的论文已超过第三代宋史研究者的论文数量。程民生在第十五届年会上所做学术总结提到会议的两个特点，其中第二点"是以青年博士群体为代表的新生研究力量正在蓬勃崛起，发挥着越来越重要的影响。他们所提交的论文显示出良好的学科训练和研究才能，为宋史研究带来了新的学术活力"。第十七届年会"参会的231位正式代表中，青年学者占了大多数，例如，这次年会总共设有24个论坛，41场分组讨论，绝大多数是由青年学者

① 据张其凡回忆，当时他和杭州大学的宋史研究生何忠礼、孙云清、周春生、翁福清列席会议，上海师院的宋史研究生李伟国、肖鲁阳、吕友仁、王松龄等人作为工作人员为大会服务。《葛金芳教授七十寿庆文集·序》，中山大学出版社，2016年。

发起并主持的"①。

长沟流月去无声。朱瑞熙先生在第十届宋史年会上致开幕词："在过去近 23 年的时间里，我们的宋史研究取得了突飞猛进的发展，尤其是 20 世纪的 90 年代以及 21 世纪的头两年半时间里，诞生了许多宋史研究方面的专著和大批论文，也培养出了许多宋史研究方面的杰出人才。在这里我们不能忘记邓广铭先生、漆侠先生、陈乐素先生、王云海先生、程应镠先生，他们在宋史研究方面穷毕生精力，作出了杰出贡献，留名青史，我们将永远怀念，此外，健在的徐规先生、李埏先生、李涵先生、吴天墀先生、胡昭曦先生等宋史专家，他们为我们精心培养了许多博士和硕士。"②又过了十多年，朱先生提及的几位健在的先生也陆续仙逝。健在的第二代宋史学者多已寿登耄耋，而第三代宋史研究者现今也陆续到了退休年龄，有的甚至不幸早逝。未来的宋史研究的发展与光大将历史性地落在第四代、第五代的宋史学人肩上，长江后浪推前浪，任重而道远。

原刊于《中国宋史研究会成立四十周年纪念册》

① 包伟民、曹家齐主编：《宋史研究论文集（2016）·开幕词》，中山大学出版社，2018 年。
② 朱瑞熙、王曾瑜、李清凌主编：《宋史研究论文集（2002）·开幕词》，兰州大学出版社，2004 年。

从落后到兴盛

——中华人民共和国成立七十年来宋史研究的发展历程

中华人民共和国成立以来七十年的宋史研究经历了从落后到兴盛的发展经历。回顾和总结七十年来宋史研究的发展历程，不仅能够展示宋史研究所取得的巨大进步，而且对于反思学术和推进学科建设也很有必要。从 20 世纪末期迄今，宋史学界已有多位学人从不同角度回顾和总结了 20 世纪以来各个阶段宋史研究的诸多侧面①，笔者也

① 本文参考了王曾瑜：《中国历史学四十年·辽宋西夏金史》，书目文献出版社，1989 年；《宋史研究的回顾与展望》，《宋史研究通讯》1997 年第 2 期（总第 30 期）。黄宽重：《海峡两岸宋史研究动向》，原刊于《新史学》，第 3 卷第 1 期（1992 年 3 月），又刊于《历史研究》1993 年第 3 期；《宋史研究的过去与未来》，原刊于《学术史与方法学的省思："中央研究院"历史语言研究所七十周年研讨会论文集》，后收入《史事·文献与人物——宋史研究论文集》，台北东大图书公司，2003 年；宋曦：《五十年来台湾与香港地区对宋史的研究》，《汉学研

曾撰写过四篇文章《建国以来的宋史研究》(2005)、《近三十年来国内宋史研究方向博士学位论文选题取向分析与思考》(2009)、《改革开放以来若干宋史研究的热点问题述评》(2010)、《近二十年来宋史研究的新特点》(2019)。下面按三个阶段分述七十年来宋史研究的发展和所取得的成绩。

一、中华人民共和国成立后三十年的宋史研究

1949年中华人民共和国成立以后，在中国古代史断代研究中，宋史研究相对落后。民国时期虽然如严复、王国维、陈寅恪、胡适、蒙文通、钱穆、傅斯年等大家都关注过宋代文化。但多不是专门的研究，当时学界在救亡大背景下研究王安石变法、宋与辽金战争、宋代兴亡史，但是相对于秦汉魏晋隋唐史的研究，宋史并不是国内史学界研究的重点，这种状况直接影响了建国后的宋史研究。尽管如此，建国后宋史研究比民国时的研究还是有较大进步，

究通讯》2001年；邓小南：《近年来宋史研究的新进展》，《中国史研究动态》2004年第9期；朱瑞熙、程郁：《宋史研究》，福建人民出版社，2007年；包伟民：《近40年辽宋夏金史研究学术回顾》，载包伟民、戴建国主编：《开拓与创新：宋史学术前沿论坛文集》，中西书局，2019年。

主要表现在：

首先，在新确立的马克思主义史学体系引导下，"五朵金花"讨论中的土地制度、资本主义萌芽、农民战争、封建社会内部分期等也是宋史研究的重要议题，两宋时期王小波、李顺，宋江、方腊，钟相、杨么领导的三次大的农民起义在中国农民战争史研究中颇具特点。资本主义萌芽宋代说成为资本主义萌芽讨论中重要的补充观点，而土地制度研究虽然讨论问题不免有以论代史的倾向，但是通过研究者的钩沉爬梳文献中的相关史实，对于宋代经济史的认识有了相当深入的认识，这为八十年代宋代经济史成为热点、重点打下了基础。对宋初专制主义中央集权、立国规模等宋代政治的基本特点在五六十年代已有较为深入的论述。在封建社会内部分期问题上，宋朝处在封建社会下行阶段或下降期的开始，北宋建立以后，随着土地制度、佃客地位的变化，该时期具有特殊的社会意义，标志着中国古代历史时代的转折，这也是学界较为一致的共识。

其次，宋代人物如王安石、沈括、岳飞的研究较为突出，出版了有分量的专著。宋代文献资料整理亦有十数部问世，其他专题研究有陈垣《南宋初河北新道教考》、戴裔煊《两宋钞盐制度研究》、张家驹《两宋经济中心的南移》是在过去研究基础上修订出版。尤其是经济重心南移问题的提出和论证曾在改革开放以后引起学界的高度重视并形成研究热点。从而直接影响了人们对宋代社会历史的看法，有学者概括说，宋代给后世留下了两笔不可小视的遗产，其中一笔就是物质遗产——发达的江南经济[①]，此外，文物考古、文学艺术、思想学术等课题研究也取得较大进展。

第三，现代分科式的宋史断代研究大致始自20世纪20年代，到中华人民共和国成立之时，从事宋史研究的人员（包括不专门的），也只有二十余人，中华人民共和国成立后宋史学科随着中国历史教学体系的建成和发展，在全国高校中已有十几所高校和科研单位培养了一批专门从事宋史研究者，及至1980年中国宋史研究会在上海成立之时，会员已有近70人，他们是改革开放后宋史研究日渐兴盛的基本力量。

二、改革开放前二十年的宋史研究

1978年改革开放，宋史研究迎来了大发展的历史机遇。到21世纪之交，宋史研究取得的进步主要表现在五方面：

（一）1980年10月中国宋史研究会在上海成立，成为大陆地区宋史研究进入一个新阶段的标志。中国宋史研

① 蔡美彪：《宋史简说》，《历史教学》1982年第3期。

究会是全国宋史研究者自愿结成的群众性学术团体。它以每二年举办一次年会及发行《宋史研究通讯》的方式，团结宋史研究工作者，为弘扬中国优秀文化传统，促进学者之间的交流与沟通，砥砺学术，推动宋史研究。自成立至今，中国宋史研究会已先后在上海、郑州、杭州、石家庄、开封、成都、昆明、银川、保定、兰州、华蓥、上海、昆明、武汉、开封、杭州、广州、兰州举行了18次年会，共出版17部论文集，第18部论文集正在编辑中。从1980—1992年邓广铭先生担任第一任会长，漆侠先生从1992年至2001年担任第二任会长，2002年推选朱瑞熙、王曾瑜担任第三任会长。从2006—2014年邓小南担任第四任会长，包伟民是迄今在任的第五任会长。中国宋史研究会还协助杭州大学、北京大学、河北大学于1985年、1991年、2000年召开三次国际宋史研讨会。中国宋史研究会编辑的《宋史研究通讯》在本阶段曾发行到海峡对岸、日本、韩国及欧美等国，具有较大影响力。

（二）改变在国内外断代史研究中的落后局面。日本中国史研究者对宋史的研究在相当长一段时间内都处在国际领先的地位，特别是20世纪20年代初内藤湖南提出"宋代是中国近世的开端"假说，40年代后由他的学生宫崎市定等人发展成为"唐宋变革论"，不仅是日本中国古代史研究的支柱（近藤一成语），而且极大推动了国际宋史研究的发展，日本是名副其实的宋史研究中心。不仅如此，就是我国台湾地区的宋史研究在 20 世纪 60—70 年代也有较大进步，出版的论著数量也比国内多。邓广铭在 1980 年中国宋史研究会成立大会上所致开幕词云："从我国史学界对各个断代史的研究情况看来，宋史的研究是较为落后的。这表现在：不但在各种报刊上发表出来的有关宋代史事的论文，比之其他各代显得少些，而且连一部篇幅较大的宋史专著也迄今无人撰写出来，其他的断代却多已有了。在国外，例如在日本的中国历史研究中，其每年发表的有关宋史的论文和专著，也比我们的多。没有一定的数量，当然就很难谈到质量。"这种落后局面从改革开放开始改变，经过二十余年的努力，不论是研究论著数量，还是研究人员的增加，或是问题讨论的深度，都已赶上并正在超越日本的宋史研究，据不完全统计，二十余年国内宋史研究者发表论文一万多篇，各类著作三百多部，研究人员逾三百人，虽然有些具体问题境外的研究还是很精深，但从整体角度来看，中国大陆的宋史研究已经在国际上居领先地位。与此同时，在国内的断代史研究中，宋史研究也从落后跻身于先进行列。

3. 思想解放改变了对宋代历史地位的认识。邓广铭、漆侠对宋朝历史地位的前后认识最具代表性。20 世纪50—60 年代，邓广铭、漆侠在总结王安石变法原因时，将其概括为"改变'积贫积弱'的国势"，这一论断对国内认识宋代历史地位和特征影响极大。到 80 年代后期，随着研究的深入，人们对宋代历史的认识，也有了巨大变化。邓广铭和漆侠纠正了过去的看法。邓广铭把宋代称为"我国封建社会发展的最高阶段，两宋时期内物质文明和精神文明所达到的高度，在中国封建社会历史时期之内，可以说是空前绝后的"。漆侠认为宋代经济发展水平处于中国封建经济发展的两个马鞍型中的最高峰。日本欧美学者包括我台湾地区的宋史学界早在50—60年代就有类似的看法，当然，这种看法对其他断代史研究者而言，恐怕并不一定完全认同，但宋代绝不是贫弱而无所作为的时代，这已成为人们的基本共识。我们可以做这样客观的表述：宋代在中国历史上虽称不上强盛之世，但它无疑是中华民族文明最昌盛的时代之一。

（四）改革开放以后宋史研究风气的转变莫过于实证性研究占据主导地位。热衷辨析史事，究心典章制度，蔚然成风。这一学风直接改变了宋代典章制度研究的落后状态，改革开放前除了邓广铭四十年代出版的《宋史·职官志考正》外，几乎是一片荒芜，而宋史研究的快速进步，也恰恰表现在对典章制度研究所取得的成绩上。王曾瑜《宋朝兵制初探》、龚延明《宋代官制辞典》、朱瑞熙《中国政治制度通史》第六卷宋代，以及原杭州大学对《宋史》食货、职官、选举等志的补正，都是反映宋代典章制度研究学术水平的代表作。

（五）政治环境的变化和改善、研究方法和倾向的多样化，又促进学术氛围的日渐活跃，许多有争议的问题，在充分展示不同意见的讨论中得到了深化和拓展，如：宋初黄老思想、官职差遣、"先南后北"统一方针、杯酒释兵权、澶渊之盟、祖宗之法、皇权与相权、士大夫政治、重文轻武、庆历新政、王安石变法、党争、岳飞与秦桧、政治史分期、地方行政区划、宋与辽、西夏、金、蒙（元）关系；役法、货币地租、钱荒、户口统计、客户身份、土地所有制形式、土地权的集中和转移、租佃关系、商品货币经济发展水平、经济重心南移、城市城镇、经济革命；科举制定义、宋学与理学的关系、理学对社会的实际影响、妇女地位、律与敕的关系、文学艺术、科学技术等。

此外，值得注意的是在实证性研究占据主导地位的同时，国际历史学的研究取向也在不同程度地影响着 20 世纪 80 年代以后大陆地区的宋史研究。美国学者伊格尔斯（Georg G. Iggers）在总结 20 世纪 70 年代以后国际历史编纂学的方法变化时指出："从精英们的身上转移到居民中的其他部分，从巨大的非个人的结构转移到日常生活的各种现实的方面，从宏观历史转移到微观历史，从社会史转移到文化史。"[①] 虽然国内宋史研究者并没有自觉和刻意追

---

① 伊格尔斯：《二十世纪的历史学》，辽宁教育出版社，2003 年，第 3 页。

随国际历史学研究取向的转移，但是在某些方面确实有某种程度上的契合，比如：20 世纪 80 年代中后期悄然兴起的社会生活史和文化史研究，日益受到中青年学者的关注而成为典章制度史之外的又一研究热点或增长点，而且问题研究微观细化的倾向也是显而易见的。

21 世纪之交，从民国走出来的第一代和五六十年代培养的第二代宋史研究者先后辞世和退休，前辈学者留下的《邓广铭全集》（10 卷）、《漆侠全集》（12 卷）、《陈乐素史学文存》、《吴天墀文史文存》、《不自小斋文存》（李埏）、《仰素集》（徐规）等都成为宋史研究的经典之作。

三、21 世纪以来的宋史研究

1977 年、1978 年以后进入大学学习的第三代宋史研究者，至世纪之交逐渐成为宋史研究的主力军，由这一代学者培养的第四代宋史研究者也渐次成为近十年来的宋史研究生力军。

2001 年教育部高等学校人文学科重点研究基地河北大学宋史研究中心的成立，是 21 世纪以来宋史研究中的一件大事。河北大学宋史研究中心成为国内得到教育部重点建设的 12 个历史学学科之一。目前大致发展成为全国宋史研究最重要的资料中心，研究人员也是最多的机构。中国宋史研究会挂靠河北大学，由中国宋史研究会编辑的

《宋史研究通讯》迄今刊印总 71 期,《宋史研究论丛》也已出版 23 辑,随着《宋史年鉴》(2015)的出版,中国宋史研究中心、与中国社会科学出版社达成了定期合作出版宋史研究年鉴的协议。

21 世纪以来,许多重要史事研究趋向精深化,可以说是宋史研究的普遍现象,诸如唐宋变革、地方精英、家族宗法、性别观念、社会生活、基层社会、民间信仰、交通地理、救荒慈善、环境生态、医疗疾疫、人物群体、宋学诸学派、区域社会和文化等课题纷纷进入研究者的视野。

在资料使用方面也有较大变化,已经自"精英著述"扩大到文字、图像与其他非文字的"边缘材料",越来越多地利用地方志、文书档案、金石碑铭、诗词、笔记、小说乃至书信、契约、谱牒、婚帖、账簿等文字资料,以及图像、历史遗存、考古出土文物等资料。人类学所注重的田野调查,也成为近年来历史学界普遍运用的研究方式之一。社会史、民族史、历史地理、艺术史领域的研究者成为引领风气的先驱。思想史解释资源范围扩大,社会史、经济史、文学史、学术史,乃至文献学、考古学等所依据的资料大量进入思想史的视野。这种拓展,不仅反映于资料范围的扩大,也反映于学者对各类实物资料、情境场景的综合认识及其文献资料的互补和互证。正是这种拓展,构成学科持续发展的必要前提。

21 世纪以来，释读文献、文本解读、历史书写再检讨、向历史深处的细微进军，为学术而学术的风气颇浓。包伟民发起并组织的"宋史博士研究生讲习班（博士生论坛）"和中国宋史研究会自 2006 年起在每届年会期间组织的"专题论坛"，对 21 世纪宋史研究的议题的开拓具有引领作用。近十多年来由邓小南组织的大陆、台湾、日本三地学者以信息传递为中心而开展的宋代政治史研究再出发，目前已推出三部研究论集。而富民社会论、农商社会论的提出则展现了宋代经济史研究的新动向。

邓广铭学术奖励基金设置于 1999 年，评奖对象主要是五十岁以下研究宋辽夏金史的海内外中青年学者。自 2000 年开始评审迄今已举行十届评奖，共评出 39 部获奖著作，代表了 21 世纪以来国内中青年研究宋史的水平。同时也从一个侧面反映出专题式研究在宋史各个领域全面推开。因而在典章制度史、财经史、人口史、城市史、货币史、交通史、部门经济史、区域经济史、法制史、家族史、社会史、文化思想、妇女婚姻等都有颇见功力的专著问世，记录着宋史研究者们在不同时期走过的心路历程。

2010 年，由河北大学宋史研究中心组织、漆侠主编的《辽宋西夏金断代通史》，约 380 万字，分 8 册出版，不仅是宋史研究最大的断代史著作，而且在中国古代史各断代中也是不多见的鸿篇巨制。南宋历史的研究取得显著进展，是近二十年宋史研究的一大亮点。以何忠礼教授为首的杭州市社会科学院南宋史研究中心组织各地学者撰写、出版的"南宋史研究丛书"，迄今已近 80 种。

虽然宋代的学术思想在中国历史上占有极为重要的地位，但是在 20 世纪研究宋代学术思想的论著几乎由专门研究思想史的学者所作，宋史学者涉猎者甚少，即使教科书和相关的论著提及时也多是汲取思想史研究者的已有成说。思想史学者往往强调从思想到思想的内在理路，特别是明清之际编撰的《宋元学案》为大多数治宋代学术思想学者奉为圭臬，因而存在两个偏向：一个偏向是把理学代替宋学，第二个偏向是贬低了荆公学派。自 20 世纪 90 年代以来，宋学一直是热点话题，在宋史学界重建涵盖有宋一代学术的宋学，范仲淹、欧阳修等思想家的思想，王安石及其代表的荆公新学派，苏蜀学派等都得到了充分的论述。尤其是王安石的新学和朱熹的道学思想研究成为重中之重，出版了系列论著。由此摒弃了此前以理学为主体的旧的学术框架，形成了一个更富有内容，更切合宋代学术实际的新框架。

整理和研究宋代古籍是宋史研究的重要方面，自中华人民共和国成立以来由于党和政府的重视，七十年来，不论政治形势的变化，还是研究议题的更替，唯有宋代文献典籍的整理与研究一直稳步发展，并取得显著成就，特别是 21 世纪以来《全宋文》（360 册）和《全宋笔记》（102

册）的完整出版，新发现、新出土的《宋人佚简》《俄藏宋西北边境军政文书》《天圣令》《武义南宋徐谓礼文书》的整理与研究，以及《宋会要辑稿》点校本的出版，都是宋代文献资料整理与研究的标志性成果。

本文系 2019 年 10 月 19 日参加山东大学组织召开的"教育部社会科学委员会历史学学部 2019 年工作会议暨七十年来的中国历史学研讨会"上的发言稿。原刊于《中国社会科学报》2019 年 11 月 11 日，题目为《四代学人深耕宋史研究七十年》。本次收录有删改。

对宋朝历史为何有多样解读

    宋代历史是人类历史长河中一段特别的记忆。随着不同时期研究方法和观察视角的不同，人们对宋代的认识也在不断变化。

    1279 年南宋灭亡以后，元世祖忽必烈诏令修辽、金、宋史。但忽必烈之后，历经数朝却迟迟未能成书，主要原因是人们为以辽、金为正统还是以宋朝为正统争论不休。直到元顺帝时丞相脱脱裁定"三国各与正统，各系其年号"，才使修纂得以顺利进行。元朝对宋的盖棺之论主要有两点，一是对程朱理学高度肯定，这与元统治者将朱熹学说定为"国是"一脉相承。其二，元朝史臣在论宋代"其有弊"时指出，"大概声容盛而武备衰，论建多而成效少"。这两个方面大致也影响了明清的认识。

    明朝统治者特别强调对宋朝历史文化的认同和继承。重修《宋史》和重视研究宋史成为明代史学的一大特色。

有明一代先后产生了 123 种宋史著述，现存 62 种。明朝编撰《宋史纪事本末》的陈邦瞻，从中国古代历史发展的大势已看到宋代是汉唐之后历史大变革的时期。明人对宋文、宋诗、宋词、宋画的褒扬和批评，更是奠定了宋代文学艺术与汉唐并峙的地位。

到了 19 世纪和 20 世纪之交，中西学者均将宋代历史指向中国近世的开端。1922 年，日本学者内藤湖南发表《概括的唐宋时代观》，系统阐述了宋朝是中国近世开端的假说。内藤的假说是建立在西方文艺复兴以来的历史分期方法基础之上的。即上世（上古）、中世（中古）、近世（近代）三分法，认为唐代是中世的结束，而宋代则是近世的开始。他的假说产生了深远影响。

明清以来中国学者提出中国近世（明、清）的文化主流源头起自宋，与日本学界有本质的不同，中国学者主要是从中国文化的发展脉络来阐述。王国维说："天水一朝人智之活动，与文化之多方面，前之汉唐，后之元明，皆所不逮也。近世学术，多发端于宋人。"著名历史学家金毓黻在《宋辽金史》总论中说："治宋辽金史，实为治近代史之始基。"最有代表性的是陈寅恪对赵宋文化的高度褒扬："华夏民族之文化，历数千载之演进，造极于赵宋之世。"

那么宋朝"积贫积弱"的帽子从何而来？其实，早在南宋后期，有识之士就说"民穷""财匮""兵弱"是当时的三大弊政，元明清人一致认为宋朝"武备不振"和"积弱"。20世纪50年代末先师漆侠先生在《王安石变法》一书中将"积贫积弱"连用来概括宋神宗实施变法的主要社会原因，1962年邓广铭先生将这一概括引入《中国史纲要》宋代历史部分的书写，遂使"积贫积弱"成为20世纪后半叶评价宋代历史的代名词。

到底应该如何看待"积贫积弱"说呢？根据目前的研究，"积贫"在一定程度上得到更正。从国家财政和地方财政的角度而言，宋仁宗朝形成的"财匮"延续到南宋，地方财政长期处于入不敷出的窘境，"财匮"之说是有充分根据的。而从"民穷"的角度来说，宋代社会最底层的人民，与魏晋隋唐相比，不论是法律身份地位、迁徙自由以及谋生手段，都有较大的改善和提高，加之宋朝的社会救济制度不仅汉唐难以企及，元明清也没有超过，而宋代大中城市里五万贯家财的富户人数众多，所以要辩证地看待宋朝的"积贫"。

过去对宋朝积弱的认识有两层含义：一是国势弱，二是军事能力弱。对于前者，大多数研究者都不能认同，因为宋朝的经济、科技整体发展水平远不是辽、西夏、金、元所能比拟。而对于后者虽有质疑，但未能得到充分解释。我以为，战争具有防御和进攻两种基本形式，宋朝战争失败主要是发生在主动进攻战上，而从防御战来看，则多能取得不俗的战绩。

那么宋人为什么能打防御战而不能打进攻战呢？这大致有四个原因：一是由于中唐以来兵制变革、选官制度变革，军功集团从历史舞台上退出，那种通过军功受爵的世风被科举取士取代，因而宋朝必然缺乏汉唐那种开疆拓土的精神。二是宋朝自太宗朝以后奉行崇文抑武的国策，"崇文抑武"不等于"重文轻武"，自仁宗以后宋朝国防开支要占到国家财政收入的十之七八，所以并没有"轻武"，而"抑武"确实是宋的国策，抑制武将专权，逐步实行文臣统兵和宦官统兵，至北宋末，举国竟无折冲御侮之将。三是宋朝实行募兵制，人们当兵主要是为了养家糊口，没有争取军功的动力。四是中唐以后中原王朝丧失了可供驯养军马的草原，难以组建骑兵部队。

可见，宋朝的"积弱"是多种综合因素形成的。

进入 21 世纪，国际上开始重新认识明清以来中国在世界历史的地位，这也使得国内学者把宋代置于当时的世界历史背景下给予新的评价。目前，宋代经济革命说、宋代是中国近世的开端、宋代是中国古代的文艺复兴时期等观点散见于各类宋史论著。可预见的是，宋代历史的形象仍将处于不断变化中，这也是宋代历史的魅力。

原刊于《人民日报》2019 年 1 月 12 日第 5 版

开拓宋史研究新格局

　　近代以断代史分科研究宋代历史始于 20 世纪 20 年代，迄今宋史研究已走过了近百年的历程。这一百年间，宋史研究取得较大进步和成就大致是在改革开放初期的 70 年代末至 21 世纪之交这段时间内，其标志有三个改变：其一，改变了元明清民国乃至新中国成立后三十年对宋代积贫积弱的看法，为宋代历史在中国古代史上的地位重新定位：两宋虽不是中国历史上的强盛之世，但它是中华民族古代文明最昌盛的时代之一。其二，宋代的典章制度研究取得了很大进步，基本厘清了宋代的政治制度、经济制度、军事制度、财政制度、法律制度等等，完全改变了钱穆先生所谓宋朝"从制度上看来，也是最没有建树的一环"的认识。其三，改变了从近代以来宋史研究在国内外断代史研究中的落后局面。总体而言，国内宋史研究不仅在国际上居领先地位，而且在国内的断代史研究中也从落后跻身于先进行列。

一、为学术而学术的风气颇浓

21 世纪以来，宋史研究有两个显著的变化，一是议题的转型，即由从传统政治、经济、军事、文化几个大模块的问题讨论向议题的小型专题化和交叉精深化转变，可以说已是宋史研究的普遍现象；二是释读文献、文本解读、历史书写再检讨、向历史深处的细微进军，为学术而学术的风气颇浓。

2001 年，教育部高等学校人文学科重点研究基地河北大学宋史研究中心的成立，是 21 世纪以来宋史研究中的一件大事。目前它大致发展成为全国宋史研究最重要的资料中心，其研究人员也是最多的。中国宋史研究会挂靠河北大学，其编辑的《宋史研究通讯》迄今刊印总 72 期，《宋史研究论丛》也已出版 23 辑，《宋史年鉴》2015 年年鉴的出版，标志着中国宋史研究会将与中国社会科学出版社合作，定期出版宋史研究年鉴。2010 年，由河北大学宋史研究中心组织、漆侠主编约 380 万字的《辽宋西夏金断代通史》分 8 册出版，不仅是宋史研究最大的断代史著作，而且在中国古代史各断代中也是不多见的鸿篇巨制。此外，北京大学、中国人民大学、河南大学、浙江大学、杭州社会科学院、上海师范大学、四川大学、云南大学、西北大学、华东师范大学、首都师范大学等高校的相关机构也成为国内宋史研究的重镇。

在资料使用方面，宋史研究也有较大变化，已经自"精英著述"扩大到图像与其他非文字的"边缘材料"，越来越多地利用地方志、文书档案、金石碑铭、诗词、笔记、小说乃至书信、契约、谱牒、婚帖、账簿等文字资料，以及历史遗存、考古出土文物等资料。这种拓展不仅反映在资料范围的扩大上，也反映在学者对各类实物资料、情境场景的综合认识及其文献资料的互补和互证上。正是这种拓展构成学科持续发展的必要前提。

二、更切合宋代学术实际

宋代的学术思想在中国历史上占有极为重要的地位，但是在 20 世纪研究宋代学术思想的论著几乎出自专门研究思想史的学者之手，宋史学者涉猎者甚少，即使在教科书和相关论著提及的时候也多是汲取思想史研究者的已有成说。思想史学者往往强调从思想到思想的内在理路，特别是明清之际编纂的《宋元学案》为大多数治宋代学术思想学者奉为圭臬，但是存在两个偏向。一个偏向是把理学代替宋学，另一个偏向是贬低了荆公学派。自 20 世纪 90 年代以来，宋学一直是热点话题，宋史学界重建涵盖宋代学术的宋学，范仲淹、欧阳修等思想家，王安石及其代表的荆公新学派，苏蜀学派等的思想都得到了充分的论述。尤其是王安石的新学和朱熹的道学思想研究成为重中之重，研究者们出版了系列论著。由此摒弃了此前以理学为主体的旧的学术框架，形成了一个更富有内容、更切合宋代学术实际的新框架。

邓广铭学术奖励基金设置于1999年，评奖对象主要是五十岁以下研究宋辽夏金史的海内外中青年学者。自2000年开始评审迄今已举行十届评奖，共评出39部获奖著作，代表了21世纪以来国内中青年研究宋史的水平。同时也从一个侧面反映出专题式研究在宋史各个领域全面展开。因而在典章制度史、财经史、人口史、城市史、货币史、交通史、部门经济史、区域经济史、法制史、家族史、社会史、文化思想、妇女婚姻等都有颇见功力的专著问世，记录着宋史研究者们在不同时期走过的心路历程。

近十多年来由邓小南组织的我国大陆、台湾地区以及日本三地学者以信息传递为中心而开展的宋代政治史研究"再出发"，目前已推出三部研究论集。而富民社会论、农商社会论的提出则展现了宋代经济史研究的新动向。

南宋历史的研究取得显著进展，是近二十年宋史研究的一大亮点。以何忠礼教授为首的杭州市社会科学院南宋史研究中心组织各地学者撰写出版"南宋史研究丛书"，迄今已近80种。

整理和研究宋代古籍是宋史研究的重要方面，自新中国成立以来一直受到政府的重视，不论政治形势的变化，还是研究议题的更替，宋代文献典籍的整理与研究一直稳步发展，并取得显著成就，特别是 21 世纪以来《全宋文》（360 册）和《全宋笔记》（102 册）的完整出版、新出土的《宋人佚简》《俄藏宋西北边境军政文书》《天圣令》《武义南宋徐谓礼文书》的整理与研究以及《宋会要辑稿》点校本的出版，都是宋代文献资料整理与研究带有标志性的成果。

三、以传世文献为主的宋史研究

宋史研究的最大特点是以传世文献为主。柳诒徵先生在《中国文化史》说："盖宋之政治，士大夫政治也。政治之纯出于士大夫之手者，惟宋为然。"在相对宽松的政治条件下，士大夫的文史创作和思想交流也相对自由，加之雕版印刷术的发达，因而留下的传世文献比先秦以来的总和还要多。经过明代初期《永乐大典》和清代修《四库全书》两次清算，宋代传世文献的数量与浩瀚的明清文献相比又较为适中，这是 20 世纪的后二十年宋史研究成果卓著、后来居上的主要原因。

但是宋史研究的另一个特点是既没有先秦甲骨文金文、秦汉简牍、魏晋隋唐敦煌吐鲁番文书、黑水城西夏文文献等新材料，也缺乏记述蒙元史的域外文献和有待发掘的清代档案资料。宋史研究缺乏新材料，这在中国古代史各断代史研究中所仅见。所以，宋史研究的格局常常受宋代士大夫形塑宋朝历史的局限，在现成材料中寻章摘句成为一种常态，所谓成也萧何败也萧何。

由于没有新材料，当史学理论随着西学东渐的大潮而盛行于国内时，宋史研究的议题颇受域外历史预设理论的左右。21世纪以来，宋史研究在很大程度上被侧重于君主、士大夫、社会流动、江南经济、"精英"文化、地域重心及其相关的议题所主宰，就是直接受日本"唐宋变革论"和美国"两宋之际士的转型说"影响的反映。

四、对宋代历史地位的评价

进入21世纪以来，对宋代历史地位的评价从一个极端走向另一个极端，即从否定宋代"积贫积弱"，到高度美化和推崇宋代历史。这种评价的转变有两条线索，一是20世纪20年代日本学者内藤湖南提出假说"宋朝是中国近世的开端"，以为宋朝的社会经济文化发展水平超越西亚居于世界领先地位，这个假说后来被概括为"唐宋变革论"成为宋史研究的一个标签；二是20世纪40年代陈寅恪为邓广铭《宋史职官志考正》所作序言"华夏民族之文化，历数千载之演进，造极于赵宋之世"被大多数治宋史学者和众多媒体奉为圭臬。

其实，这两种观点都不完全符合中国历史的实际，"唐宋变革论"只立足于"中国历史只是汉族的历史"的观点而不包括辽西夏金。"本来'中国'历史上就没有单一的汉族社会。可是日本的研究人员中有一个共同的特点就是'纯中国世界'和'非中国世界'，'中国本土'和'边疆地域'等过分单纯地分割为两大图示化的倾向。"（杉山正明）"唐宋变革论"另一个核心观点"中国文明至宋代没有再进步"的停滞论实际是为日本帝国主义侵华张目。近几十年国内外中国经济史研究表明，明中叶后的经济已超越宋代经济发展的水平。而陈寅恪先生所言的赵宋文化"造极说"代表了民国时期对中国文化的一种认识，即仅指汉族文化而且特指儒家文化。显然用这两个观点看待宋代的历史地位是片面的。而这种片面性也大大局限了宋史研究的格局。

中国历史有几大问题宋史研究都极少涉猎。由于宋朝武功不竟，北宋的面积大约只有 260 万平方公里，南宋更为狭小，只有北宋的三分之二弱。宋朝是中国历史上面积较为狭小的朝代之一，而且它东、西、北三面受阻于辽、西夏、金，因而宋史研究先天缺少汉唐史研究中的"中西交通"和元明清史研究中的"边疆史地"等大课题，也缺少历代边疆民族历史语言文字的课题，如鲜卑语、粟特文、回鹘文、突厥文、吐蕃文、于阗文、契丹文、女真文、西夏文、蒙古文等研究，还有西夏元明清时期的藏传佛教与汉传佛教融汇的课题，等等。而这些课题是关乎中国走向世界、世界走向中国的大问题。当然宋朝的海外贸易相当发达，但这不能与中西交通相提并论，因为宋朝的海外贸易只是停留在经贸关系上，而不是直接与世界主要文明古国和地区进行全方位的政治与文化的对话。近几年有关《清明上河图》中有无胡商，画中骆驼是否来自西域，引起学人的关注和讨论，就是一个显例。尤其到南宋，文化更加内倾，理学的排外思想是其后中国历史闭关锁国的始作俑者。此类问题在 20 世纪还被经常提起和论述，进入 21 世纪以来，已经越来越少有这种声音了。有学者以为"南宋模式的文化，已经成为汉文化的大传统"，这个看法跟前面讲到民国时期对中国文化的片面认知是一致的，其实在北宋和南宋时期，辽和金对"汉族"概念的解释已经发生变化，元朝时期的蒙古、色目、汉人和南人经过融合，到明清时期，中国文化已经形成了几大区域文化。南宋文化的继承主要是在南方地区（以江南为主），明清特别是清时期统一国家的发展和巩固不可能没有南宋文化的影响基因，但是"南宋模式"早已一去不复返了，也是不言而喻的。

最后需指出的是，宋朝文明在 20 世纪以来得到域外学者的很高评价，但是在当时向世界传播中国文明的不是宋朝，而是辽朝和后来的蒙元。

原刊于《社会科学报》2020 年 5 月 21 日第 5 版

也说"大宋史"

近年来宋史学界为了扩大研究视野，在不同场合提出"大宋史"研究，于是引起了不少辽西夏金史学工作者的注意。众所周知，从明代以来汉族旧史家不满元朝以"三国各与正统，各系其年号"为编纂宗旨给辽、宋、金各修一部正史的做法，掀起重修《宋史》的热潮，欲将辽金史附于宋史之下，譬如柯维骐《宋史新编》将《宋史》和《辽史》《金史》合为一书，"尊宋为正统""辽、金附之"，就是一个显例，而民国时期面对西学东渐的冲击，王国维、陈寅恪、钱穆、蒙文通等一批国学大师尤重宋代文化，也有学者如金毓黻先生提出研究宋辽金史应当"以宋为主，辽金为从"。但是这种传统观念和主张与 21 世纪以来的"大宋史"提法不可相提并论，可是某些辽金史学者不明就里，抱着陈旧的观念，武断地声称"'大宋史'是将辽金史纳入宋史，将辽金史研究变成宋史研究的附庸，破坏辽金史研究的正常发展"，"'大宋史'是不能成立的"，甚至说"'大宋史'就是一股逆流"（景爱《"大宋史"之说不可取》《中国社会科学报》2016 年 5 月 3 日；《辽金史研究中的"大宋史"》，《理论观察》2017 年第 7 期）。而且特别强调了是"21 世纪以来"，显然矛头是对准了现今的宋史学界。我们不知道这种武断说法有什么事实根据？对此必须予以正名。

一、何谓"大宋史"

首先，从传统史学正统观的角度来讲，所谓的"大宋史"，自新中国成立以后国内史学界就根本不存在。国家提倡民族团结、民族平等，可以说大汉族主义受到了比较彻底的清算，反映在史学著述上，少数民族的历史得到了应有的尊重，翻开新中国成立以来撰写的所有中国通史，哪一部在讲到 10—13 世纪或 14 世纪历史，不是以"宋辽金时期""宋辽金元时期"或者"五代辽宋金夏时期"并称呢？何曾用过"大宋史"，何曾将辽金史作为宋史的附属了？如果说有用"大宋史"为书名的，也是沿用宋人自封"大宋"，亦如辽人自封"大辽"、金人自封"大金"而来，并未将辽金史作为附属来讲。

其次，作为近代以来的中国宋史研究的主要奠基人，邓广铭先生生前多次告诫宋史研究者要研究"大宋史"，但是邓广铭先生所说的"大宋史"与某些辽金史学者所理解的"大宋史"，根本是风马牛不相及的。邓广铭先生是宋史学界最早将10—13世纪历史视作继魏晋南北朝之后的又一个南北朝时期的历史学家。据本人所知，在20世纪80年代后期编纂《中国大百科全书·中国历史》时，作为主编的邓广铭先生专门提出要改变过去"宋辽金"的说法，提倡应当以朝代出现先后为序改称"辽宋西夏金"，因而1988年出版的《中国大百科全书·中国历史》才有《辽宋西夏金史》分册。这个观念一直被中国宋史学界继承。21世纪以来由河北大学宋史研究中心组织、漆侠先生主编的大型断代通史仍然以《辽宋西夏金代通史》（人民出版社，2010年）为名，并约请了多位辽西夏金史研究者参与编纂。

第三，邓广铭先生提倡的"大宋史"研究是一种大视野的历史研究理念。1991年8月，邓先生在北京召开的"国际宋史研讨会"上致辞说"宋代文化发展达到的高度，在从10世纪后半期到13世纪中叶这一历史时期内，是居于全世界的领先地位的，为求能够全面地、正确地、深入透彻地予以剖析、说明，并作出公正地评价，这就需要运用多重视角、多种尺度、多种思想方法和思考方式来进行研究，进行观察，进行探索，进行衡量，才庶几可以做到。所以，我们不只希望海峡两岸的中国学者，有日益众多的人投身于宋史（更正确地说，应是指辽、宋、夏、金史，以及 10 —13 世纪的中国史）的研究"（《国际宋史研讨会论文集》）。邓先生的门人漆侠先生生前也不止一次在课堂强调"只学历史，学不好历史，只研究宋史，研究不好宋史"，其精神实质与邓先生的"大宋史"一脉相承。

2012 年我在《吴天墀教授百年诞辰国际学术研讨会》作学术总结时就是秉承邓先生和漆先生的旨意说："很多年前，邓广铭先生倡导研究'大宋史'，我个人理解这有两层含义，一是学科间、专门史间、断代史间的整合研究，形成大的视野，全面完整地认识 10 —13 世纪中国的历史文化。""第二层含义我个人的理解是研究者应具备纵向兼通唐史和元史、横向宋辽西夏金史要互通的治史素养，眼界才能开阔，问题讨论才能深入，见识才能高远。吴天墀先生的《西夏史稿》之所以取得很高的成就，即是与吴天墀先生具有打通断代史和融会多学科的治史修养分不开。今天我们在这里纪念吴天墀先生，就是要学习他融会贯通的治史精神，以期我们对中国历史的研究有新的进步。"

一言以蔽之，"大宋史"指的是宋史学者在讨论宋史问题时，旨在强调与当时前后并存的辽、西夏、金各王朝之间的联系与影响，而不是局限于赵宋王朝。

试问，这样的"大宋史"研究何来是"一种逆流"？!

二、辽宋西夏金史研究分立格局形成的原因

10—13世纪是中华民族和疆界形成的重要阶段，但是纵览20世纪以来的中国古代史中的各断代史研究，如10—13世纪的断代研究分成泾渭分明的辽史、宋史、西夏史、金史，以及其他地区史研究的格局实属仅见。造成这种分立格局的原因，大致有四：

其一，辽宋金在当时是势力大致相当、各自独立的政权，这种对峙与魏晋南北朝的分裂不尽相同，加之元朝给辽宋金各以正统，人为地形成不尽相同的文化传统和治史体系。

其二，20世纪初以来日本和欧美不约而同地将辽金史和宋史分作两个系统。即所谓的中国本土汉族历史，如日本的"唐宋变革论"，和中国本土之外属北亚的异族历史，如征服王朝论。这种划分最典型的例子就是《剑桥中国史》将10世纪到14世纪的历史分成《剑桥中国辽夏金元史》和《剑桥中国宋代史》。这种划分对现今国内青年学子的影响越来越大，值得注意。另外需要特别指出的是，被元朝史臣附传于《辽史》《宋史》《金史》的西夏史，由于1908年俄国探险家科兹洛夫从黑水城攫走数万件出土文献（以西夏文献为主），解读西夏文字和文献一时成为国际显学，像沙畹、伯希和、斯坦因等著名汉学家以及俄、日的西夏学者都参与其中。所以西夏学在20世纪一跃而

成为与辽金史、宋史并驾齐驱的研究领域。

其三，辽宋金西夏史学科壁垒主要是 20 世纪 80 年代以来逐渐形成的。在此之前老一辈宋史学者、辽金史学者大致都可以互兼三史，但是到 80 年代以后互兼的学者已是凤毛麟角，这主要是由于大学教育体制中的学科越分越细，特别是 20 世纪 90 年代中期以后博士学位授权点审批权下放高校和地方，如雨后春笋般成长起来的各高校博士点，培养研究生多是沿着第一、二代创点学者擅长的断代史方向发展并形成特色，到第三代学者培养博士生时，辽宋金西夏史分立的格局更是愈益得到强化。

其四，随着通过博士论文的撰写日渐成为辽宋金西夏史研究培养薪火相传者的主要途径，细碎化和格局日渐狭小的研究倾向愈益明显。有关细碎化或者说碎片化的问题，近十多年来，有数家杂志曾开专栏讨论，形成两种对立的意见，一种意见反对史学研究碎片化，以为它使历史研究支离破碎，见木不见林，缺少宏大叙事有害于对历史规律的探索。另一种意见认为历史证据是无数碎片积累起来，甚至更有极端观点认为只有碎片或细节，才是戳穿掩盖真相的层层谎言最有效的利器。所以强调积累"碎片"的重要性。其实仔细考量会发现这两种观点强调了史学研究的两个面相，只是侧重点不同而已，而且它们针对的对象是较为成熟的历史研究者。而笔者所强调的是，初入史学门径的硕博生，在没有阅读适量的历史材料和对本学科的发展一知半解的前提条件下，径直使用数据库检索，径直进入研究预设的问题，这种培养模式，长此以往使绝大多数博士论文很少关照本断代史之外的问题，因而治史格局日渐狭小，这是辽宋金西夏史分立格局强化的另一种表现。

三、辽宋西夏金史研究需要打破畛域、融会贯通

抛开民族偏见和正统观念来看辽宋金西夏史研究，不论是研究著述数量还是议题的深入，毋庸讳言，迄今形成了辽金西夏史研究的规模都无法与宋史研究相比的大格局。这不是当时谁强谁弱就能决定的，而是由当时各政权的文化创造内容多寡决定的，更是由研究历史依据的传世文献多寡决定的——辽西夏金代人的著述总和尚不及宋代人著述的百分之一，辽金史、西夏史研究应当正视这一点。

当然，鉴于传统史学长期强调以汉族为正统的观念，加之现今研究成果和社会重视程度的不对等，使得少数辽夏金史学者较为敏感而刻意维护学科的独立和自尊，这是可以理解的。但是不能因此而自守畛域，所谓"'大宋史'为维护宋朝的正统历史地位，将辽、金、西夏研究纳入宋史研究的范畴之内，这一做法是不可取的"，显然讲这句话的景爱先生，把辽金史看作是自己的一亩三分自留地了。学术乃是公器，如果要完整、全面地认识和书写10—13世纪的中国历史，就必须打通辽宋西夏金以及其

他政权的历史，而不是人为地制造学科、断代间的壁垒。这是邓广铭先生、漆侠先生乃至现今宋史学界追求的一种治史理念。由这个理念出发，辽夏金史研究也应当具有"大辽史""大金史"的纵向贯通长时段、横向兼通各断代的大视野、大格局，打破固守一亩三分自留地的狭隘观念，庶几才能让辽金史研究更上层楼。否则，过分地强调辽金史与宋史之间的学科分野，就如王明珂先生所论"建立于20世纪上半叶的中国北方游牧民族史，并不能解释为何今日满、蒙等族为中华民族的一部分；其强调华夏英雄跃马长城、驱逐鞑虏之历史记忆，以及歌颂长城之伟大的历史论述，更是对于'现在'缺乏认识与反思"（《华夏边缘——历史记忆与族群认同》增订本序论二）。

欣喜的是，北京大学已故著名学者刘浦江教授生前早就一直在践行邓广铭先生的治史理念，因而刘浦江教授和他的弟子们在国内辽金史研究中异军突起，与他们重视宋史、精研宋代文献分不开。近年来宁夏大学西夏研究院杜建录教授服膺邓先生的"大宋史"理念，也提倡"大西夏史"研究。值得一提的是，2017年10月21—22日，在上海师范大学举办的"新视角·新方法·新观点——宋史学术前沿论坛"上，"大宋史"议题不仅得到宋史研究者的热烈讨论，也得到辽金西夏史与会学者的积极响应。

那么如何融会贯通？当然如果能像前辈学者一样兼通辽宋金西夏史是最理想的状态，但是这样做有相当大的难度，且不说辽金史，单就西夏学现在已是专门学问，做好西夏史需要懂西夏文字，知晓汉藏佛教，了解吐蕃、回鹘、中亚的历史文化等，所以兼通并不是人人都能做到。但是我们至少可以如包伟民教授在"宋史学术前沿论坛"所言，即"所谓'大宋史'研究，并不是要求每位学者都要同时做宋史、西夏史、辽金史，而是指在从事某个领域、某个方面的研究时，要有一种全局的眼光，要注意各王朝之间的竞争与互动"。斯言甚是。

原刊于《中国社会科学报》2020年7月6日，题名《说说"大宋史"》；《新华文摘》2020年第18期全文转载。本次收录有删减。

与研究生谈读书心得

第一，读名著。

1978年我考上大学后，也是在新生欢迎会上，当时甘肃师大历史系的系主任是著名的隋唐史专家金宝祥，在讲如何学习时，第一句话就是要读名著，他说人生有限，知识无穷，一个人穷其一生读不了多少书，所以在有限的生命中选读反映人类文化思想结晶的名著，将受益一生。金宝祥先生不是我的业师，但是他的"读名著"的教诲对我后来走上史学道路及成长有非常深刻的影响。我希望你们今天听了我的发言也能与我有同样的感悟。

什么是名著？可能有众多定义，我的理解是，名家名作，具有权威性、经得起时间洗礼，每个学科在每个时代的代表作。比如中国古代的名著，可从张之洞《书目答问》中查找（范希曾补正、孙文泱增订《增订书目答问补正》，中华书局，2011年），《书目答问》共收图书二千二百余种。分经、史、子、集、丛书五部，每类再以书籍的时代先后排列。每书皆注明作者、版本、卷数异同，并为指引初学者选读，择要略加按语；国外名著可从《世界汉译名著丛书》中查找，商务印书馆从 20 世纪 50 年代起，收录马克思主义诞生以前的古典学术著作，同时适当介绍当代具有定评的各派代表作品。这套丛书对我影响很大，迄今我买了近百部汉译名著。20 世纪的近现代名著可从"中华现代学术名著丛书"中查找。该丛书自 2009 年起由商务印书馆出版，收录上自晚清下至 20 世纪 80 年代末中国大陆及台湾地区、海外华人学者的原创学术名著（包括外文著作），以人文社会科学为主体兼及其他，涵盖文学、历史、哲学、政治、经济、法律和社会学等众多学科。

具体到读今人的论文和著作，要读知名学者、有影响的学者、被学界大多数人认可的学者的论文和著作，尤其对初学者更为重要，因为初学者懵懂而缺乏应有的判断，所以读"名著"就能避免低级错误。这些人既代表学界前沿又代表较为正确的知识和观点。即使他们错了，那也多是学界认识水平局限，而非常识性、不符合学理的错误，也不是低水平的重复研究。

第二，读基础书（基本原始材料）。

读基础书是我的博士生导师漆侠先生在治学中一再强调的。什么是基础书？基础材料书的选择，要具备三个条件：第一，应该是流行最广的、最为常见的因而也是最易寻找的书；第二，应该是贯穿一代历史的基本史料，而这些史料经过初步整理、剪裁，眉目比较清楚者；第三，能给人们以最基本的材料，这些材料具有普遍的意义。三者具备，才能够选为基础材料书。在选择好基础材料书之后，就要熟悉它的基本内容。古人治学所使用的记诵方法，绝不可轻视，清初全祖望往往口诵《汉书》原句回答学生们提出的问题。全祖望之所以成为著名的学者，正因为他有如此深厚的功力。由于我们接触和涉猎的知识面和材料书籍远比古人宽广，因而我们不可能像古人那样精研少数或一种书籍，不可能完全以记诵的方法掌握材料，但对于基础书要尽可能地熟悉它，遇见一些基础材料能够指出它的出处，做到这一步是完全必要的。俗话说"熟能生巧"。只要在熟练掌握材料的基础上，才能更好地选择、使用它，并能够在此基础上发掘出新的问题。先选定题目，再读书找材料，永远赶不上先读一些基本材料、对某些问题有一初步印象而后选定题目，来得深入，这是毫无疑义的。另外值得注意的是，在政治、经济、军事等制度方面，即使前人做出极大的成绩，我们研究的起点要放在前人成就的基础上，也丝毫不能放松对基础知识和材料的学习与掌握。这是因为，没有对基础知识和材料的学习和掌握，就无法把研究的起点放在前人研究成果的基础上，平步登天是不可能的。

第三，读理论书。

从本科学习开始到进入首都师范大学历史学院工作，曾经教过我的业师金宝祥、漆侠先生和我的博士学位论文座主宁可先生都强调理论学习，强调理论学习对指导历史研究的重要意义。科学理论是系统化的科学知识，是关于客观事物的本质及其规律性的相对正确的认识，是经过逻辑论证和实践检验并由一系列概念、判断和推理表达出来的知识体系。

恩格斯说"一个民族想要站在科学的最高峰，就一刻也不能没有理论思维"。同理，我们研究历史，也一定要有理论思维。梁启超说过："苟无哲学之理想者，必不能为良史。"（《梁启超史学四种》，岳麓书社，1985 年）李大钊也说过："实在的事实是一成不变的，而历史事实的知识则是随时变动的；纪录里的历史是印板的，解喻中的历史是生动的。历史观是史实的知识，是史实的解喻。所以历史观是随时变化的，是生动无已的，是含有进步性的。"（《李大钊史学论集》，河北人民出版社，1984 年）所以想要站在历史研究的高峰，一刻也不能没有理论思维。如果我们的研究仅仅是沉降在一个个具体的概念和制度层面不能立足于宏观和整体，用抽象的范畴将它们加以概括，即进行理论思维，则必然是一种低水平研究。

历史理论之外的书，我以为读一点哲学和经济学方面的书是非常必要的。建议读比较成熟和成体系的理论，马克思主义历史理论、年鉴学派的史学观念、马克斯·韦伯的社会史理论，至于像结构主义、制度学派、后现代主义等等作为知识了解就可以。

已故著名的中国经济史专家吴承明先生在提倡学习理论的同时，有两点见解我非常赞同，一是把一切理论都看成是方法，在方法论上不应抱有倾向性，而是根据所论问题的需要和资料等条件的可能，作出抉择。也就是说把所有理论都还原为从事历史分析的具体工具，无疑具有促进思想解放的作用。永远没有放之四海而皆准的理论。二是以方法为研究的工具，而非是某一种公式化的理论，实在是近代学人治学高下之别的一大关键。

所以"史无定法"应是我们读理论书的一个基本原则。

最后我想用北京大学已故教授田余庆先生对 20 世纪著名魏晋隋唐史专家唐长孺先生的评价作为我发言的结束语，并与大家共勉。田先生说唐长孺先生接受了中国传统学术的训练，有家学，有师承。唐先生有传统学术的深刻见识并擅长对资料进行精密考证。后来，他通过史学界前辈先驱者的教育，接受了西方史学的学理和方法，讲究实证而有新的思维。唐先生眼界开阔，能够通观全社会、全局来抓问题，这是唐先生学马列主义的收获。唐先生对所经历的各个学术阶段的方方面面，经过独立思考，经过取舍，去其烦琐和空疏，得精髓，形成自己的学术风格，所以面貌很新。

唐长儒先生是 20 世纪大家，对于他的评价学界有连篇累牍的评论文章，但是我觉得田先生在一千多字的评语中所总结的唐先生成为 20 世纪大家的原因，最为精到。对于包括我和你们在内的后学，唐先生是我们共同学习的榜样。

本文原系 2015 年在首都师范大学历史学院研究生迎新会上的发言稿

第五辑　忆师友

纪念太老师邓广铭先生

一、"望之俨然"

我的老师漆侠先生是邓广铭先生招收的第一位研究生。我是 1987 年考入河北大学成为漆侠师的入室弟子。作为邓广铭先生的再传弟子，相对地说，在有幸近距离接触邓先生并且有过深入交谈的学生中次数最多者，大致非我莫属。20 世纪 80 年代前期我在兰州读硕士的方向是宋史，很早就读过邓先生主编的《中国通史参考资料·第五册宋辽金》和《岳飞传》《王安石——中国十世纪的改革家》等，以及那几年邓先生发表在报刊上的多篇论文。1984 年我到四川、河南、杭州、上海、北京等地访学，见了当时众多宋史名家如王曾瑜、朱瑞熙、徐规、梁太济、胡昭曦、张秉仁、周宝珠等，唯独未见邓先生和漆侠师，这主要是风闻两位先生太严厉，令人生畏，不易接近，所以尽管在北京逗留了十多天而且在北大校园转过一天，但踟蹰再三未能到邓先生府上登门拜访。直到1987年考到河北大学宋史研究室师从漆侠先生后，才得以见到邓先生。很感念漆侠师对我的偏爱，我在1987年9月19日早晨下火车，刚到河北大学报到，行李还没打开就被宋史研究室的人拉着上了去石家庄的火车，说我已被漆侠师任命为第四届中国宋史研究会年会秘书组组长。第二天全天报到，下午三点多，漆侠师招呼我跟他一块去接邓先生，我内心很激动，也很感谢漆侠师在第一时间把我引荐给邓先生。记得那天到了石家庄简陋的车站，火车晚点，漆侠师不住地看手表，引领翘望出站口，约四点多漆侠师说"老师来了"，我循声望去看到张希清老师挽着邓先生的手臂缓缓走出站门，漆侠师赶紧走上前向邓先生请安，然后把我介绍给邓先生，说是今年新考进来的博士生，邓先生只是向我微微点了一下头。第一次见邓先生印象极深刻，我觉得心目中的大学者就应该是像邓先生这样有伟岸身躯和儒雅风度的人，亦即孔夫子所说"望之俨然"。

第二次近距离接触邓先生是在河北大学。1989年5月下旬国家教委主持中华人民共和国成立四十年教学成果奖评选活动，漆侠师的教学成果《坚持以马列主义为指导治史、执教、育人》，获得国家级优秀教学成果特等奖。是年五月下旬国家教委组织专家对漆侠师的教学成果进行鉴定，出席鉴定会的专家有邓广铭、张政烺、何兹全、胡如雷、王曾瑜、滕大春等史学界和教育界著名学者。邓先生担任组长。那时我正读博士研究生二年级，有幸全程参与接待工作。鉴定会上邓先生一边听诸位专家发言，一边不时翻阅漆侠师《宋代经济史》的场景总是浮现在眼前。

第三次是在 1991 年，我在《跟随漆侠师学宋史》中曾简要提及拜见过程："那是在 1991 年 8 月准备在北京盛唐饭店召开国际宋史研讨会，会议召开前，漆侠师带我到北大朗润园邓先生的府上向邓先生汇报会议议程，那天进门落座后，漆侠师的恭敬和拘谨都在一声带有浓重山东乡音的紧张问候语中'老师，您好，我是来给您汇报国际宋史研讨会的'传递出来，漆侠师一直前倾着身子面向邓先生，椅子只坐了前半截，汇报完一个问题，就问邓先生一句'老师，这样行不行'，汇报了四五个问题，也连续追问了四五次。汇报完，邓先生说留下来吃饭，漆侠师说不麻烦老师了，已经在外面有准备了，然后说要到邓先生家对面的宿白先生家坐坐，就匆忙告辞了，一到宿白先生家，漆侠师就恢复了常态，谈笑自若。"会议于 8 月 9—14 日在北京盛唐饭店召开，漆侠师又让我担任大会的秘书组组长，会议期间因会务多次向邓先生请教，聆听邓先生的指示。邓先生的开幕词对当时国内宋史研究在国际宋史学界的地位、现状及其未来发展方向有精辟的概括，直接影响了其后对 20 世纪宋史研究学术史的总结。

1992 年 4 月，中国宋史研究会第五届年会在开封河南大学举行，邓先生以会长身份最后一次参加宋史年会。记得会议结束，当时交通很不方便，4月24日傍晚，河南大学的会议组织者把代表们送到郑州火车站，通过各种关系只买到一张软卧车票，而且是上铺，王云海先生一再向邓先生道歉，说没有安排好，但是邓先生却笑呵呵地说没关系，上车后经过交涉才把邓先生安排在下铺，漆侠师和我们一行人都是坐硬座，经过八个多小时才回到北京。到北京站时，河北大学派来接漆侠师及我们的轿车已迎候在站旁，直到张希清老师和马力护送邓先生打上出租车后我们才返回保定，这趟艰难的旅行现在想起也是挺有纪念意义的。

二、"即之也温"

虽然邓先生不再出席宋史年会，但是此后我有三次到北京出差（其中一次是奉漆侠师命给邓先生递送《宋学的发展和演变》打印稿），每次去北京，漆侠师都给我钱让我买茶叶或水果代他看望邓先生。我也因此有三次机会近距离聆听邓先生讲述他的研究计划和对国内外宋史研究现状的评论。也许是隔代亲的缘故，在北京大学朗润园10公寓206室的邓先生府上，我每次与邓先生交谈大约是30分钟，邓先生很健谈，每次谈话其实我几乎插不上嘴，或回忆，或评论，或谈笑，总是娓娓道来，根本不像是年逾八旬的老人。尽管我知道先生年事已高不能太劳累，但每次都不忍打断谈兴正高的邓先生，每次都是邓小南老师出来让邓先生服药或添水，我才能借机离开。现在想起跟邓先生交谈的内容主要是三方面：一是邓先生谈修改《王安石传》的计划。记忆最深的是邓先生说除了要补足一些史实外，最重要的是与过去以阶级斗争为纲的研究范式告别，甚至挥手做了一个一刀两断的手势。我在《评邓广铭、漆侠五十年来对王安石及其变法的研究》对此做过专门的论述，"似表明他不再坚持王安石变法是北宋中叶农民阶级与地主阶级政权之间矛盾运动的必然结果的观点"。二是谈当时宋史研究的现状，批评史学研究套用马克思主义阶级斗争理论的教条式研究取向。这方面的内容，实际上也是邓先生在 1987 年和 1992 年第四、第五届年会开幕式上致辞所讲的内容。邓先生不厌其烦地反复讲述这个问题，实际上是他早年受傅斯年、胡适等人影响，对学术自由、学术本相的关切，真正希望宋史研究能摆脱那种为意识形态注解、为现实政治服务的非正常状态，而回归实证史学优良传统的一种强烈愿望。九十年代中后期宋史学界悄然向实证学风转向，实证性的专题研究已占据宋史研究的主导地位。热衷辨析史事，究心典章制度，蔚然成风。这不能不说与邓先生的大力提倡密切相关。三是邓先生回答我的请益。那时拜见邓先生，由于入道时间短，内心不免惶恐，不知该问些什么问题，生怕问得太浅显，见笑于邓先生，就径直问先生最近在做哪些方面的研究，邓先生说正在整理和编辑自己的论文选集，说是应首都师范大学出版社之约，由此大致谈到自己为什么选宋辽金史为研究对象，然后又说到王安石在宋代学术史上的地位。后来在1995年初买到首都师范大学出版社出版的《邓广铭学术论著自选集》，拜读自序时才发现我在之前已亲耳听到其中的少部分内容，为此感到莫大的荣幸。我也问过邓先生他的哪些成果最能代表自己的学术，邓先生说在他人看来是《稼轩词编年笺注》和《宋史职官志考正》，但是他自己更看重四部人物传记：《王安石传》《岳飞传》《辛弃疾传》《陈亮传》。而且邓先生说希望在有生之年重新修改了《王安石传》之后，再修订《岳飞传》等其他著作。

值得一提的是在三次交谈中最令人感慨的是，每次邓先生都说他有很多想要研究的问题、有很多想要整理的文献，就是感觉时间不够用，担心来不及做，很焦急。每次听到邓先生如此说，我的心灵里都感到深深的震撼，由此也鞭策自己珍惜时光，希望能在有限的生命里多做一些事。后来得知邓先生自己在生命的最后时日，几次吟及辛弃疾祭奠朱熹的文字，"所不朽者，垂万世名；孰谓公死，凛凛犹生"。那是"他晚年所以坚执重写《王安石传》及修改其他著作，为不能全身心从事于此而终日焦躁，都是为其学术名誉的传世久远负责。这种对著述的'高标准、严要求'，对于他而言，并非单纯的学术'精益求精'，而是以中国文化中此种源远流长的'不朽'的终极关怀为基础的"（陈来语）。

我为漆侠师递送的《宋学的发展和演变》，是漆侠师为完成邓先生的嘱托而写，这篇论文即是后来同名著作的大纲，因而漆侠师完稿后第一时间就是请邓先生过目。我递送漆侠师大作之后大概一个月左右，邓先生就将论文打印稿寄给漆侠师，邓先生在信中为漆侠师写成的大纲感到很高兴，并给以很大的鼓励和很高的评价，同时在漆侠师的打印稿上像批改学生作业那样有抹改、有批语，还有校正。望着满篇的"修改"真迹，邓先生待学生那种不论年岁和知名度的率性真情跃然纸上。1994 年 4 月在成都举行的中国宋史研究会第五届年会开幕式上，作为邓先生之后的第二任会长，漆侠师所做的报告即是经邓先生修改润色的论文，同年漆侠师获得国家社科基金项目的支持。其后一直到遽归道山之前，漆侠师都在努力完成邓先生的嘱托和遗愿。

1997 年的夏秋之际和 11 月下旬，漆侠师带领郭东旭、姜锡东和我一同赴北京，两次探望住在北京友谊医院的邓先生，两次都是邓小南老师接待我们，并告诉漆侠师有关邓先生的病情。第一次邓先生很清醒，思路一如往常敏捷，表示他会很快回家的，他还有很多工作要做，让漆侠师及我们不用为他担心。待到第二次去探望时，邓先生仍然清醒，但话语已不多，漆侠师坐在邓先生病床前，我们三人则站在一旁，默默待了片刻，然后就匆匆告别，我们随漆侠师上前与邓先生一一握手，邓先生跟我握手后向我点了一下头。走出病房，邓小南老师对我说邓先生当时已不能多说话，向你点头表示他认出你了。我很激动邓老先生还能记得我。这是最后一次见到邓先生。1998年刚过了元旦不久就传来邓先生邃归道山的噩耗。漆侠师后来带郭东旭、姜锡东和我参加了在八宝山邓先生的告别追悼活动，以及邓先生逝世一周年在北大举行的悼念追思活动。

三、"听其言也厉"

在纪念刘浦江教授的文章《畏友浦江》末尾说到："我爱读浦江撰写介绍和纪念邓广铭先生的系列文章，前后他一共写了13篇。如《大师的风姿——邓广铭先生与他的宋史研究》《不仅是为了纪念》《邓广铭与二十世纪的宋代史学》《独断之学 考索之功——关于邓广铭先生》《'博学于文 行己有耻'——邓广铭教授的宋史研究》《一代宗师——邓广铭先生的学术风范与学术品格》等。我是邓先生的再传弟子，当然希望对老师的老师有详尽的了解，这是我喜欢读的原因之一。原因之二是在读的过程中，除了感知浦江知恩必报的情怀外，浦江通过描述邓先生的学术经历、治学方法乃至心路历程展现的那种敬畏学术的精神，引起我的强烈共鸣。"

我是"文革"后的七十年代后期上的大学，在国内同时期宋史研究者中起步较晚。大学时代比较喜欢世界史，中国古代史的成绩是所学课程中最低的。大学毕业后考研究生选择宋史方向主要是为毕业后找工作，实际上我并不喜欢宋史，直到1987年考入河北大学跟随漆侠师，我才真正走上学习宋史的学术道路。也是跟随漆侠师学习宋史，才使我对20世纪宋史学科奠基人邓广铭先生的学术有了全新和深刻的认识。可以说我在宋代经济史的学习上是刻意模仿漆侠师，我的博士毕业论文得到答辩委员"颇有师风"的评语，应该说很符合我的实际情况。但是在文献和宋史史料学习上，我更多的是模仿邓先生，这主要是因为：一是漆侠师不论是在课堂还是在平素的聊天交谈上，都会讲述当年邓先生的读书方法及学识，譬如漆侠师给我们讲述宋代基本文献时就列举邓先生开列的7部书：《续资治通鉴长编》《宋会要辑稿》《三朝北盟会编》《建炎以来系年要录》《建炎以来朝野杂记》《宋史》《文献通考》，同时强调阅读《宋元学案》的重要性。鼓励我们多读邓先生的书，常对我们说"你的老师不如我的老师"，所以受漆侠师影响，自然会有意识拜读邓先生的论著。二是读本科时，历史系主任金宝祥先生在入学典礼上致辞时强调读名著的重要性的话语一直激励着我。学习宋史，邓先生是最大的名家，当然要选择读邓先生写的名著。事实上，通过读邓先生和漆侠师的著作及其治史经验使我少走了许多弯路，对于起步晚而初学宋史的我来说，自然是有很大益处的。

在邓先生诸多著作中对我影响最大的莫过于《邓广铭学术论著自选集》。之所以这么说，原因是邓先生的成名作、代表作学界早有很高的定论，那已是心向往之的不朽，但是相对于初入学宋史之门的我来说，《自选集》集中展现的邓先生治史的心路历程和举一反三的治史方法，更适合自己摸索学习的门径。因而我很认真地通读过这部论著选集，其中有的篇章读过三五遍。如《自序》《宋太祖太宗皇位授受问题辨析》《王安石在北宋儒家学派中的地位——附说理学家的开山祖问题》《关于周敦颐的师承和传授》《朱陈论辨中陈亮王霸义利观的确解》《〈宋史·职官志〉抉原匡谬》《陈傅良的〈历代兵制〉卷八与王铚的〈枢廷备检〉》等，只有认真读了邓先生的文章才真正理解邓先生所说的："'史学即是史料学'的提法，我觉得基本上是没有问题的。因为，这一命题的本身，并不含有接受或排斥某种理论、某种观点立场的用意，而只是要求每个从事研究历史的人，首先必须能够很好地完成搜集史料，解析史料，鉴定其真伪，考明其作者及其写成的时间，比对其与其他记载的异同和精髓，以及诸如此类的一些基础工作。只有把这些基础工作做好，才不至被庞杂混乱的记载迷惑了视觉和认知能力而陷身于误区，才能使研究的成果符合或接近于史实的真相。"只有读懂了这些治史箴言，才能使其变换成自己研究宋史的钥匙和路径。

从上大学到读博士期间我没有专门学过目录学和史源学，在这方面的自学知识主要是从邓先生、漆侠师、王曾瑜先生的相关研究论著中揣摩而来，并有意识地边学习边实践，特别是邓先生对几部重要宋代文献整理的研究论文：《略论有关〈涑水记闻〉的几个问题》《〈涑水记闻〉点校说明》《陈龙川文集版本考》《陈亮集增订本出版说明》《〈宋朝诸臣奏议〉弁言》等给我启示最大。其实，邓先生提出治史入门的四把钥匙：职官制度、历史地理、年代学和目录学，如果要领会其精神实质，我以为从邓先生有关整理和研究文献论著中的字里行间就能得到最好的答案。邓先生整理文献、研究文献的高妙处就在于：不是为了整理文献而整理文献，亦即不仅仅是为了搞清楚一部文献的来龙去脉，而是结合有宋一代的史实做相互交错的研究，不仅使文献通过整理得以成为坚实可靠权威的新善本，而且也使相关重大史实得到清晰梳理、最大程度地还原。1995 年以后我的研究从宋代经济史研究转向宋夏关系史和王安石变法研究史，如果说能够取得些许进步的话，那就与我努力将从邓先生和漆侠师、王曾瑜先生所学来的目录学、史源学知识运用到实际研究中有着直接的关系。

记得有一次在东北师范大学开会，韩东育副校长请与会的几位专家座谈，当得知我是漆侠师的学生，便顺口说："你是胡适、傅斯年、陈寅恪、邓广铭一系的，你的史学传承很厉害呀！"由此想到早年拜见兰州大学史学名家赵郿生先生时，先生对我说的一句话："你的老师和你老师的老师邓广铭都是史学的正宗。"我还记得 2004 年一次在杭州开完会，与邓小南老师和张希清老师坐同趟火车返回北京，途中乘着酒意说过我是当然的邓先生事业的再传者，而且理所当然要在宋史学界高扬邓先生和漆侠师的大旗，继承他们的衣钵。大有舍我其谁之势。现在想起不免有点狂妄自大。不过学术需要薪火相传，邓先生晚年对于自身学术事业不朽的念兹在兹，对创建北京大学中国中古史研究中心培育人才的急切和不遗余力，既是对于自身学术名誉传世久远的在意，同时也是对自己开创的宋史学能够后继有人的期许。从这个角度来说，传承邓先生、漆侠师的宋史学是一种义务，更是一种使命。

谨以此文纪念太老师邓广铭先生冥诞一百一十周年。

原刊于《光明日报》2017 年 5 月 30 日第 7 版

真诚的马克思主义历史学家：漆侠

漆侠先生，1923 年出生于山东巨野。原名漆仕荣，字剑萍，笔名范今、季子涯、张戈扬等。漆侠先生 18 岁以前在家乡读完小学、初中。抗日战争爆发的第三年，为避战乱负笈南下在四川绵阳国立第六中学读高中。在读高中期间，漆侠先生对历史已表现出浓厚的兴趣，他先后读完了《史记》《汉书》《后汉书》《三国志》，还读了江藩的《国朝汉学师承记》、皮锡瑞《经学历史》、赵翼的《廿二史札记》、梁启超的《历史研究法》等。1944 年高中毕业后，先生随即考入昆明的国立西南联合大学历史系，对宋史产生初步兴趣，通读《旧唐书》和《宋史》。1946 年从昆明西南联大回到北京，就读于北京大学历史系三年级，选修了邓广铭先生开设的《宋史专题研究》，开始追随邓广铭先生学习宋史。1948 年毕业后旋考入北京大学文科研究所史学部攻读研究生，成为邓广铭先生的第一个研究生。这一年北京大学文科研究所史学部文史哲三个专业只录取了 8 人。1951 年 3 月研究生肄业后应范文澜先生的邀请，进入中国科学院近代史研究所工作。1953 年年底，因故离开近代史研究所，转到天津师范大学（今河北大学前身）历史系，因感念河北大学在他遭遇危难之际"收留"了他，从此以后漆侠先生再没有离开过河北大学，直至 2001 年 11 月 2 日因医疗事故意外逝世。

20 世纪中国史学以 1949 年为分水岭，此前以实证史学为主流，此后马克思主义史学占主导地位。漆侠先生学术道路的起始正处在这两大史学转换之际，因而均给漆侠先生的学术道路打上了深深的烙印。读本科、研究生期间在邓广铭先生指导下深得北京大学实证史学代表人物胡适、傅斯年以及陈寅恪等人治史风格的真传。1949 年及 1953 年到中国科学院近代史研究所工作，在郭沫若、范文澜等人的影响下，漆侠先生接受马克思主义唯物史观，并且终其一生笃信马克思主义。漆侠先生说学习了马克思主义的著作后："只觉得仿佛进入了另一个天地，真是'青冥浩荡不见底，日月照耀金银台'，眼前豁然开朗。想不到世界上竟有这样的好文章，缕析历史、解剖社会竟如此高明！我佩服得五体投地。" 漆侠先生是新中国培养的第一代颇具代表性的马克思主义历史学家。

正是受 20 世纪中国两大主流史学的交替熏染，漆侠先生始终强调材料与史观的统一，历史学科建立在客观历史实际的基础之上，因而包括文献和实物在内的各种材料是第一位的；而对史料的诠释和运用则决定于史学工作者的主观认识，主观认识的正确与否又决定于史学工作者的观点和方法。"一部有价值的、优秀的历史著作，像司马迁的《史记》，越是能够'于序事中寓论断'，即观点和材料密切结合，就越有感染性，产生巨大的影响。"

马克思主义的指导贯穿在漆侠先生治史的全过程中。漆侠先生对于马克思主义唯物史观是这样诠释的："要认识一定历史时期的全貌，固然要对其经济、政治、文化、军事等领域进行全面研究，然而剖析一切历史事变、观念乃至政治、哲学、宗教的关键则是该时期的物质经济生活状况，换言之，一切重要历史事件的终极原因和社会演变的强大动力，是社会经济的发展，生产、交换方式的改变以及由此产生的社会划分为不同阶级和这些阶级彼此之间的斗争。因此只有深入地研究社会经济状况，才能深刻地剖析各种历史现象，认识历史真谛。"漆侠先生是这样诠释也是这样努力践行的。

漆侠先生治史的另一个突出特征是他始终坚持人民的立场，即站在社会历史下层民众的立场上，对历史上的国家暴政和不平等制度进行揭露和批判。

漆侠先生在近 60 年的治史生涯中，取得了辉煌成就，主要表现在三个方面：其一，漆侠先生的治史领域宽广，侧重中国农民战争史、中国古代经济史和宋史，尤擅长宋史研究。漆侠先生生前发表、出版各类论著凡 520 万言，

2008 年由河北大学宋史研究中心编辑出版《漆侠全集》12 卷。其主要代表作有：《秦汉农民战争史》《隋末农民起义》《王安石变法》《宋代经济史》（上下册）、《宋学的发展和演变》（遗作）等。

20 世纪 20 年代以来，特别是 80 年代以来，国内宋史研究取得了长足的进步，在宋代典章制度、政治史、经济史、军事史、法制史、文化史、文献整理等专门、专题领域取得不俗成就的名家或佼佼者应当说不乏其人，但是若从研究水平之高、研究范围之广、研究内容之深的论著来衡量，当属漆侠先生独步，迄今无人企及。他是继邓广铭先生之后的又一卓有成就的史学名家，是"宋史学界的又一位泰斗"，曾入选《中国大百科全书·中国历史》历史学家辞条。

其二，漆侠先生不仅是一位著作等身的创作者，而且更是一位学术领袖式的人物。漆侠先生在 1981 年、1983 年担任两届中国农民战争史研究会理事长，从 1991 年至 2001 年逝世前担任中国宋史研究会会长，除此外还长期担任河北省历史学会会长，对于中国农民战争史研究、宋史研究和河北省的历史研究起了积极的推动作用。

其三，漆侠先生的学术贡献既表现在他高水平的研究著作上，同时在教书育人上亦有突出表现。1989 年国家教委主持中华人民共和国成立四十年教学成果奖评选活动，漆侠先生的教学成果《坚持以马列主义为指导治史、执教、育人》，获得国家级优秀教学成果特等奖。漆侠先生的教书生涯是从 1953 年进入河北大学开始的，除"文革"剥夺他上讲台的七年时间外，到 80 年代初他一直在历史学本科教学一线辛勤耕耘。1981 年教育部指定漆侠先生在河北大学举办全国宋辽金史师训班，1982 年、1985 年分别开始招收硕士、博士研究生，到去世之时，先生培养了硕士、博士研究生 60 余人。有资深学者在纪念漆侠先生逝世周年时说："在宋史学界，不妨可以这样说，在二十年前是邓门弟子遍天下，而如今却是漆门弟子遍天下。不少有成就的中青年学者都是经过漆侠先生培养的。漆侠先生向他们不仅传授了高学识，也传授了好学风。"近 5 年内有三位漆门弟子获得教育部长江学者特聘教授称号，这在国内中国古代史学界是非常突出的。

精于规划，勇于追求，是漆侠先生突破环境局限，开创大格局研究领域的重要因素。漆侠先生创建河北大学宋史研究中心被学界称作是"无中生有"的典范，从 1983 年组建宋史研究室到 2001 年 3 月被评定为本学科唯一的教育部省属高校人文社会科学重点研究基地，在不到 20 年的时间，河北大学的宋史研究从无到有，再到成为国内外宋史学界瞩目的研究重镇，漆侠先生的学术魅力、魄力和学术贡献于此可见一斑。

漆侠先生一生对学术都有一种强烈的责任感和使命感，只要有益于学术研究，只要有益于学生的成长，他都会毫无保留地贡献出来。他把自己视为学术的一部分，也把他的学生视为学术的一部分，他始终提携、鼓励肯于钻研学术的人。他的学术追求和学术道德是崇高的。

20世纪80年代以前，漆侠先生命运多舛，50年代初在近代史研究所，因为替同事的住房问题打抱不平而被错误地打成"反党小集团"成员，并因此受到调离中国科学院近代史研究所的处分，再加上新中国成立前的一些经历，从此使他背上了"历史问题"的沉重包袱。更不幸的是，1966年史无前例的"文化大革命"这场灾难降临，漆侠先生因为让步政策问题，在报纸上被公开点名批判。从此便成了"反党反社会主义反毛泽东思想"的"三反"分子。同年8月还被抄了家。自学生时代积累起来的卡片资料，包括宋代经济方面的资料在内，约300万字，以及撰写的约十六万字的《章惇年谱》和其他没有发表过的文稿，都被抄走扔进垃圾堆。漆侠先生用"家徒四壁"来形容抄家后的惨状。尽管遭此浩劫，漆侠先生却矢志不移，到70年代初环境稍有改变，便又从头开始，夜以继日，孜孜不倦地搜集资料，继续写作《宋代经济史》。十年浩劫也没有能改变漆侠先生刚毅、正直的性格，各种迫害，也没有能阻挡他对真理的追求。在不白之冤面前，在被迫害的逆境中，他从没有沮丧、动摇和推却，从来没有向邪恶和不公正低过头，依然是挺直脊梁，不屈不挠地为真理、为正义而斗争。正直、真诚、勤奋，这六个字是中国史学界同行、门人、朋友对漆侠先生高度评价的最好概括。

难忘师恩

——怀念陈守忠先生

一

    陈守忠先生是我读硕士研究生时的业师。他身上带有浓厚的西北乡土气息，热爱故土，精于考订西北历史地理和长城遗址。他的一双眼睛，一只是蓝色的，一只是黄黑色的，他风趣地说他的家乡甘肃通渭县，在历史上是一个多民族杂居的地区，自己就是民族融合的最好见证者。因为他的治学方法擅长把文献征引与野外实际调查相结合，得出的结论往往经得起时间的检验。至今我还感佩陈先生对甘肃山川地貌、地名地址的熟悉。上本科的时候，因为没有听过他的课，所以没有什么联系。只知道他是我们的总支书记，是解放前党的地下工作者。

    记得 1979 年 9 月底，79 级新生入学，全系召开迎新会，陈先生以系总支书记的身份，主持会议并讲话。在金宝祥主任和刘熊祥副主任讲完话后，开始表演由77级、78级准备的文艺节目，但迎新会最精彩的是陈先生的两个节目：一是棍术表演，陈先生虽然年届六旬，但身手矫捷，一招一式，颇有章法。据说陈先生的棍术是由名家传授的。二是陈先生给大家唱了一段秦腔《白帝城》中的选曲，使迎新会达到高潮。这是我第一次近距离接触陈先生。

此外依稀记得在一次系里组织的学术讨论会上，陈先生对赵吉惠先生大讲"白马非马"的命题不满，坐在一旁闭目摇头，其耿直外露的性格于此可见一斑。

上大学时我偏爱世界史，但英语很一般，所以1982年3月决定考研究生时，临时改报本校的宋史专业。考试前我曾咨询陈先生如何复习宋史的问题，陈先生说就按他开的"宋史专题研究"选修课的内容复习即可，可是当时我并没有选修陈先生的课，陈先生一听拂袖而去，丢下一句话，你连宋史选修课都不选，那你还考宋史研究生干嘛？当时很气馁，可是当时箭在弦上，已经没有再改报专业的时间了，只好硬着头皮考。好在考上研究生后，很快便取得陈先生谅解。在以后的岁月里，陈先生给我多方面的指教，为我开设了"唐宋文学概论""宋代思想史"和"宋史专题讲座"等课。记得陈先生讲"唐宋文学概论"，胡小鹏师兄跟我一道听课，陈先生侧重讲文史哲之间的关系，学历史应当是文史不分家，现在学科分得太细，历史专业的学生多不能读古诗词，有感于我俩古典文学知识的匮乏，特意给我们从古诗词的基本仄韵讲起，并手书一纸勉励我们学习："平声平到莫低昂，上声高呼猛强烈；去声分明隔远道，入声短促急收藏。"很惭愧，陈先生尽力了，可是学生天性愚鲁，到现今也做不好古体诗。

在读研期间，我写过一篇习作《也评"澶渊之盟"》，请陈先生审阅，陈先生逐字逐句认真给我改过后，推荐到母校历史系主办的《历史教学与研究》（1984年第2期）。这是我正式发表的第一篇学术论文。

我的硕士学位论文题目《宋代榷酤及其发达原因》是陈先生帮我确定的。由于我本科阶段没有关注过宋史，一考上宋史方向的研究生，对于做什么题目，很是焦虑。陈先生便让我看看学界对宋代榷酤即宋代专卖方面的研究，这方面似做的人不太多，是否从中可以选一个题目，让我考量。于是我检索各种引得和目录工具书，发现确实做的人不太多，可是翻阅《宋史》食货志觉得盐、茶专卖资料太复杂，而宋代酒类专卖似稍微好一些，加之受父亲影响，喜欢饮酒，于是就把题目确定在酒类专卖上，最后得到陈先生的首肯。这个选题对我走上学术道路至关重要，因为后来我考入河北大学，能够师从漆侠师读博士，就与漆侠师对我研究的问题与他的旨趣相近有很大关系。陈先生对《续资治通鉴长编》很熟悉，读过好几遍，他也让我认真从头读起。不过陈先生当时主要关注宋代西部问题，对宋代酒类问题没有多少涉猎，因而做论文主要靠自己摸索。1984年上二年级时，为了查询论文资料，陈先生鼓励我外出调研，并亲笔给四川大学的胡昭曦先生和河南大学的张秉仁先生写引荐信。我与中文系一位研究苏轼的研究生结伴外出考察，我俩一共带了1600元钱，在五十多天时间里，从兰州到四川、湖北、河南、浙江、江苏、安徽、上海、北京，先后拜访了当时的宋史名家胡昭曦、张秉仁、周宝珠、徐规、梁太济、朱瑞熙、王曾瑜、顾吉辰等先生。这是我与宋史学界的初次接触。

1985年春节过后，我向陈先生交上硕士学位论文第一稿，先生看得很仔细，核对引文，纠正标点，乃至错别字。五月，陈先生请河南大学的张秉仁先生主持论文答辩，答辩委员会由张秉仁、金宝祥、黄烈、郭厚安和陈先生组成。除了黄烈先生对我的论文给以中等的评价，答辩委员会其他成员都给以较高评价。毕业后陈先生继续关心我的学术成长，1986年陈先生请上海师范大学历史系的顾吉辰先生做我申请加入中国宋史研究会的推荐人，1987年初我的申请获得批准。至今深感自豪的是，我是改革开放以后甘肃省考出去的第一位历史学博士。这当然要感谢陈先生的栽培。

1987年8月初接到河北大学博士录取通知书后去向陈先生报告，陈先生对我说："1983年10月在云南开会，见过漆侠，漆侠成名早，理论水平高，有傲骨，好好跟漆侠学习，将来一定有前途。"并约我在九月初和在敦煌所工作的我的大学同学王永增一道到他家吃个便饭，算是为我送行。陈先生是典型的西北人，生活简朴，加之当时物产不丰，甘肃人平素以面条、面片、馍馍等面食为主，待客之道亦很简朴，如果有三四道菜就是极为奢侈了。那天我去陈先生家，师母笑盈盈地欢迎我，厅里小桌上只摆了王永增、我和老师的三双筷子，一个鸡蛋炒西红柿，一个白菜炖豆腐，好像还倒了两杯酒，老师不断让我和王永增吃菜，师母的面片做得极好，我吃了两碗。这是我在陈先生家里吃过的唯一一次饭。

二

1990 年我博士毕业后，留在河北大学工作，并于1992 年举家搬迁到保定，其后与陈先生见面机会不多，我通常会在 9 月 9 日教师节和春节初一给老师打电话问候教师节和拜年，元旦寄一份贺年卡。每次寄贺卡后总能收到陈先生的回信，1998 年元旦之后收到陈先生的回信，信找不到了，但是随信寄的照片一直珍藏着（图一、图二）。

直到进入 21 世纪以后见面机会就多起来了。2000 年河北大学举行第九届中国宋史研究会年会，李清凌老师在理事会上申请由西北师大举办第十届年会，得到理事会的

图一　陈守忠先生寄给作者的照片

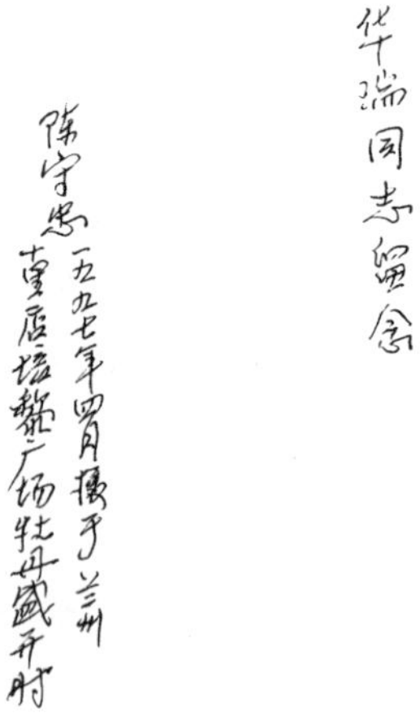

图二　照片背面陈守忠先生的题字

批准，当时我任中国宋史研究会秘书长，自然与母校联络年会的事宜就由我承担，2002年是母校建校100周年校庆，我受邀参加校庆大会，这一年又是我们历史系78级毕业20周年，所以2001—2002年我有数次机会到兰州，每次我都抽空去拜望老师。

2007年9月中旬，应邀在兰州大学敦煌学研究中心讲学，我顺便拜访陈先生，陈先生见到我时说，从20世纪90年代以来，在兰州之外已毕业的本科、研究生同学给他每年寄贺卡的逐年减少，到近几年就只收到你一个人的贺卡，就你还记得老师。听了之后才知晓老师还是很在意学生对他的问候，因此我给老师打电话、拜年和寄贺卡持续到2019年12月，我想老师仙逝前会看到我寄的最后一张贺卡。

2012年9月母校举行建校110周年校庆，我受母校历史学院邀请参加校庆110周年系列学术讲座。同班同学徐斌恰好也在兰州，于是我们相约一道拜望陈先生，先生精神矍铄，身板挺拔。先生平素习武健身，练书法养性。谈兴正浓之时，先生拿出近期所写的几张行书条幅赠予徐斌和我。书法温润而有力，没有丝毫手颤的痕迹，一点也不像已过九十高龄的人所书写。徐斌看着先生赠予的书法条幅，很感慨地对我说，陈先生和他同时代的人读历史，身上颇存古风，这正是我们这一代人所缺乏的。斯言极是。坐了一个多小时，与先生匆匆告别，先生送我们到门口，

图三　陈守忠先生

图四　陈守忠先生（中间）赠予作者（右二）等人书法作品

举手致意，走下几个台阶，回首望着老师慈祥的面容，想到这一别不知又在什么时候再能回来拜望恩师，我心中不免有点惆怅，只能默默祝福先生长寿。

同年的 10 月底，我又回兰州参加西北师范大学历史系 78 级毕业三十年聚会，聚会内容之一是回母校拜访我们的老师。我们先在文史楼 409 会议室举行座谈，请到任效中、洪聚堂二位老师。座谈结束我们班同学又分五路看望陈守忠、王俊杰、张海声、张培德、张淡云诸位先生。去看陈先生的人数最多，有游济荃、赵晋梅、程小成、李汀、马悦兰、刘波、黄志昌、王林子、卢世雄、王原、付漳来和我。师兄胡小鹏在座。

2016 年 7 月中下旬，我赴兰州、河西参加当年在山丹县插队的知青同学聚会，21 日从兰州转车专门拜见陈先生，师兄胡小鹏和学生杨芳陪我到陈先生家，去扑了空，原来老师得了肺炎住进母校对面的兰空医院，我们又到兰空医院。先生虽然住院，但精神状态很不错（图六）。快5 点告别陈先生。

2017 年 9 月 8 日兰州大学举办"纪念赵俪生诞辰 100年暨逝世 10 周年学术研讨会"。我收到邀请函，当即回复表示愿意参加，对赵先生我有两种特殊的情怀，一是 20世纪 70 年代末到 80 年代我在兰州读书、工作时，很受赵先生的影响，这在参会的纪念文章《我心目中的赵俪生先生》都已表述。二是陈先生与赵先生是很要好的朋友，

图五　作者（右一）与陈守忠先生（中间）、

胡小鹏（左一）合影

图六　作者（左一）与胡小鹏（右一）在医院

看望陈守忠先生（中间）

1993 年 11 月陈先生的《河陇史地考述》由兰州大学出版社出版后，曾寄赠我一部学习。我从赵先生于 1992 年给陈先生《河陇史地考述》写的序，对陈先生的道德文章有了更进一步的了解。序言文字不长，现转述如下：

　　中国历史长，地面大，所以历来治中国史的往往采用从时间上截取一段、从空间上截取一片的办法来研究，这样就有了断代史和地域史这两种史学品种。守忠同志一生研究中国史，在断代上重点研究《宋史》，在地域上偏重西北史，或曰甘青宁史，也就是书名上所标的"河陇"的史事，因为这是他的乡土。过去常说的一句话，是"热爱祖国，也爱自己的乡土"。前辈学者张介候、慕少堂、冯国瑞诸先生已经这么做了，守忠同志继他们之后又做了大量的工作，其中是深深蕴藏着对自己乡土的热爱。

　　底下，我准备说另一码事。50 年代后期，我也像很多人一样入了"另册"。那个变化是新奇的。不仅仅像溥仪别人不再叫"皇上"而改叫"老溥"的那种感受，有远远超过的情节，像好端端教过而且心爱过的学生，竟打起老师的耳光来了，而且打的那么真诚，那么凶狠。当时，守忠同志一度是顶头负责管理我们这种人的人，但他与上述情节截然相反。记得一次国庆节前夕，他代表系总支对我们"训话"，却用了抱歉和悯人的语调说，由于上头有文件，你们暂时不能回家，明天从广播里只要听天安门的讲话一讲完，你们就可以随便活动了。这是几句普普通通的话，但我从中嗅到了浓烈的人道气息。"仁者，人也"。这短短四个字的一句话，我是在听了守忠同志那一席话后更明白了的。

傅青主有两句诗："由来高格调，发自好心肝。"我今年76岁了（守忠小我4岁，也72岁了），深深体会到这心肝之好与心肝之不好是大有区别的；和做学问也有关系。时时存心害人的，学问也不会真正做得好。仁民爱物的人，写出文章来，即使没有那么花哨，它是朴实的，其中藏着一颗好的心肝。

我研究顾炎武，不仅仅表彰他的"学"，更着重表彰他的"行"。今于守忠同志，亦然。是为序。

1992年9月2日于兰州大学①

陈先生与赵俪生先生的友谊大致从那个时候就开始了，陈先生一直敬重赵先生，他们的友谊也延续了半个世纪。2002年借校庆之际，曾想专门拜访赵俪生先生，我知道陈先生与赵先生交谊甚厚，故请陈先生推荐，但是我很惭愧没有跟陈先生说清楚拜见时间，当天陈先生就给赵

---

① 赵俪生：《赵俪生文集》第五卷，兰州大学出版社，2002年，第383—384页。

先生打了电话，据说那天赵先生曾在家里等了一下午，可是我并没有去，而是第二天早上向陈先生询问是否已推荐过，陈先生说昨天就说过了，而且赵先生也答应了，你怎么没去？我说我是想今天早上去。陈先生说赵先生早上一般不见客。让老师失信于好友，我感到很自责。时间过得飞快，一转眼15年就过去了，所以我来参加纪念赵俪生先生百年诞辰学术研讨会，内心深处是表达一种隐隐的歉意。

会议期间回母校探望陈先生，那天下午两点半学生杨芳乘西北师范大学历史学院派的车来接我，抵达师大教眷17楼，何玉红副院长已在陈先生府上的楼下等候。我们一同走进先生的家，先生今年已96岁高龄，精神仍矍铄，思路清晰，只是稍微有点耳背。在先生家坐到4点离开。

刚过了三个月，12月我又回母校参加漆永祥和王锷主办的"李庆善教授诞辰100年纪念会"。到母校的当天我与学兄魏明孔一道去拜望陈先生。先生兴致颇高，讲了许多有关"文革"见闻、时局思考方面的话题，先生还回忆我们77级和78级两届学生招生入学的往事，当年先生都是从保护学生的角度，排除种种困难，关照和收留了一批"大龄"学生。老师把我和王永增学长的事记在一起讲述很有意思。不知不觉和老师谈了40多分钟，老师毕竟已是96岁高龄，不忍再打扰，5点20分就告辞了。

2018年8月21日我参加由母校举办的"十至十三世

图七　作者与师友看望陈守忠先生

纪西北史地学术研讨会暨中国宋史研究会第十八届年会"，会议是在兰州饭店举行，会议期间专程拜访了陈先生。先生身体已大不如前了，先生自己也说今年感觉不如去年好，并叮嘱我以后每次来兰州都要来看望，这是先生第一次这样叮嘱。没想到这竟是最后的嘱咐和最后的告别！

三

1987年我考入河北大学，师从漆侠师。虽然此后漆侠师对我的学术道路影响很大，甚至改变了我的人生轨迹，但是陈先生对于我走上学术道路也是至关重要的引路人，所谓吃水不忘挖井人。也许是因缘际会，漆侠师当年在宋代经济史领域已是众望所归，而漆侠师之所以招我到门下，并寄予期望，恰恰是我的硕士论文选题与漆侠师在《宋代经济史》出版之际对宋代酒类研究稍存遗憾之间有了某种契合——尽管漆侠师以为我的硕士论文还很稚嫩，但从经济关系的角度探讨宋代酒类专卖的思路得到漆侠师的基本认同。这正是陈先生为我搭建的桥梁。博士论文完成以后的一段时间里，我全力投入宋夏关系史的研究，这更是受陈先生的直接影响。正如前揭赵俪生先生的序所言，陈先生断代史研究宋史，地域上偏重西北史，陈先生招的首届研究生胡小鹏师兄即是西北史方向。我虽然是宋史方向，但是读陈先生有关宋代西北史诸如吐蕃、西夏方面的文章更多也更直接。"我学习西夏史是从考上西北师院历史系中国古代史宋史方向硕士研究生，师从陈守忠先生之后开始的。因为陈先生很关注宋代西部地区，西夏史也就自然进入我的视域。"（李华瑞：《我与西夏史研究》，载《西夏史探赜》，甘肃文化出版社，2017年）记得研二时，陈先生曾给我布置过一道作业，是关于五代宋初凉州潘罗支及六谷族问题的研究，我查阅资料发现日本学者对这个问题已发表两三篇文章，我觉得我实在写不出新意来，没能如期交稿，后来才知道陈先生希望我从宋与夏州政权的角度观察凉州潘罗支政权的兴衰。这促使我更广泛地关注北宋西北史研究。

我在读研及毕业后一面在学习宋史，一面学习西夏史。陈先生退休前主要主持敦煌所工作，所里的资料收藏偏重于敦煌文物和西夏史方面，由于这个便利条件，我读了吴广成《西夏书事》、陈炳应《西夏文物研究》、白滨主编《西夏史研究论文集》，我写的第一篇西夏史方面的论文是《试论西夏经营河西》，写好亦请陈先生批评教正后，发表于《兰州学刊》1987年第5期。拿到样刊之时，我已在河北大学读博士学位。我把文章拿给漆侠师看，漆侠师对文章本身不置一词，但对我研究西夏史的兴趣大加赞赏，鼓励我要开拓研究视野。20世纪90年代中期以后，漆侠师曾对我说过他欲写《宋辽夏金》断代史的最初计划，宋代部分约80万字由他自己撰写，辽金部分35万字由乔幼梅老师撰写，西夏部分5万字让我撰写，总计120万字。且说这个计划在他完成《宋学的发展与演变》之后就可动手，可惜漆侠师未写完《宋学的发展与演变》因医疗事故就遽归道山。再后来河北大学宋史研究中心继承漆侠师遗志组织编写，并由王曾瑜先生总其成的《辽宋西夏金代通史》，其规模和体例已大大超出漆侠师的初始计划。我提这些旧话题即是说明陈先生是我的西夏史研究和宋夏关系史研究的引路人。

我离开兰州以后，先生仍笔耕不辍，每每都将新写的文章寄给我学习，而我出的书寄给先生批评指正。陈先生从不客气，写得好与写得不好都直言相陈。1998 年 9 月《宋夏关系史》出版，实际上样书到年底才收到，鉴于陈先生已退休多年，不常去历史系或敦煌所，我将书寄给师兄胡小鹏请代为转至陈先生批评教正。翌年六月下旬收到陈先生的亲笔信。

华瑞同志：

　　你的大著《宋夏关系史》在三月间小鹏同志即送到我手了。当然高兴。遗憾的是我计划中的三篇文章《西凉六谷族》《河湟唃厮啰》《北宋的陕西沿边五路》正在紧张地写作之中，不敢停顿，若一停顿，打乱思路，再要写起来就费劲，毕竟老了！看了你的《绪论》和《后记》还提到了我，惭愧！全书搁下来没来得及时读，五月底完成我的写作，本省编的《甘肃大辞典》历史地理部分无人写，找上门来，不得不承担。这是大工程，任务又紧，不能托①。李蔚同志在《甘肃民族研究》本年第 1 期，给你的巨著写的介绍《一枝红杏出墙来》，四月份送给我一本，昨日在《光明日报》上看到有人对你的书写了报道（读后感），觉得应该写信通气了。不然，你会感到书寄去了，怎么会杳无音信呢。请原谅！我在完成紧急任务之后将慢

---

　　① 原文如此。

慢地、仔细地读你的书。看到我曾经教过的学生，有这么突出的成就，是非常欣慰的。

去年 11 月份一场重感冒引发肺炎，在兰空医住了 14 天，治疗很快，经检查，心、肝、脾、肾等器官均无毛病，健康状况良好。本年 6 月 11 日—7 月 3 日，老伴因心脏不好，住兰空医 23 天，每天送饭，使我紧张，现顺利出院。我们都好着哩。

祝你全家顺遂，学术上取得更大的成就！

另，信纸第二页旁边有一句附言：

前几日魏明孔因事来兰，和小鹏一同来看我，坐谈一小时。

陈守忠 1999 年 6 月 4 日

读陈先生的信总是感慨系之，先生的奖掖和鼓励，是鞭策我继续努力攀登的动力，先生的大恩大德无以报答，只能铭记在心。

2004 年我的《王安石变法研究史》由人民出版社出版，9 月 10 日先生得到由师兄胡小鹏转寄的赠书，三个月后给我写一封长达 11 页的回信。从回信的字里行间可以看出先生读的非常认真，先生首先肯定了我在绪论提出的基本思路：对于 900 多年来影响王安石及其变法评议、研究跌宕起伏、毁誉不一背后的"社会气候"，亦即政治因素、学术思想和社会结构的变化作一些探讨，以为是"贯穿本书的基本观点。这，从我在'文化大革命'前后对王安石变法有不同看法的变化及这期间的亲身经历，完全赞同你所持的论点"。先生对我的文字表述加以赞赏："直截了当地说出，不拐弯抹角。通顺流畅。现在有些人，把社会上流行的一些政治的、经济的、商业的术语写入历史论文中，读起来疙里疙瘩，而你一洗这种流行病，给他们是做了榜样。""第三，写这本书，要翻检多少的资料呀！从宋人的著作，元、明、清三代人评著，民国以来直至'文革'后的八九十年代人的不同的论述，你都客观地写入本书，不愧为一本有质量的论著。"

在奖掖之后，陈先生又写道："在读的过程中，我也做了几处文字、标点方面的校订。写在下面供你参考（多半都存在你引别人的文章中，可能是他们错了）。"

举例十余处，陈先生列出了错误所在的页码，并分析错误的缘由，对于有一些错误更是一针见血，令我很是汗颜。但我也很感动，我知道护其短不是真爱学生，学术只有在批评和纠谬中才能进步。

陈先生继续写道："在叙述王安石变法的政治思想时，在 438 页引了卢国龙的一段话。卢国龙，不知其何许人，他的那段文中的'是一种自然主义的理性精神''是一种人文主义的情怀'等等，都是无谓的空话。我最反感在历史论文中出现这种不着边际的空话，还有，'更深化了批判和重建政治宪纲的现实思考'，不知何意？王安石变法的政治思想中有这种东西吗？你引他的文，当然要按原话引，但你的文风可不能受他这种影响。叫他好好读一读刘知幾的《史通》、章学诚的《文史通义》，看什么叫作'史笔'。唉！我是在和你笔谈，何必多管闲事，这算多余的话。是我的缺点，你不必介意。"陈先生所说"多余的话"，其实在我读来，不仅感到陈先生直抒胸襟的耿直性格跃然纸上，而且感到了那颗关爱学生的拳拳之心流露出的浓浓温馨。

接下来陈先生用了5页的篇幅谈了他对王安石变法及研究在"文革"前后不同的变化。其中不乏针砭时弊和对学界学风的批评，有些言辞不免也很是激烈。尤其是对"文革"中研究王安石变法跟随"评法批儒"深不以为然。"搞学术，不能跟着政治指挥棒，只能像前辈陈寅恪先生所说、所表现的那样，要有'独立之精神，自由之思想'。如此而已。"

"最后建议：请把杨伯峻先生的《论语译注》《孟子译注》及《春秋左传注》抽时间精读一过。假如以前没有仔细读的话，湖南的学者，自王先谦而后，对文字学都有深厚的功底，杨树达、杨伯峻叔侄是其显著者。我的老师辈如张舜徽、彭铎等先生，都有深厚的根底，这你知道，用不着我提了。话又说过头了。"

当时读了陈先生的回信，犹如声声在耳，同时回想起在兰州跟陈先生读书时的点点滴滴，久久不能释怀。虽然我已毕业 20 年了，虽然也已经当了博士生导师，但是在陈先生面前，我，永远是一个需要老师不断鞭策的学生。

近十年来，陈先生年事已高，不再写文章，也不再读古籍，平时看看报纸，练练书法。2017 年我的《宋代救荒史稿》上下册出版后，我仍托胡小鹏师兄给陈先生带去，2018 年见面时，陈先生说，"你送的书我收到了，但是我老了，你的大部头书读不动了。我把你的书转给彦赟了"。武彦赟是陈先生的外孙，跟我读宋史方向的硕博研究生。

四

2019 年 12 月 27 日，我早上正在准备翌日在国际儒学联合会举办的大道知行讲堂的讲座课件，11 点 56 分收到胡小鹏师兄的短信："老师昨晚上心脏病去世，连夜上山，遗嘱不设灵堂，不收奠仪，不举办追悼会，不搞遗体告别。家属上山联系火化事宜，还未回来。有具体时间我就告诉你。如果时间在早上，你就不用赶回来了。给明孔我也是这么说的。"真是很震惊。想到老师已过了 98 岁生日，对老师的离世是有一定的心理准备，但是真的走了，还是不敢相信。我当即与儒学国际联合会的联系人张树峰先生联系，请将讲座顺延到下月5号，得到主办方的同意，遂请内子水潞迅速给我订飞机票，于是乘晚上7点5分的航班赶往兰州，9点50分抵达兰州中川机场，杨芳和何强来接我。10点50分到达西北师大专家楼，胡小鹏师兄在大厅等候。得悉陈先生的另外两位弟子朱红亮、赵忠祥也乘石家庄至兰州的航班赶来，凌晨2点抵达兰州，听到这个消息还是很欣慰。老师一共就招了我们四位弟子，这次能够再聚首，很不容易啊！

我在12月28日日记中写道：早上6点25分到专家楼大厅见到小鹏和历史学院院长何玉红、刘再聪、张继钢、杨芳、何强等人，以及多年未见的师弟朱红亮和赵忠祥。一路上天还没有亮，兰州的早晨很冷，比北京冷多了，在北京还长时间没有冻脚的感觉了。不到七点半抵达兰州华林山烈士陵园。我第一次上华林山是参加母校历史系为教我们世界上古史的吴英贵老师逝世举行的追悼会，张莲父亲的追悼会我是否参加已记不得了，只记得去张莲家悼念过。出殡大厅见到陈秀实和他的三哥等亲戚，工作人员打开陈先生的棺柩让我们瞻仰，我看到先生很安详，眼圈有一片乌黑，想必老师最后器官衰竭，享年九十八确属高寿。随即匍匐在柩前行三叩九拜送老师上路，我之所以匆匆从北京赶回就想在与老师永别之际行弟子大礼以报师恩。我们在华林山逗留了不到半小时，就返回专家楼。我因为吃过早餐，在大家下车去吃牛肉面时，我到校园里走了一走，看着熟悉而又陌生的校园，耳边忽然想起了贺知章的回乡诗：少小离家老大回，乡音无改鬓毛衰。儿童相见不相识，笑问客从何处来。当年在熟悉的街道和小路上求学的场景一幕幕映在眼前。9点45分，杨芳和何强来接我去参加历史文化学院"国家社科基金项目申报辅导座谈会"，何玉红、刘再聪及学院青年教师和博士二十多人参加。11点半结束，学院在专家楼请吃午餐，胡小鹏携李克梅、何玉红、刘再聪、朱红亮、赵忠祥、杨芳、何强参加。席间我跟何玉红院长提议后年即2021年陈先生百年诞辰举行一个追思会，并出一部纪念文集，得到玉红院长的首肯。一点半告别大家，杨芳和何强送我到兰州中川机场。

12月29日早上我将在兰州机场曾给师兄胡小鹏发的一条感谢短信，重新拟了一遍，请内子水潞发到我们大学同学的微信班群：诸位同学，昨晚我从兰州返回。因先师陈守忠先生临终前留有遗嘱，不受赙仪，不行告别仪式，一切从简，是故昨天清晨，我只能在枢前瞻仰遗容，三叩九拜送老师。陈先生走得很安详，一生淡泊名利，生活简约，耿直坦荡，与人为善，待学生常怀有舐犊之情。其实人与人淡如水的交往到最后才能心领其珍贵。愿老师一路走好，在天堂永生。前天在首都机场候机时写了一个挽联，也没用上。不过很愧对老师，一直不怎么懂音韵，诸位同学一笑：

托志春秋天水一朝写西北情系桑梓

师法龙门河陇史地传精神泽被后世

原刊于《陈守忠教授百年诞辰纪念文集》，中国社会科学出版社，2021年

学界巨擘　长者风范
——回忆林甘泉先生

一、在林先生领导下评审国家社科基金项目

我能拜识林甘泉先生，是源于国家社科基金的评审。1993年下半年，林先生曾到河北大学征询全国社科基金中国历史课题。当时漆侠师让我迎送林先生，此前虽然早闻林先生的大名，但这是我第一次近距离接触林先生，林先生和蔼可亲、温文尔雅的行止给我留下深刻的印象。林先生与漆侠师都是著名的马克思主义史学家，在当时很多学术问题上观点相近，且都以中国古代经济史为主要研究对象，林先生在河北大学调研中，了解到漆侠师在出版国家社科基金"七五"规划课题《宋代经济史》《辽夏金经济史》后，学术研究重点开始转向宋代学术思想史方面，他感到很惊异，遂私下向我询问漆侠师新近的研究进展，我回答说，大纲性的长篇论文《宋学的发展和演变》已经

完稿，并经过邓广铭先生过目。我还向林先生介绍说漆侠师所做的研究是邓广铭先生嘱托的夙愿。林先生感到这是一个很好的选题，遂在离开河北大学的途中，嘱咐我向漆先生报告，并提请河北大学向国家社科基金办汇报漆侠师研究《宋学的发展和演变》的学术意义和研究进展情况。河北大学科研处据此上报后不久，漆先生的《宋学的发展和演变》1994 年被批准为国家社科基金年度项目。

2000 年，国家社科基金办扩大社科基金项目会议评审专家，适当吸纳青年专家，河北省社科规划办推荐了我。2000 年四月我与马敏、郑炳林第一次参加社科基金评审，当年我刚满 42 岁，是历史学科中最年轻的评委。当时的评委都是史学界大咖，李文海先生和林甘泉先生任中国历史学科的正副组长。林甘泉先生任古代史组长，组员有戴逸、张岂之、刘家和、陈高华、朱雷、朱士光、王天有、郑炳林和我，李文海先生任近代史组长，组员有龚书铎、张海鹏、隗瀛涛、陈之安、张磊、陈其泰、马敏。孙喆是秘书。

从 2000 年起，我在林先生领导下总共参加了 7 次评审会，2000 年至 2005 年，除 2004 年我申请了课题，按规定应当回避、没有参加外，每年都参加。2003 年以后规划办出了新规，连续担任三届和年过 75 岁的老评委不再担任，但是林先生和李文海先生因长期负责中国史评审，且口碑很好，是故规划办一直延聘两位先生。 2005

年规划办又改革评审程序，增加通讯评议环节，会议评委两年轮流参加一次。故我只参加2007年、2009年的评审。2011年林先生年届八十，虽然规划办极力挽留林先生继续参加评审，但之后林先生没有再参加，而2011年因又增加了新评委，我没有参加林先生主持的最后一次评审。2012年我参加评审时，就再未见过林先生。

2000年我第一次参加评审会，因我是从保定来的，开会前一天就住在京西宾馆。当时住宿的评委都是京外学者，在京学者只有林先生一位住宿。后来才知道，林先生每次参加评审会都是提前一两天报到，主要是因为每次评审的古代史材料差不多有280份，而作为古代史组长的林先生为了做到心中有数，要通看古代史组的所有项目材料，并且记下阅读笔记，记下申请者的姓名、单位、课题名称，分析论证的长处和不足，以及对课题价值的判断。每次评审会在小组和大组讨论时都可看到林先生手持记得密密麻麻的笔记本。

由于会议评审时间有限，每个评委不可能详细阅读所有材料，只能根据材料的专业属性，分成若干小组，每位评委采取通览和主审若干份材料的方式进行评议，然后汇总交由大组集中讨论分析每个课题论证能否达到立项标准，提出古代史组推荐立项名单。最后再由"中国历史"全体评委成员无记名投票投出建议立项名单。

以林先生为代表的前辈学者，总是站在维护对国家社科基金高度负责的立场，评审每一个课题，尽最大努力评出能代表国家社科基金水平的课题。虽然绝大多数评审专家评议课题都是认真负责的，但是如林先生一样认真的还是不多见。对此，在我参加的最初几次评审会上感受特别深刻。

　　林先生还怀着对每一个课题申请者认真负责的态度进行评议每一份材料，很令人感佩，我记得两件小事很能说明问题。2000年，河北大学刘秋根申报青年自选课题《中国古代合伙制研究》，这个问题日本学者较早注意，但是国内很少涉猎，合伙制有资本与资本的"合伙"，也有资本与劳动之间的"合伙"，是股份制的萌芽状态，属于新的经济现象，对此在评审中能理解者不多，而且刘秋根在介绍学术前史时用了近五千字的篇幅，大大超过了申请书填表规定的字数，因而古代史组汇总讨论时，大多数评委倾向不推荐，因为我来自河北大学不便发表申辩意见，只有林先生力排众议，他说他认真看了两遍材料，认为评述虽长却详尽，说明申请者对这个问题有充分的准备，并指出"合伙""合本"在中国古代出现较早，但在宋元之前多系零星状态，因而对于宋元出现的较为成熟的"合伙制"应当鼓励和加强研究。林先生的意见中肯有据，得到众评委的认可，刘秋根的课题遂得以立项。翌年，刘秋根将课题研究的部分内容《十至十四世纪的中国合伙制》投给《历史研究》，编辑部审稿时遇到与申请课题时相同的遭遇，不被多数人认可，恰好当时在编辑部工作的仲伟民向我征询意见，我就把社科基金立项时林先生的意见复述了一遍，编辑部不再犹疑，2002 年第 6 期《历史研究》刊发了刘秋根的文章。由此不难看出，林先生评审国家社科基金时不仅仅着眼于评审程序和书面论证，而是从课题所蕴含的内在价值，通过课题立项来推进史学发展和提高史学研究水平，那种强烈的学术使命感跃然纸上。

林先生不仅从申请材料中发现具有潜在研究价值的项目，而且很注意支持对学术研究有较大贡献的学者，譬如2005 年，古代史组集中讨论时，对汪圣铎申请的项目《宋代政教关系研究》有不同意见，林先生则说，虽然汪圣铎所讲的政教关系与过去的政教概念有出入，但是系统梳理宋王朝与佛教、道教的关系，是有进一步开拓空间的必要。更为重要的是林先生说据他了解汪圣铎近十年来出版两部七十余万字的著作《宋代财政史》（上下册）和《两宋货币史》（上下册），说明作者有很强的研究能力和很高的水平，给这样的申请者立项能够保证高质量完成国家社科基金项目，于是统一了认识而立项。2010 年汪圣铎与课题同名的著作《宋代政教关系研究》由人民出版社出版，得到宋史界的好评。

林先生主持国家社科基金中国历史项目评审，最大特点是坚持原则，坚守学术底线，公正客观，不徇私情，与人为善。从评审课题这个侧面，真实反映了林先生坚持真理、严谨治学的马克思主义史学大家的风貌。

二、林先生与"中国经济史论坛"

除了社科基金评审之外，我与林先生有较多接触是
参加"中国经济史论坛"。据李根蟠先生回忆，"中国经济
史论坛"是以中国社会科学院经济所、历史所、首都师范
大学等单位为中心，由京内外学者自行结合、自由讨论的
开放式的研讨方式。它的肇始可以追溯到 1993 年。从这
一年开始，《中国经济史研究》编辑部与其他研究和教学
单位合作，以"中国传统经济与现代化"为总主题，陆续
召开了一系列小型学术研讨会。1997 年，在林甘泉、方
行、宁可等先生的倡导和推动下，中国社会科学院历史
所、经济所、近代史所、世界史所、首都师范大学等单位
的学者正式组成"中国经济史论坛"。论坛规模不大，但
议题比较集中，准备比较充分，参加会议的有不同断代、
不同学科的学者，大都有较好的研究基础，也很投入，因
而能够比较深入地探讨一些长时段的、全局性问题，使得
研讨会有较高的学术含量，对推动学科的发展起了一定的
作用①。"中国传统经济再评价"是中国经济史论坛的中

①详见李根蟠：《"中国传统经济再评价"讨论和我的思考》，
《中国史研究》2005 年增刊。

心议题之一，论坛分别于 2001 年 12 月、2002 年 9 月和 2004 年 5 月召开以此为主题的三次学术研讨会。林先生都参加了，2004 年 12 月 7 日举行的第四次讨论会，林先生因故没有参加。虽然当时漆侠师刚去世，但是以漆侠师为代表的河北大学的宋史研究中心一直是国内学界瞩目的宋代经济史研究的重镇，因此四次会议都邀请河北大学宋史研究中心参加。林先生作为中国经济史论坛的主要发起者和组织者之一，三次到会都积极参与讨论和发言。三次会议的主题都是围绕中国传统经济再评价展开，特别是在讨论有关如何看待运用或汲取西方经济理论认识和研究中国古代经济史中的大问题，如何正确看待 20 世纪 50 年代以来在讨论"五朵金花"过程中形成的理论范式，如何评价中国古代商品经济的发展方向，以及"资本主义萌芽"命题的真伪等等，对此林先生都发表了掷地有声的一家之言。2016 年 6 月 25—26 日，首都师范大学历史学院曾举办"第五届传统经济再评价暨农商社会/富民社会学术研讨会"，作为主持人的我曾搜集前四次中国经济史论坛的资料，此次追思会的名称是"林甘泉史学理论与方法座谈会"，故我将林先生在三次会议上的发言摘引如下，以作纪念。

第一次会议，在讨论中西方在明清时期中国经济发展状况、"西方中心论"等方面的问题时，林先生说：

我认为在经济学的研究中怎样应用经济学的理论与方法是很重要的。经济史的研究要有所突破，还是需要经济学的理论与方法。这几年来，西方对我们经济史的研究的影响和冲击还是很大的，开拓了我们的视野，更新了一些观念。但也存在一个问题，它经常涉及一些模式，我个人认为这些模式是很必要的。在此基础上，要有所突破，如果没有一定的理论方向和模式加以概括和验证，研究就很难有大的进展。西方的这些研究还是有很大的好处的。对于中国十八世纪到鸦片战争前经济发展的轨迹，我不赞成过分地夸大。经济史的研究，需要对事实的判断，这是一个基础的条件。我倒希望从事经济史专业研究，以实证作为基础，同时也需要一定的理论研究，不能完全被动地接受西方，要有自己的特点。对于传统经济的评价，一个是事实判断，一个是价值判断。经济史中的计量问题，我觉得应该做一些扎实的工作。对于西方学者经济数据的计算方法的优缺点，我们过去重视不够，值得讨论的环节，可以通过国际对话来解决，这是我们应该做的。我希望经济所等有关单位通过对材料的事实判断，对西方学者所引材料中片面、错误的部分应该予以指出，这对于中国学术和学者是大有好处的。[1]

① 石涛、毛阳光:《"中国传统经济再评价"研讨会纪要》,《中国经济史研究》2002 年第 1 期。

第二次会议，讨论运用"早期工业化概念"认识中国传统经济，与二十世纪五十年代讨论"资本主义萌芽"的关系时，林先生强调指出：

早期工业化的概念对于前近代中外经济的比较或者近代中国社会经济转型问题的研究具有重要意义。早期工业化不同于产业革命后的近代工业化，它究竟是封建经济的延续，还是不同于封建经济的另一个阶段，应该有一个明确的界定。从中国历史看，较普遍的观点认为秦汉以后经济先进地区与市场的关系密切，但我们不能因为地主经济和农民经济都与市场关系密切就认为已进入早期工业化阶段。要判断近代的工业生产在国民经济中的地位何时赶上或超过农业，恐怕实证研究较难。世界各国早期工业化在16—18世纪发展不平衡，不能忽略其与前近代的关系。早期工业化与资本主义的萌芽问题：产业革命是早期工业化与近代工业化的分水岭，早期工业化的理论提供了理论规范；不是所有早期工业化的地区都会产生产业革命，这可以修正我们过去认为封建商品经济的发展必然导致资本主义因素产生和发展的思维定式，但早期工业化的理论只是修正而没有颠覆封建社会中有资本主义萌芽的事实。[①]

① 李军、刘洋、袁野：《"中国传统经济再评价"第2次研讨会会议纪要》，《中国经济史研究》2002年第4期。

第三次会议，讨论关于劳动生产率及商品经济问题时，林先生对与会学者所论中国封建商品经济是自然经济有益补充的意见表示赞成和支持。在讨论彭慕兰、黄宗智争论与经济史研究方法时，林先生指出，赋税虽然可以成为消费的一大项，但有些朝代的赋税主要是实物形态，实物赋税的征收是巩固了男耕女织的自然经济的生产方式，还是瓦解了这种生产方式从而促进了商品经济的发展呢？值得讨论。

尤其当讨论"劳动生产率"和地主经济中的"剥削率"，也就是如何看待"生产力"与"经济关系"的关系时，林先生以为：

不能完全否定过去的研究成果，如地主阶级和封建国家对农民的残酷剥削妨碍了中国社会发展。在研究方法上不能盲目追随西方，人家提出一个范式我们就一窝蜂地拥护。词汇已经变了，但问题的实质没有得到解决。资本主义萌芽与经济转型是不相关的问题。经济转型不能完成不在于萌芽的问题，不能用单一的原因来解释为什么萌芽没有发展起来。应该将封建社会的结构看成是一个网络结构，如政治的、经济的、文化的网络结构，我们要探讨的是整个中国封建的网络结构对旧的封建生产方式的瓦解和新生的资本主义萌芽起什么作用。

方行先生认为中西比较不应该只比较农业，从人类经济发展的历史来看，革命性的突破发生在第二产业，所以16—18世纪的中西比较应该比较中西的第二产业，比较为什么中国的第二产业没有往西方大规模的工场手工业的道路上走。农业的基础作用是存在的，但这个作用是有弹性的。中国的手工业是一个多层次的结构，应该认真研究。林先生对方行先生的观点表示赞成和支持[①]。

尤值得一提的是，林先生每次见到来自河北大学的我和姜锡东、刘秋根时，都很热情跟我们打招呼，当讨论议题围绕如何看待中国封建社会后期经济发展中的"宋代高峰论"和"明清停滞论"时，林先生鼓励我们积极发言。对我们的关心溢于言表。

三、关怀与奖掖

自1987年我跟随漆侠师学宋史后，我得到漆侠师诸多同学、朋友、同道的关照和抬爱。林先生就是其中一位。2000年4月第一次参加国家社科基金评审会，我去拜见林先生，林先生还记得我，林先生很关心漆侠师《宋学的发展和演变》的进展情况，我说漆侠师已写到南宋的演

① 宋永娟、贾海燕：《"中国传统经济再评价"第三次学术研讨会纪要》，《中国经济史研究》2004年第3期。

变了。第二天分组的时候，林先生首先点名把我分在社会经济史组，说我是跟漆侠学宋代经济史的。林先生也在社会经济史组，此后参加评审，我都是主审社会经济史方面的材料，而且一直跟林先生在一个小组。2002年开评审会时，林先生又让我做社会经济史组的召集人。我当时有点诚惶诚恐，因为评委都是我的前辈和学长，好在有林先生的鼓励和指导，使我打消了顾虑。做召集人使我有更多机会聆听林先生的教诲。看材料间歇林先生差不多都要招呼我到他的房间，让我汇报哪些材料论证得好，哪些材料有新意，而且要说出判断的根据。尽管我常有与林先生意见不同的看法，林先生也是平心静气与我讨论，并让我坚持自己的意见，到古代史组集中讨论时让我畅所欲言，然后说出他自己的意见，由其他参会评委商议。其后只要我参加评审会，我都能聆听林先生的教诲，特别是通过林先生对社会经济史申请书的评议和针砭使我增长很多经济史理论方面有益的知识。

2001年11月2日，漆侠师因保定医院的庸医所致医疗事故，遽归道山，在史学界引起很大震动。2002年4月21日，在国家社科基金项目评审会上，林先生见到我，随即询问漆侠师逝世的经过，林先生说去年9月在北京师范大学为何兹全先生举行的百岁华诞庆祝会上，京内京外许多著名史学家都到会祝贺，漆侠先生在聚餐时频频举杯给何先生和同桌的诸位好友敬酒，看上去精神和身体都很好，怎么不到两个月就走了？我给林先生仔细叙述了事情经过：漆先生因哮喘每年冬春之际和秋冬之际都要输液消炎，去年11月2日早上输液时，在换用新的青霉素系列药时，医生没有按规定给漆先生做皮试就直接打点滴，导致药物过敏，加上抢救措施不当，几分钟时间漆先生就停止了呼吸。林先生听完之后，唏嘘良久。后来林先生见到我还问过我两次。是呀，不到两个月前还活生生的人，突然就走了，林先生总是感到难以置信。

林先生很关心漆先生身后河北大学宋代经济史研究的发展，林先生曾语重心长地对我说，漆先生不在了，但是漆先生的事业要继承和光大。2005年开评审会时，当林先生得悉我已调入首都师范大学工作后，一再追问我为什么要离开河北大学，漆侠先生身后的事业由谁继承。我很忐忑地告诉林先生由于内子双亲都已年届七旬，身旁没有子女，我调入北京可以带内子进京。我离开河北大学不会影响宋史研究中心的发展，因为有漆侠先生的高足姜锡东、刘秋根、王菱菱等传承薪火，近期又调入了汪圣铎先生，是故请林先生放心。尽管听完我的话，林先生表现出了稍许宽慰，但对我离开漆先生开创的宋代经济史重镇，总有点遗憾。其后，每次见我都要过问河北大学宋史研究中心的发展，并询问我的研究状况，当我告诉林先生我在研究王安石变法研究史和宋代救荒史时，林先生说这些问题固然都很重要，但还是特别嘱咐我不要轻易放弃对宋代经济史的研究，最近几年我的研究偏重宋代经济问题，就与林先生的教诲分不开。有一点不能不提及，虽然每次我都对林先生说河北大学宋史研究中心发展得很好，事实也是规模、人员都比漆先生生前有所扩大，但是河北大学宋史研究中心的宋代经济史研究的确有点式微，这一点我没有敢对林先生说。

我不是林先生的入室弟子，搞的专业方向也与林先生不尽相同，但在心里我一直把林先生视作亲老师。三年前林先生仙逝，我在外地开会，得悉讣告后虽然给卜宪群所长发了唁电，但终不能赶回来为林先生送最后一程，心中不免怅惘，今天借此机会向林先生三鞠躬，表达内心的崇敬之情和深深的怀念之情。斯人已去，风范长存。

记母校的二位老师

——为毕业三十年而作

上大学期间受教的老师有三十几位。虽然毕业三十年了，但是老师讲课的许多情景还历历在目。考古课上伍德煦老师语速极快，眼睛不是盯着右上方就是直视左前方；潘策老师用一口浓重的四川口音讽刺东北某知名教授把"冒顿""mò dú"，错读成冒顿"māo dùn"；王俊杰先生的"考试"很特别，不闭卷，也不开卷，而是自拟题目，随意发挥；任效中老师下课后与烟民同学一道腾云驾雾；洪聚堂老师手持教材，眼镜滑在鼻尖上，恨恨地说"俄国人，不可信，最卑鄙，典型的犬儒主义者"；邱少伟老师上世界近代史课逐字逐句让同学们记笔记，并夸耀自己每年 5 月 28 日都会为《甘肃日报》写一篇纪念"巴黎公社"的文章；刘化明老师拿两根粉笔、几张卡片，娓娓叙述二战史的波澜壮阔；牛得权老师讲《文选》课时，会用带有榆中口音的英语说做学问的基本路径是搞清六个 W：

who，when，where，what，how，why（什么人，什么时间，什么地方，做了什么事，怎样做的，为什么）。刘熊祥老师戴着深度的近视镜，操着浓重的湖南腔讲近代史的三大高潮；张培德老师开卷考试给了史无前例的 7 个 100 分；宋仲福老师大胆而理性解读《关于建国以来党的若干历史问题的决议》……

说句实在话，当时母校的师资力量在全国还是有一定地位的，譬如给我们上中国古代史课的老师都有教授和副教授头衔，那时的教授、副教授很受学界和学生的尊敬。而且他们大都有很好的学缘和师承，像钱穆、陈寅恪的学生金宝祥、萧一山的学生和助手王俊杰、尚钺的研究生潘策、徐仲舒的研究生郭厚安等。由于自己是沿着老师们的道路继续向前攀登，他们的启蒙和培育对我的学术成长就有更为特别的意义。

系主任金宝祥

其中对我影响较大的是金宝祥先生。金宝祥先生是我初入学时的系主任，金先生在系里为我们新入校的 78 级秋班举行的欢迎会上讲话，金先生反复叮咛读书要读好书、读名著，这给我留下了极为深刻的印象，到现在我也这样教我的学生。我们学的中国古代史教材是由他主编的，这部教材贯穿了他以人身依附关系逐步减轻作为认识中国古代史发展主线索的思想。这部教材我读了好几遍，自认为很能领会金先生的思想，1981年秋季很想报考他的研究生，可是系里不允许。大四时我选修他的"隋唐史专题"课。先生讲课的情景直到现在还历历在目。金先生花了一个学期也没有把两税法讲完，当时两税法的讨论正是唐史研究中的一个热点，金先生的观点不同于大多数人的看法。但是他始终坚持自己的观点，因而对材料的解读，各种观点的来龙去脉及其长处和不足讲的甚为细致。先生还应李汀、徐斌和我三人的要求专门讲过马克思主义关于人的异化问题，以及唐代佛教哲学。他说唐代的大和尚都是大哲学家，禅宗披着宗教的外衣反佛教。这些观点都令人耳目一新。

听金先生讲课受益最大的是他对20世纪30年代北京大学及全国史学界学术研究的点评。这对身处西北一隅的我们开阔眼界有莫大帮助。在金先生的影响下，我在学校图书馆尘封已久的旧书堆里，翻到了钱穆先生的《国史大纲》，首次知道在唯物史观之外，中国历史还可以有另外一种写法。正是通过他的介绍，我知道了陈寅恪、鞠清远、岑仲勉等史学大家。金先生治学严谨，不轻易发表论文，在历史学界有较大影响。据徐斌说，他有一次为写总结杭州一中办学理念的文章（后来在《光明日报》发表），在杭州一中校史陈列部看到金先生的大名与蔡元培、沈钧儒、马寅初、邵裴子、苏步青、夏承焘等名流同列。

虽然日常与金先生接触不多，但他温文尔雅背后的学术傲骨令人记忆颇深。有一次，一位日本研究河西历史地理的学者来系里讲演，他讲的内容是有关大月氏的问题，他说学界一般把"大月氏读成 dà ròu zhī"，他说这不对，应该按字面来读"dà yuè shì"。讲演完以后，金先生没有正面反驳这位日本学者，而是一口一个"dà ròu zhī"学术问题的重要性，当时听众都会心的一笑，金先生的学术个性于此可见一斑。

金先生是一位笃信马克思主义的历史学家，他说他曾5次通读《资本论》，还读过2遍黑格尔的《小逻辑》。他坚信私有制是人类社会由低级的原始社会向高级共产主义社会发展中间的过渡阶段，最终一定会消失。受他的影响，我也很认真地用一个假期读过一遍《资本论》第一卷。他主张研究历史应注意把握历史发展的大趋势，而不应纠缠于细琐的末节。直到今天我仍然以为他的主张是有深刻道理的。

金先生对学术的追求具有一种献身精神，虽然他晚年对学界新的研究了解不多，而且愈加坚信自己的史学见解。我在90年代每次拜见金先生时，毫无例外地都要听他花费四五十分钟时间论述他的人身依附关系对历史的解读。当然他的解读既有时代政治环境之使然，更多的则是来自他对理论的信仰和对材料的精细梳爬，得出的结论是自己的一家之言，这种精神令人感佩，特别是对现今浮躁学风具有警示作用。一个时代有一个时代的学术，大师是不可超越的，因为此高峰不能替代彼高峰，人类历史就是在不同时代的高峰和旋涡中前进的。

2004年8月21—25日我在四川广安华蓥山开宋史年会，山里信号不好，当我接到金先生仙逝的讣告之时，已是最后送葬的日期，没法赶回来与先生道别。惜哉！痛哉！

班主任郭厚安

母校读书时除了业师陈守忠先生，我个人与之交往较多的老师是郭厚安先生。郭厚安先生从二年级起给我们讲中国古代史的下半段——隋唐宋元明清，他是我们的班主任。本科期间与郭老师接触不多，他编写《明实录经济史资料汇编》请班里十多位同学帮助誊抄，他没有让我做这项工作。郭老师讲课条理清楚，重史论结合，也许是专门研究明史的缘故，他讲的明史内容简要而丰赡。

记得讲课至明末李自成起义时，郭老师专门组织了一次课堂讨论，主题有几个，我记得两个。一是农民起义之后地主阶级政权是以"反攻倒算"为主还是以"让步政策"为主？二是评价农民起义的历史作用。同学们都准备得很充分，那天讨论课发言非常踊跃。这种讲课形式在当时是很新颖的。郭老师除了讲课，还有一次在晚自习中为同学们专门做关于学习方法的报告。郭老师在报告中引用王国维的读书三种境界说还是很震撼的："古今之成大事业、大学问者，必经过三种之境界：'昨夜西风凋碧树。独上高楼，望尽天涯路'，此第一境也。'衣带渐宽终不悔，为伊消得人憔悴'，此第二境也。'众里寻他千百度，蓦然回首，那人却在，灯火阑珊处'，此第三境也。此等语皆非大词人不能道。然遽以此意解释诸词，恐为晏、欧诸公所不许也。"郭老师有次对我说读书要善于思考，脑子里要经常有问题，不能只在工作时想问题，特别是酝酿一篇好文章，要反复琢磨，甚至走路时也要思考。他的这番话给我留下很深印象，现在想起当时没有进入专业研究，所以不太能理解郭老师说的话，而如今自己又何尝不是连走路也在思考问题。

我在大学期间 15 门正式考试成绩中只有两门没上 90 分，一门是伍德煦的先秦考古课，84 分；一门就是郭老师的中国古代史的下半段课程，78 分。三年级以后因郭老师曾应校学生会的邀请，审查学校编辑印刷的《学生论文集》，我的《控制农业人口是今当务之急》入选第二辑，由郭老师审阅，他在我的稿子上密密麻麻写了详细的评语。令我很感动。当知道郭老师是四川老乡后，与郭老师交往就比较多了。郭老师会定期邀请我，或者和徐斌一道到他家里品尝师母做的地道的川菜。大学毕业的那一年，在考研究生专业方向尚未确定之时，郭老师还答应帮我联系两所高校。后来考上陈守忠先生的研究生，在读期间也少不了向郭老师请益。我的第一篇宋史研究方面的习作《也评"澶渊之盟"》即是由陈守忠先生向系刊《历史教学与研究》推荐，当时郭老师是刊物负责人和审稿人，郭老师为此约我到他家谈了几点修改意见。之后发表在《历史教学与研究》1984年第2期上。1985年郭老师参加我的论文答辩，我看到他写了密密麻麻两张纸，从选题意义，材料运用、理论思考和写作得失一一道来，那一刻真体会到什么叫严谨学风。批评从严，处理从宽。

1987年我考到河北大学后，每次回兰州都要去看望郭老师。1989年《明实录经济资料选编》和1994年《弘治皇帝大传》出版后，郭老师都签名寄赠我学习。我的书《宋代酒的生产和征榷》《宋夏关系史》出版后也在第一时间寄请他指教，每次郭老师都会写来长长的信以示鼓励。1992年我举家搬到保定后，每年也都给他寄贺年卡。1999年新年收到郭老师寄来的自制贺年卡，明信片上是郭老师和师母的合影，上面题字开头是"华瑞学弟"，当时看了很恐慌，连忙写信表示不敢当，郭老师回信说这是古代老师常用的一种称呼，如果关系一般可称学生为"兄"，关系亲近则可称"弟"或"学弟"，自谦之词，亦可作学生弟子理解。恍然大悟后很汗颜，搞古史竟不知道这些基本礼节。此后给郭老师寄的贺卡，就没有再收到郭老师的回复，也不知何故。直到 2002 年我在兰州开会才知道郭老师在 1999 年 5 月 2 号就因小病医疗事故遽归道山了，很是惊异。同时也为没能送郭老师最后一程，内心一直有挥之不去的遗憾。

原刊于西北师范大学历史系 82 届秋班编：《毕业三十周年征文集》，2012 年

悼徐斌 [1]

　　人一生会有许多朋友、许多好朋友。从孩提到小学，从中学到大学，从研究生到工作，会有许多同学、师友、同仁、同事。交往或共事，也许几天、数月、数年，甚或几十年。有相忘于江湖的、有知己千杯的，有学术同道的、有心心相印的。在我迄今的朋友中，徐斌是我相交四十年的好朋友，前面的几类朋友都难以归类我们的交往。每一类都好像是，又都不能概括。

一

认识徐斌是从 1978 年 10 月底进入甘肃师范大学历史系开始的。因为是恢复高考的首届全国统一招生，我收到录取通知书是在 1978 年 10 月 16 日，10 月 30 日才报到，天已渐冷。怎样与徐斌第一次见面的具体日期已记不清了，但是还依稀记得第一次见到徐斌的样子，徐斌穿一件四兜灰色中山装，高领米色线毛衣，下着黑色粗呢裤，脚蹬黑色厚底皮鞋。之所以印象深，主要是他的特有气质，亦即用今天的话来说特"阳光"，说话时肢体动作丰富。徐斌给我的第一印象就是那种淡定、淡然、睿智的人。也许是因为我的年龄在班里偏小的缘故，三年级以前除了打乒乓球我与徐斌有较多交往外，没有过深入交谈。徐斌上学期间是属于不常住校的兰州市同学，但是只要留宿学校，就一定要找我和王毅打几局乒乓球比赛。我们仨加上王永增一直是班和系乒乓球队的主要成员。高中阶段，我曾在张掖市业余体校"专业"集训过半年。论基本功，起初徐斌和王毅都不如我，但是徐斌对自己喜欢的事情总是投入很大热情，善于钻研，大致从二年级开始，我与徐斌打比赛基本上就处于下风。特别是徐斌的自信心和永不服输的精神，使得徐斌在对外比赛中发挥总是比我好许多。我打比赛能发挥到七八成就算是很好了，但是徐斌上场比赛往往能超常发挥，将自己的水平发挥到极致。这大致是真正的

图一 1982年初夏大学毕业时作者参加甘肃省大学生运动会，
左起李华瑞、徐斌、王毅

运动员素质，也与他有一个坦然对待任何事物的心态有很大关系。就是说在做任何事情，只要将自己能力和潜能尽可能做得最好、不留遗憾为满足，至于胜负成败那是外在的或其他的因素所致。因而能够坦然面对一切。徐斌的乒乓球水平一直在提高，三年级时他已很接近音乐系的王同和化学系的籍志军的水平，王同和籍志军在1973年省内中学生运动会上取得过冠亚军的成绩，都有在省少年队专业训练的经历。四年级第二学期，学校组建参加在兰州大学举办的全省大学生运动会的乒乓球队，徐斌是上场主力，我和王毅是替补队员。那时我和徐斌刚考完研究生，大运会是五月下旬举行，我们有一个多月的集训时间，每天下午都去集训队训练，也经常外出与铁道学院、中医学院等院校比赛。5月22号，大学生运动会在兰大新建体育馆开幕，首场校队2：5输给铁道学院，其中有徐斌得的一分。晚上徐斌带我到他未婚妻夏小梅在甘肃新华分社的家，这是我第一次见到夏小梅，其实之前徐斌已跟我多次讲过夏小梅与他的共同旨趣。印象最深的是，徐斌给我介绍说小梅写过一篇文章《西游记的无字真经》。

我们的乒乓球友谊持续到不再有打球机会的2010年之前。李汀调入中国电视剧作中心工作以后，对乒乓球产生极大热情，一段时间几乎每天下午5点下班以后都要鏖战两小时，而且剧作中心的乒乓球运动场地极佳。记得2004年我调入首师大工作以后，徐斌每次来京都要带上自己的球拍，抽空到剧作中心与李汀打两局。李汀手下工作人员有前北京市乒乓球队员，与之一起练习，因而水平提高很大。徐斌来京也总叫上我，不过我与李汀打球已居下风，好像徐斌跟李汀互有胜负。年过半百的几个老同学在京城一道切磋乒乓球球艺，那是怎样的一种快乐啊，令人遐思万千。后来李汀到杭州出差也带上球拍，只要有机会就要跟徐斌玩几局。

在1980年二年级结束的那个暑假期间，我在研读有关人口问题方面的书籍和论文，恰好李汀正在写一部以他弟弟李刚为原型的中篇小说，也留在学校。李汀告诉我，徐斌正在家里修改已经完稿的《戊戌变法失败原因的再探讨》，那是 1979 年 10 月中旬系里组织看《清宫秘史》之后，二年级第二学期刘熊祥老师又讲述戊戌变法，徐斌与李汀对戊戌变法失败原因很感兴趣，以为过去的主流意见并不能令人信服，便开始着手搜集资料准备写一篇与主流意见不同的文章，而且他们的构想得到市委宣传部武文军的支持，并答应写好后可以在《兰州学刊》上发表。李汀当得知我在研读人口问题并想写相关论文时，他对我说："今年十月市委宣传部和兰州大学经济系联合举办首届西北五省人口理论学术研讨会，如果你能写出文章，我可以帮助推荐给市委宣传部武文军，如果武文军能够认可，你就可以参加会议。"于是我就开始搜集资料撰写《控制农业人口是当务之急》，到开学后的九月初基本完稿，我拿给李汀看，李汀觉得可以，经李汀举荐并得到武文军的认可，我参加了这次会议。大致与此同时徐斌和李汀撰写的《戊戌变法失败的原因再探讨》也得到《兰州学刊》的用稿通知。大学三年级时，他们的文章在《兰州学刊》1981年第 1 期发表。发表后我深感钦佩，主动向徐斌讨教。当时徐斌给我讲述他和李汀如何发现问题，如何收集资料，如何撰写，那种自信和真理在握感觉的语境和情景，至今依然历历在目，感染着我。我后来写了得意的论文也有一种爱不释手的感觉，但从来达不到徐斌的那种自信。

四年级第二学期我和徐斌的交往，除了乒乓球，又因考研究生的缘故，在学习上有了频繁交流。当时刘熊祥先生知道我们要考研究生，也曾鼓励我们学习近代史。说实话，刘先生的学问造诣很深，从20世纪30年代以来就写过很有影响的近代史著作，但是后来他用《矛盾论》书写中国近代史上的三次革命高潮，确实跟改革开放以后我们对史学的新认识颇不相同，而且刘先生要求学生要严格按三个高潮来研读近代史的做法，也使我和徐斌都感到难以认同。于是我们俩商议，他考王俊杰先生的魏晋南北朝史，我考陈守忠先生的宋史。从新学期开始，只要没有课，系里没有活动，我们一般都在系团总支办公室一起复习。4月4—5日又一同参加研究生考试。5月12日，王毅告诉我们的考研成绩。知道成绩后，徐斌和我的来往就更密切了。我记得他还专门邀请我去他在兰化的住家，把我介绍给他的父亲和嫂嫂。那时好像徐斌的母亲因中风卧床，我没见到。他父亲、嫂子还留我吃了一顿午餐。徐斌是个孝子，说起父母和哥哥来总是一脸的敬意和幸福。他很认真地讲正在帮助父亲写回忆录，并且很有信心说，要从父亲平凡的一生写出能够反映父亲所经历的不平凡的时代。这很可能是受当年已传入国内口述史学的影响。

6月15日，我们领取了研究生录取通知书。徐斌考研究生在很大程度上是为了将来能到浙江工作，那时我们省属院校本科毕业很难出省找工作，只有研究生是全国招生全国分配，而徐斌的未婚妻夏小梅在我们考研究生复习阶段，就将要随父亲到杭州浙江日报工作，因而研究生录取后，徐斌就积极准备完成婚姻大事，6月23日徐斌离开兰州赴杭州完婚前，让我为他办理请假事宜。请假报告写在一张西北师范学院毕业论文稿纸上。

请假报告

系领导：

我于分配之前，接到了研究生的录取通知书，现在不再参加应届分配，八月二十日来校报到即可。

自接通知书至今已有十天，这期间，我参加了分配的思想动员工作，办完了有关照毕业像、收毕业照片等事务。基本上做了自己在分配中应做的工作。

我今年29岁，对象夏小梅26岁，现在浙江日报社工作。双方都已超过了规定的晚婚年限。我准备利用这次暑假去杭州结婚（已向学校递交了申请报告）。

因为女方远在杭州，我希望能在分配工作结束前早走一步。特向组织上请假，望能得到批准。

此致

敬礼

徐斌

1982年6月23日

当天我就逐一找张培德老师、赵吉惠老师以及学校办公室的领导签字：

情况属实，请按有关规定办理。张培德　1982 年 6
月 23 日

同意假期离校，按规定返校。离校前办完一切应办手
续。赵吉惠　6 月 23 日

同意，按时返校。并委托人办理毕业手续。段州
清　6 月 24 日

于是徐斌在毕业分配方案公布前就回到杭州。其后近
一个月的毕业分配活动中都没有再出现他的身影。

二

1982 年 8 月底，徐斌返校读研究生。我与徐斌还有
生物系的研究生史建国同住一室。我们住在音乐系旁边的
那栋五层楼的二楼最靠西的那间房子。研究生第一学年
有各种公共课程和专业课，徐斌大致在学校坚守了两个学
期。第二学年开始，课程不多，加之王俊杰先生很欣赏徐
斌善于独立思考，也相信他的自学能力，为了照顾徐斌两
地分居，同意他每一学期只到校一两个月，因而徐斌在杭
州的时间也比较多。徐斌在学校期间，也不常住宿舍，因
为夏小梅虽然调往杭州，但是他的弟弟还在新华社住，小

图二　1982 年秋季研究生入学以后作者与徐斌（左一）、史建国（左二）合影

梅家的一些家具也没完全搬走，因而徐斌也就经常住在新华社。有时我也到新华社去找徐斌。记得 1983 年年底的一天下午，我与已在《光明日报》驻甘肃记者站当了记者的李汀就不约而同地在徐斌的住处碰面了，我们仨动手做饭，边吃边聊，很是惬意，一直到晚上快九点我才返回学校。

徐斌不在学校时的一般事务性工作，都由我帮助代理。有些公共课徐斌不愿上，也由我替他搪塞，比如政治课，他在毕业三十年征文《自由呼吸的日子》中有描写。三年级我们又搬到学校南一、南二楼后面新建的研究生公寓，我们住在三楼，史建国搬出去跟生物系的研究生同住，我们的寝室住进新考取金宝祥先生的研究生杨秀清。我在寝室门上贴了一张告示"谈笑有鸿儒，往来无白丁"。那时徐斌居家过日子，跟还是单身的我们在生活情趣上有了不小变化。记得一次徐斌从杭州回学校，听说跳迪斯科舞很风行，还专门让我在宿舍内给他示范，他跟着扭了几下胯后，笑着说跟不上时兴了。当然只要他在学校有空，我们还是要切磋乒乓球球艺。更多时间是在我们住的楼前不远处的篮球场上打比赛。本科时以我们班队为主的系篮球队在学校四年无对手，徐斌是系队第一替补，我是班队的替补队员，所以除了切磋乒乓球，我们经常要在傍晚打一两个小时的篮球。晚饭时我总喜欢饮点酒，徐斌也经常陪我喝两杯。但两人一共不超过三两。

1984 年 3 月开学不久，我与中文系研究苏轼的研究生鲍锐外出考察，从兰州出发，到四川成都、峨眉、乐山，然后从重庆经三峡到宜昌至武汉、南昌，4 月中旬抵达杭州，当时徐斌跟王希恩因比我们外出考察的时间早，故我们到杭州时，徐斌仍在学校。那时正巧赶上夏小梅临盆之际，徐斌还是事先跟小梅打招呼帮助我们安排住宿，因小梅行动不便，后来是劳驾徐斌的岳母把我们安排在《浙江日报》的招待所。那天是 4 月 18 日，徐斌的岳母还告诉我，小梅已于 17 日生了一个儿子，真是大喜临门，徐斌这样的喜事被我撞见，觉得有一种说不出的高兴。今年4 月最后一次见徐斌，恰是他儿子刚过 34 岁生日没几天。

让人想起来不免黯然伤神。

上研究生期间因共处一室，谈话范围很广。徐斌讲得多，我讲得很少。很有意思的是，从中学开始直到现今，我的朋友一般都年长我几岁或十数岁，在与朋友交往中，我经常扮演聆听者的角色。徐斌对专业、对时局，常有睿智的观察。那时徐斌谈话给我印象较深的是关于学习方法的讨论，徐斌很不喜欢按照一种模式、一种教条方法书写历史，对系里老师的治史方法及成就也多有臧否。他很尊敬金宝祥和王俊杰先生，对他们独立深邃的治史精神和严谨实证的研究方法，特别是对王俊杰先生的学术自由思想，大加赞赏。那时黄仁宇的《万历十五年》刚出版不久，徐斌很是欣赏，对我不止一次地说过，如果将来他从事历史专业研究，一定要写黄仁宇那样的著作。否则，宁愿不写。徐斌做过实习记者，阅读广博，善于思考，所以不论是对专业学习上的问题，还是大家关注的时事政治问题，从不轻率发表意见，一般都要经过自己的独立思考才发表出来。文字表达很到位。我们除了专业学习、时事政治等话题外，平时也都很喜欢读《傅雷家书》，喜欢郭小川的诗集。也常讨论一些外国文学名著。那时我很喜欢诗朗诵，1984 年研二第二学期新开学的一天，徐斌告诉我近期甘肃作家何来写了一首非常好的长诗《先驱者最后的信息》，很适合朗诵，要发表在《飞天》月刊上，让我注意。不久我就把这事给忘了，到 1984 年研三开学后的一天，徐斌回到宿舍随手从手提包里取出1984年第4期《飞天》月刊,问我读过《先驱者最后的信息》吗?我说还没有,他便打开刊物,情不自禁地朗诵起来"我不曾怠倦/我知道你已经消失/凭着直感/你用智慧构筑的金字塔/你俯视尘寰的乞力马扎罗山/你蜿蜒在历史之巅的长城/你海雾般升腾的贝多芬/你戏谑于大西洋上空的雷电……"这首诗确实写得有气势有思想,我完全被徐斌的激情感染,便把这首诗抄录下来。没想到近日翻找日记竟找到了抄录原件,真是很感慨。

今年我出版了《辽宋西夏金史青蓝集》,在"写在前面的话"中我写道:新近收到黄正林先生的大著《农村经济史研究——以近代黄河上游区域为中心》,翻到最后致谢部分,映入眼帘有这样一段文字:

李华瑞教授是我的大学班主任,也是把我带进学术殿堂的领路人。一九八四年秋季,我考入西北师范学院(一九八八年改名西北师范大学)历史系读书,系里安排了两位研究生给我们班当辅导员(不同于现在大学管理学生的辅导员),一位是李华瑞老师,一位是徐斌老师。李老师负责我们的学术活动,徐老师负责思想政治(徐老师硕士毕业后,再未见面,但对他的业绩,我也时有耳闻)。李老师毕业留校,又担任我的班主任一年。李、徐两位老师给我们班当辅导员,有两件事情可圈可点:一件是在大学一年级时，李、徐两位老师给我们班组织了一次学术讨论会，我写的文章虽未引起老师注意，但这次讨论会对我走上学术道路影响至深；一件是在当时的《兰州青年报》上，李、徐两位老师为我们班开辟了一个栏目："在新的起跑线上"。我虽没有在上面发文章，但激发了我写作与投稿的激情。李老师颇有口才，谈学术，谈时政，谈人生，谈理想，给同学们留下了深刻的影响。我们班有几位同学走上了学术道路，与李老师、徐老师有很大的关系。……

对黄正林的这段话我引用后加了一个按语："徐斌是我的大学、研究生同学、挚友，黄正林提到《兰州青年报》设栏目是徐斌倡议并安排相关事宜，当时我负责同学们的专业学习，徐斌负责引导解放思想、改变观念。"

事情的经过是这样的：研究生三年级一开学，作为研究生教学中必要环节，学校要求研究生做辅导员，徐斌和我给新入学的 84 级班做辅导员。当时徐斌的思想可以说是走在时代的前列，他非常崇尚思想解放、观念更新，以为中国近代以来的每一次进步都与思想解放、观念更新分不开。既然要给新生当辅导员，与其辅导专业学习，不如给新生注入新的思想、新的观念更能帮助他们成长。于是徐斌主动与《兰州青年报》联系，开一个有关新时代新潮流的专栏，得到《兰州青年报》的大力支持。徐斌与我分工，他重点做引领新思潮的工作，我的工作则主要是启发学生将新观念贯穿于专业学习中，让同学们自己撰写带有时代感悟的文章。写好后，再由徐斌和我帮助他们修改。在徐斌的倡导下，大约四位学生的文章经过修改在《兰州青年报》上发表。这在84级班里乃至系里都产生了很大效应。有一件事我终身感谢徐斌。当时按照《兰州青年报》的约定，学生写了专业学习的文章，可以署学生的名字，如果是关于引领思潮的文章，往往是徐斌写的，写好后让我看一遍，我写的文章也请徐斌审阅。徐斌发表文章，会跟着署上我的名字，但是我有一次写了稿件以后，因为徐斌回杭州不在学校，于是我只署了自己的名字，后来发表出来，我又觉得有点不妥，但是徐斌从没有在意这件事，徐斌的这种坦荡胸怀很令我感动。现今我一般较少与他人合作，多是独立研究和写作，但是在与他人合作时，我会把合作者的名字署在我的名字前面，即便我的学生也是如此，这是徐斌对我的影响。

徐斌读研究生期间对魏晋玄学很感兴趣，但是写毕业论文却是王先生给他出的题目，是关于魏晋南北朝的监察制度。监察制度在中国古代是一个比较特殊的制度，与皇权相生相伴，御史、台谏如何监督专制权力，其分寸很不好把握，因而对其制度的定性，写起来也就不容易写好。可是徐斌把魏晋监察制度写活了，很得王俊杰先生的赞赏，因而在答辩时，王先生请中国社会科学院历史研究所黄烈先生主持。黄烈先生是魏晋南北朝史学会的首任会长，著名学者黄文弼先生的哲嗣，当时在学界有很大名气。黄先生对徐斌的论文也给以较高的评价。称赞徐斌文笔好，思路开阔，观察问题敏锐。

三

1985 年 7 月，我们研究生毕业，我留校工作，徐斌则回到杭州，在浙江社会科学院新成立的社会学研究所工作。分别后，我们的交往主要是书信。徐斌一直很关心我的工作，1987 年我考入河北大学跟随漆侠先生读博士，他就来信祝贺和鼓励。徐斌虽然不喜欢大学时代老师们教授的那套历史学模式和方法，即跟风式的意识形态化的历史研究，但是对于能深入传统史学，就像他的导师王俊杰先生一样，奉行学术自由，把实证做好，做这样的专业历史学工作者，也是很好的选项。他还期许我能够青出于蓝而胜于蓝，超过我们的老师辈。这些话虽过去三十年了，今天犹历历在目。

1992 年，徐斌担任浙江社科院《学习与思考》主编，他很快就来信告知了我，并真诚地约我从历史角度写一些观察当今社会议题的文章，很惭愧我从没有给他主编的刊物写过文章。不过徐斌还是给我定期邮寄刊物。有好的议题或精彩的论文也总是第一时间告诉我，希望我分享他的快乐。1996 年我担任中国宋史研究会秘书长，负责编辑会刊《宋史研究通讯》，我也及时给徐斌寄上。

1997年他到北京出差，还专程绕道来保定看我，在我家住了三天，那时我刚好担任河北大学研究生处副处长，能安排徐斌在保定游览。我陪他去白洋淀，他特别提及小时候读的红色小说、电影《野火春风斗古城》《雁翎队》《敌后武工队》《烈火金刚》《红旗谱》等所描写的故事都发生在保定，所以到保定一游，重温小说的故事情节一直是他儿时的一个梦。到白洋淀，他能说出雁翎队在白洋淀生活场景的片段。到当年拍摄《野火春风斗古城》影片那条狭长的东西街游览，他很兴奋，由于当年保定的城建改造在全国是相对滞后的，不到10米宽的东西街还基本上保留着1963年拍摄时的原貌，徐斌竟能指出王晓棠饰演的金环银环对暗号的那家商铺地址，令我惊异。其实徐斌提起红色小说、电影，也勾起了我的许多记忆，我是红色小说、电影的忠实读者和观众，那些经典情节和场景耳熟能详。所以我们俩谈得兴致特别高。到冉庄地道战遗址参观时，我们在钻地道的间隙，还能互相道出《地道战》几位主角的那些有趣的对白。值得一提的是，在保定期间，我发现徐斌酒量不错，他说他在杭州与朋友聚会经常能喝半斤以上，有时可以喝一斤，这让我很惊讶，想起读研期间每次只喝一两多的徐斌，与眼前能喝一斤酒的徐斌，真是判若两人。既然徐斌能喝，三天内我俩喝了两斤多酒，很是惬意。

当徐斌离开保定之际，我告诉他明年中国宋史研究会第八届年会将由宁夏大学在银川举办，徐斌主动要求参加宋史年会，想看看和体验一下与他渐行渐远的历史专业断代研究的情况，于是我给他发了邀请函。1998 年 8 月 20—23 日，徐斌参加了中国宋史研究会第八届年会，徐斌看了参会论文，对我直言不讳地说，虽然他不懂宋史，但从有些选题来看，与以前上学时对历史学的认识相比有很大不同，确实感到史学研究的进步，但是有不少论文与从前上学时读到的论文有似曾相识之感。徐斌的这个观察基本符合当时宋史研究的状况，我对徐斌说他看得挺准，

图三　1998 年作者与徐斌在西夏王陵
合影

要不以后多参加我们的会议，徐斌未置可否，以后我又给他发过邀请，徐斌都没有再参加。会议期间，主办方安排参观西夏王陵、新建黄河大桥和西部影视城。徐斌兴致很高，我们游玩得很痛快，在银川、西部影视城留下了许多珍贵的镜头。

2002 年西北师范大学迎来建校 100 周年，记得当年我们入校第二年的 1979 年 12 月 17 日参加过校庆四十周年。2002 年怎么又庆祝 100 周年，查校史才明白，1937 年"七七"事变后，国立北平师范大学与同时西迁的国立北平大学、北洋工学院共同组成西北联合大学，国立北平师范大学整体改组为西北联合大学下设的教育学院，后改为师范学院。1939 年西北联合大学师范学院独立设置，改称国立西北师范学院，1941 年迁往兰州。抗日战争胜利后，国立西北师范学院继续在兰州办学。同时，恢复北平师范大学（现北京师范大学）。因此进入世纪之交，经请示教育部并征得北京师范大学的同意，西北师范大学与北京师范大学的校庆都从 1902 年计起。校庆前，李汀以厅局级干部身份作为校方的嘉宾获得邀请，进入 21 世纪以后，徐斌以《学习与思考》（后改为《观察与思考》）为平台，策划"百年西北开发"的系列文章，引起甘肃省委宣传部和母校宣传部门的重视，故而也得到校方邀请。我和王希恩、春班魏明孔是作为历史文化学院的嘉宾受到邀请，我们共同参加母校百年校庆（好像李汀临时有事未能出席）。2002 年也是我们班毕业 20 年，徐斌是那次毕业 20 年聚会的发起人之一，聚会日期定在校庆前的头两天。确定聚会后徐斌特别写信给我，相约一同回兰州参加班里的二十年的毕业聚会和校庆活动。校庆结束后，徐斌写了《校园荡漾"大师风"——西北师范大学百年校庆随笔》发表在当年第 11 期的《观察与思考》上。

2000 年年底徐斌的《魏晋玄学新论》出版之际，杭州商学院准备引进徐斌，并有意请他主持学校学报工作，徐斌曾征求我的意见。我对徐斌说，若从做学术研究的角度来讲，高校当然要比社科院之类的所谓科研机构要强许多，因此极力赞成他到杭州商学院工作。进入 21 世纪以后，随着各地经济发展，高校经费有很大提高，各类学术会议也日渐多起来。杭州是南宋的首都，因此我去杭州的机会一下多起来。2002 年 11 月和 2003 年 8 月两次赴杭州参加"唐宋之际社会变迁国际学术研讨会（浙江大学举办）""纪念岳飞诞辰 900 周年暨国际宋学研讨会"。两次都与徐斌晤面，正好赶上他调入杭州商学院，出任学报杂志社社长和主编工作。徐斌请吃饭，叫上他们编辑部的同事和在杭州的甘肃好友一起喝酒，但是这两次见面，徐斌不再能豪饮，说是小梅反对，也因身体不适，又回到上学时代只喝一两酒的水平。2003 年这次见面，徐斌还提到一件趣事，说是他们学报收到一篇讨论宋代书画的稿件，准备采用，他看到作者引用文献中有我的《宋代画市场初探》，便问作者是否认识我，作者说不认识，但知道是宋史大家。听后，我说作者估计知道你和我是同学才这样说。我们不由地哈哈大笑，一笑了之。

2004 年，杭州商学院更名为浙江工商大学，并成立了人文学院，学校请徐斌出任首任院长。因我在 2000—2004 年期间曾做过河北大学的首任人文学院院长，故徐斌打电话让我介绍担任人文学院院长的感想。其实我是一个一门心思做学术的人，学校请我做院长，给我配备了很强的班子，平时我根本不去过问学院的事，放权给副院长做工作，所以我根本给徐斌提供不了什么管理经验。到 2007年底，徐斌干满一届院长后，他不想再继续做下去，就几次电话热情地劝我到他们学校接任他的职务，他以为我很符合他们学校征聘院长的规定，并向学校正式推荐了我，甚至都考虑了我来杭的种种计划。可我是深陷体制内的人，与徐斌的想法不尽相同。说白一点，我比较现实或者世俗，浙江工商大学没有博士学位点，这一条我就难以接受。徐斌说，他们学校正是希望我过去，可以帮助他们学校建立博士点，但是在新组建历史专业没几年的浙江工商大学建历史学博士点又谈何容易呢？另外还有一点我没有跟徐斌说，学术平台和氛围对于体制内学者的发展和成长是非常非常重要的，俗话说"凤凰要把高枝占"，徐斌因为淡定又散淡，崇尚"为己之学"，所以并不在意学术平台的大小适合与否，而我以为凭着徐斌的勤奋努力和聪明睿智，

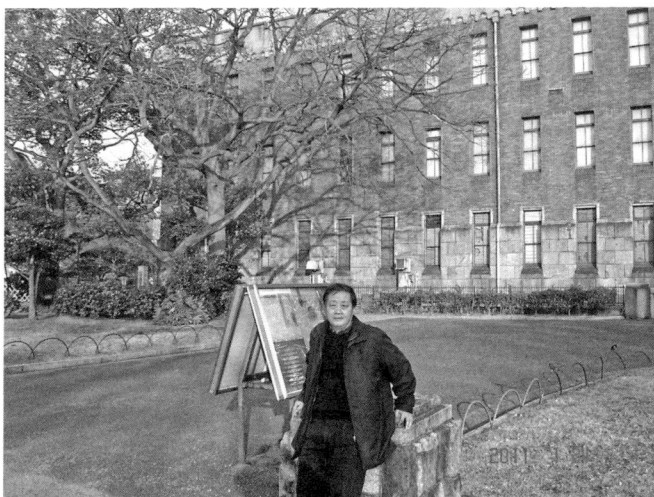

图四 2011 年徐斌摄于大阪

若到浙江大学或者到北京来，徐斌的学术声誉一定可以
跻身于国内一流学者之列（当然这种跻身为徐斌所不屑）。
所以我不能离开作为学术中心的北京，又不好直言，就这
样拖了下去。后来徐斌又接着干了一届，便坚决地谢绝了
学校的挽留，在 2011 年元月发表了那篇著名告别演讲。

在杭州我们每次见面，只要时间允许，徐斌都会带我
去他在浙江工商大学的编辑部办公室、人文学院的工作室
坐一坐，把正在写的书稿、整理的资料让我浏览过目，或
者将下一个写作计划的构思给我一一道来。他在 90 年代
后期曾在杭州富阳的银湖买过一套三层的简易别墅，他带
我去过两次，有一次还在空荡荡的房间自己动手做便饭招

待我。这一切都让我感到徐斌待朋友的真诚和亲切，暖暖的情谊沁人心扉。

2004年我调入首都师范大学以后，徐斌每次来京出差我们都要相聚。2006年徐斌为《旷古书圣　王羲之传》一书最后定稿来北京核对资料，由于徐斌不会使用电脑打字，小梅是他不可或缺的随行"电脑秘书"也一块来了。我在他们下榻的宾馆餐厅请他们吃饭，这次吃饭感到徐斌的身体已大不如前了，我带了一瓶家乡好酒剑南春准备与徐斌尽欢，可是见了徐斌，他却主动拿出一瓶葡萄酒，并说他料到我会带白酒，但是他今年心脏不好，已住过一次医院，所以不能喝白酒了，于是我们就只喝了红酒。2007年，徐斌又来北京，这次他说要去中国电视剧作中心跟李汀打乒乓球，我听了很惊讶，我说上学时没见过李汀打球，现在能有多高水平，还要和咱俩较量？徐斌说现在不一样了，李汀有高手教练，今非昔比，说我不一定能赢李汀。后来果然如徐斌所说，李汀已和徐斌互有胜负，而我已略居下风。打完球第二天李汀提议在北京的同学聚一下，正好那段时间王毅也在北京，这次聚会还见到范文黎、张文渊、张栋。只有王希恩外出没有见到。

有一次，徐斌来北京，主动要我陪他游览北海公园、北河沿、东华门、劳动人民文化宫、中山公园，每到一处他都要极力回想他和哥哥被保姆带着游览的地方，当时去哪些地点我都记不清了，幸好最近看到徐斌回忆录遗稿，知道当年他很小的时候"周末全家人包括婆婆（保姆），都会在公园度过。北海、故宫、中山公园、天坛、颐和园，都无数次游过"，"所以当我成年后又到颐和园看见那游廊上造型各异的玻璃窗，去北海走进白塔下面的太湖石山洞，抑或迈入写有'仿膳'二字的餐厅时，都会唤起尘封已久的记忆，像见到老朋友似的，感到无比亲切，充满温情"。这段文字徐斌亲口给我讲过呀。特别是我和他走到北海白塔下面的太湖石山洞，我们坐在长条靠背椅上，他指着进入餐饮庭室的方向叙说童年的故事。那种感觉无法用语言表达。当然我非常理解徐斌的当时的心境，虽然我生长在甘肃山丹的矿区，但是孩提时代留下的记忆同样是永不能磨灭的，我跟他一样对矿区的一草一木都是那样地熟悉和亲切。

四

2012 年是我们班毕业三十周年，四五月份就有王美英、孙晓钢、张栋等人筹划搞聚会，起先热热闹闹，可到了六月又好像有点偃旗息鼓。九月初徐斌给我打电话，说他近期要去兰州参加一个活动，问我是否有时间也去兰州，顺便把同学聚会的事往前推进，正好我接到母校历史文化学院的邀请，为校庆 110 周年举办的专家系列讲座讲演，于是我们约定 9 月中旬到兰州。9 月 15 日我和徐斌到兰州，16 日下午回母校共同拜访了我们的业师王俊杰和陈守忠先生。陈守忠先生还给我们特意赠送自己书写的行书条幅。傍晚我们赶到市里参加马俊等同学在南关什字一家酒店举行的聚会，参加者有将近二十个同学。后来想起这次聚会，其实就是一次三十年毕业聚会的预演，差不多每个同学都简略讲了三十年来的经历，徐斌带了几套浙江三大名人传记，分送给卢世雄、马俊、陈少沛等人。最重要的是大家确定十月下旬举行毕业三十年聚会，并且大致确定了搞聚会的筹备工作。可惜到10月下旬举行毕业三十年同学聚会时，徐斌却因故缺席。聚会头一天下午饮酒正欢时，徐斌给我打来电话询问聚会场景，和我邻桌的几位同学一听是徐斌的电话，都纷纷接过电话，问候徐斌，最后张栋向同学们转述徐斌的祝福。

2013年4月中旬的一天徐斌给我打电话，问我是否愿意抽时间去深圳，一来他有一位在兰炼厂当工人时的好朋友在深圳事业有成，已多次邀请他携夫人到深圳一游。二来在深圳的几位同学得知徐斌要来深圳，也建议搞一次小型的同学聚会，顺便邀请我参加，由王永增和蔡雁辉负责接待。于是我们协商定在4月28日去深圳。这次深圳行，我在日记中有这样简略的记事：

28日下午两点半（晚点一个小时）乘国航班机抵达深圳宝安机场，老王和他女婿来接机，先住到梅林酒店（311），而后到他家。嫂夫人苗红在家。老王亲自下厨做了五个菜，有两个菜还颇有粤式风格。我们一边吃一边品尝他自酿的白酒，虽说酒度只有三四十度，但好像酌了四次，那纸杯少说也有二两，大致喝了六七两，因而后面有了些许酒意，说的话题都是怀旧的，想起了许多上学时的故事和这些年各自的情况。十点半回到房间。第二天早上六点起床，刚洗完澡，大约七点接到徐斌的电话，说他已到深圳车站，不见老王，正说着，听见老王的声音"我就在你后边"。原来徐斌按惯常的想法以为老王已生华发，只管寻找有白发的长者，和老王擦肩而过。我在宾馆楼下匆匆吃了早茶，赶往满天福酒店，路上遇到赶来聚会的刘小琴。到酒店时老王、徐斌、夏小梅已在坐，这里是吃早茶，过了好一会，赵晋梅带着老班刘亚莉来了。刘亚莉上学时是系团总支副书记，三年级我接替她的职务。她的篮球打得很不错，好像是系女篮队长。中午饭后，我和刘亚莉坐赵晋梅的车，老王、徐斌、小梅坐另一部车赶往蔡雁辉家。大约两点到了，见到蔡雁辉的母亲，1982年毕业后有一次去小蔡在38中的住家见过阿姨。房间很宽大，据说室内设计都出自蔡雁辉之手。小憩片刻，便前往这次深圳行的游地大澳湾培训中心，一路的追忆，话题很多。中心在海边，我和老王住一间，在5号楼313，临窗可以看到大海，天气不错，并不如天气预报说要下大雨。晚上用餐喝了一瓶泸州老窖。十点多回到徐斌夫妇住的套间，海阔天空地神侃，兴致所至，小赵、小蔡和刘小琴都跳起了过去搞笑的舞蹈。还唱了几首红歌。中心话题从去年同学聚会的有趣故事渐次回到我们这代人逃不过的命运——天下兴亡，匹夫有责，一直到十二点才各自回到房间休息。一夜无语。30日一大早起来洗了一个澡，不到八点和老王去吃早茶，来的又有点早，人家还没把菜肴摆上来。八点半以后徐斌夫妇和小蔡她们姗姗来迟。吃过早茶去海边游赏。小赵、小蔡、刘小琴、刘亚莉在海边放着悠扬的老歌，她们踏着节拍已翩翩起舞，小梅在一旁忙着拍照。我和徐斌下海游泳，水有点凉，但很清净，徐斌游得速度明显比我快，但是耐力已远不如我。游得很惬意。游了大约五十分钟，洗漱完毕又匆匆坐车回龙岗教育局，半路下起了瓢泼大雨，二十米开外看不到物体。在龙岗教育局小蔡的办公室里小憩片刻，欣赏小蔡临场挥墨书写行书，看了她珍藏的照片，用了简易午餐，直奔深圳市区。我重新住在梅林酒店411，住下后就急忙赶往欢乐海岸老房子酒店，这是一家川菜馆，味道还不错。赵晋梅老公马建宁请客。席间蔡雁辉老公陈医生找不到酒店位置，小蔡有点着急，我又说了几句小蔡有点强势的话，惹得小蔡很不高兴。不过总体而言气氛还不错，我们又喝了一瓶老王珍藏的好酒"酒鬼"酒。十点回到房间。徐斌、小梅还没吃完晚餐，就被兰炼厂的好朋友接走，可能还要在深圳呆几天。5月1号早八点多，老王送我到机场。啊，匆匆的三天就这样过去了。老王很辛苦，谢谢老王让我度过三天愉快的时光，谢谢小蔡、小赵和小琴姐姐，往事悠悠，回首无尽，又期待下一次的重逢。

2013年7月12日，徐斌和小梅来京，我请李汀、王希恩、张文渊、张栋小聚，喝了三两酒后，张栋成为实际的主角，谈兴甚高，大讲他在河北和北京新华系统如何打开局面，我们都成了张栋的听众，这次聚会相谈甚欢，送徐斌回酒店住处时，徐斌说很难得张栋还能保持大学时代的状态。但是这次见面不久，徐斌就被检查出得了淋巴癌，这个消息是徐斌打电话亲口告诉我的，当时他说发现还算及时，大夫说积极配合治疗，康复的希望比较大，在电话里听不出他对病情的恐惧，也没有悲观情绪。不过，我相信凭着徐斌的身体底子和乐观睿智明达的性格，定会康复。此后，每年除夕或初一，我和徐斌互通问候时，他都会主动跟我提及医疗的进展以及他的身体状况，每次他的心态都相当平和、放松，给人一种有希望的感觉。

2014年10月中旬王永增回天津省亲期间，来北京回访我，19日我请在京的同学李汀、老班魏明孔、张文渊小聚，有一个共同的话题就是徐斌得病的消息以及我们的担心。

2015年11月8日我到杭州参加"第三届中国南宋史国际学术研讨会"。在浙江大学工作的79级同学刘进宝请客，徐斌和张邦炜先生参加。张邦炜是金宝祥先生20世纪60年代带的研究生。那天杭州下着淅淅沥沥的小雨，七点多徐斌赶来。徐斌因化疗带着旅游帽子。徐斌精神状态很不错，按照医生的治疗方案定期化疗，他说每周他还能参加不剧烈的体育锻炼。九点多小梅开车接他回家。2015年12月10号徐斌和小梅到北京出差，晚六点，李汀在什刹海同和居请客，王希恩、张文渊、张栋、魏明孔和我在座。徐斌康复得很不错，徐斌说今年九月去兰州已发现同学们搞聚会的热情已不高。张栋、李汀、徐斌、明孔谈兰州文化界的过去和现状及轶事，我知道的很有限，增长了不少见识。

2016年4月10日，我受邀参加杭州师大人文学院中国史一级学科（浙江省一流学科B）建设会，会议一结束，五点多我就按与徐斌的约定，打车去杭州文澜书院与徐斌会面。文澜书院在杭州著名景点孤山楼外楼旁边，地理位置极佳。快六点时赶到，徐斌夫妇和刘进宝夫妇及王同已在书院饮茶。王同，我们是在1973年甘肃省中学生运动会上认识的，他打甲组，我在乙组。后来到1976年，他随甘肃杂技团到山丹煤矿慰问演出，我们还在矿区游艺室玩了两局乒乓球。1978年他也考入甘肃师大音乐系，从那时起断断续续一直有一些交往，后来他到杭州工作，又见过几次面。王同与徐斌相识也是因乒乓球爱好结识，后来徐斌才知道自己当年采访过他父亲，兰大中文系著名教授王秉钧。王同到杭州后与徐斌交往过从甚密。文澜书院主楼藻思阁位孤山之巅，始建于1936年，曾是文澜阁《四库全书》的移藏书楼。一楼大厅为书院讲习活动主场所。庭院南端大门两侧分别为闲读馆与文澜厨房，可供读书休闲和进餐。我们先在庭院品茶聊天，徐斌兴致很好。徐斌带我参观书院的图书室、讲堂，然后建议上山顶俯瞰西湖，徐斌不能劳累，便在书院会客室等我们，王同、刘进宝夫妇陪我登楼而出轩台，傍晚时分凭栏四顾，湖山美景尽收眼底。下楼时，徐斌特别叮嘱书院厨房做了一桌丰盛的以各类鱼为主的晚饭。晚饭喝了两瓶文澜书院厨房收藏的顶级葡萄红酒，直到九点多我才返回酒店。

顺便说一说徐斌与文澜书院。杭州文澜书院大致成立于2012年，是以讲解和诠释中国国学经典、促进中西交流为主要职能的非学历教育和文化机构。按照文化机构模式进行管理，书院以"成己成物"为办院宗旨，"延名师，拓精舍，聘海内外成学之士担任学术委员或书院顾问"。设院长一名。2013年，文澜书院理事长任平先生读过徐斌写的浙江名人传记，很钦佩徐斌，便聘徐斌任院长。徐斌推荐我任书院导师，徐斌还让我列出讲课题目，当时我正在研究王安石与孟子，徐斌看了我的讲课计划，觉得很符合书院讲课宗旨。不过，当时我不知道徐斌是院长，还以为他也是导师之一，故书院跟我联系送礼品，我以为又是企业式的套路，就没有积极响应。我猜想这或许会给徐斌造成误会，直到这次夜游书院我才清楚徐斌跟书院的关系，当时我就向徐斌道歉，并表示追悔莫及。徐斌哈哈一笑，说没事，不知不为过，以后可以再来。徐斌还向我提出，以后南宋史方面的会议若与书院宗旨相关，也欢迎到书院来举行分会。

2017 年 9 月，浙江大学丝路中心计划组织"文明交往的意义——以'一带一路'为中心的历史与现实思考高层论坛"，会议的组织者刘进宝邀请我参加，起初我觉得我在这方面研究不多，一直在犹豫是否参加，但是到 2018 年年初，刘进宝发邮件说徐斌很想参与他组织的论坛，并希望由书院承担一场分会讨论，而且徐斌也打电话给我说了他的意思，于是我便决定参加这次论坛，而且希望在徐斌主持的分会上由我做会议点评。一切都在顺利中进行。4 月初刘进宝来电话说徐斌的病情突然复发，来势比初得病时还要凶猛，同时告诉我徐斌希望论坛邀请王三北参加，徐斌也来电话告诉我说希望能与三北一道见面，我心里咯噔了一下，有一种不祥之兆。

2018 年 4 月 19—21 日，我在日记中记事：

（19 日）八点乘高铁前往杭州，参加"文明交往的意义——以'一带一路'为中心的历史与现实思考高层论坛"。……21 日下午会议移至孤山文澜书院，原本与徐斌协办，可是徐斌的癌症由淋巴癌变成白血病，住院化疗。一点半我乘陆敏珍的自驾车出发，两点半才到孤山，刘进宝夫人张晓英帮助我联系到夏小梅的侄女夏明秀，会议三点开始，杜文玉发言，讲长安在丝路的起点。我是评议人。评议完，夏明秀约了一个专车，带我和王三北赶往树兰医院。车堵得很厉害，快五点才赶到医院，见到徐斌、夏小梅。徐斌躺在病床上，神情还不错，说了一句"华瑞来了""三北来了"，在询问声中的一刹那我仿佛又看到徐斌往日熠熠明亮的眼神，我给他送了我新近出的三本书。徐斌说真是有点遗憾，原本可以在书院相见，却没想到你们到医院来看我。我把夏小梅请出病房跟她单独说话，问她经济上是否需要帮助，在路上听夏明秀说，徐斌儿子肾病挺严重，所以夏小梅负担很重，我想力所能及地帮帮她，可她说她此前曾挣下一笔钱，足够应付。小梅说徐斌的病情已相当严重，化疗只是一个延续生命的不得已的法子。我就问 4 月 17 日她在微信朋友圈发了徐斌一张照片，看上去不像病重的样子，精神状态很好嘛，魏明孔知道我没有微信，还特意转成彩信发给我。小梅说其实那时病情已很严重了，之所以发那张照片，那是不得已，否则会引起更多朋友的关注，徐斌本来就不希望因他的病惊动太多的人。而且她也没有把病情实况告诉徐斌。她说如果徐斌能挺过 10 天，并有所好转，也许还有一线希望，如果挺不过去……听至此，我的心情一下沉重了起来。徐斌得知我和三北要来看他，有点激动，但是堵车耽误太多时间，徐斌的体力已在等待中消耗过多，当我们见面时，徐斌已没有力气。徐斌跟我和三北没说几句话，就气喘吁吁，咳嗽不停，小梅只好让徐斌躺下，也是在徐斌闭眼休息时的一刹那间，我感觉到徐斌的一种眷恋而又无奈的神情出现在略有浮肿的脸上。我们只好告辞，也许这是最后一次见徐斌了。夏明秀送我和三北返回酒店。

回到酒店后，我还在回味与小梅的对话。我说淋巴癌一般是身体免疫力下降的结果，徐斌身体看上去不是一直很不错吗？又喜欢体育运动，怎么会得这样的病。小梅说，其实那是表面现象，徐斌的身体从2000年以后就变得比较虚弱。他若打一场激烈篮球或者是乒乓球赛，回到家就要休息两三天，体力恢复地很慢。近十多年来心脏也不太好，只是他不太在意，比较随性，有病医病，病好了就又忘乎所以。这我还是第一次听说徐斌身体的真实状况。

4月27日早晨7点刚过，就接到小梅侄女夏明秀的短信："华瑞叔叔：我的叔叔徐斌按照他的一贯理念'快乐生活、飘然而去'，于2018年4月26日23点13分安静轻松地脱去羁绊，怀着童心回家了！"于是我赶紧回复"明秀好，虽然已有预感，但是听到徐斌兄邃归道山的消息，还是非常非常的震动，万分悲痛。请你节哀珍重，并请向你的姑姑夏小梅女史转达我的深切悼念，也请她节哀珍重！我想送徐斌兄最后一程，希望能告知悼念活动的安排。"夏明秀回复"按叔叔心愿，从简！""今天办好"，我又问"工商大学没有安排吗？"回复"不要他们安排"，我只好说"那好吧，遵从徐斌的遗愿，徐斌永远活在我的心里"。下午6时过8分，夏明秀又来短信："华瑞叔叔：今天下午我们已送走叔叔，顺利圆满！"

徐斌就这样走了。

五

徐斌辞世，正如27日李汀回复我的短信所言："徐斌走得太早了，令人悲哀，无限遗憾，百感交集！"我觉得我应当写点文字抒发悼念缅怀之情，当时正在赴开封的高铁上，我打开手提电脑匆匆写了两千多字的草稿，准备回到北京再写。可五月是高校答辩和研究生毕业最繁忙的时节，加上还应搜集一些写作的材料，一拖就过去了近两个月。

对徐斌的纪念不仅仅是追忆过去在一起交往的片段，更重要的是追寻徐斌一生所挚爱、所从事的文化思想和学术研究的心路轨迹。于是我上中国知网收集徐斌的作品，从20世纪80年代中期至2015年，我收集到110余篇论文，这些文章并不是徐斌发表的全部作品，中国知网所收文章大致只占个人的70%—80%，所以徐斌发表文章应在130—140篇，当然这还不包括没有发表的文字。从收集到的文章篇目及内容看，大致有几个特点：

第一，徐斌兴趣广博，涉猎宽泛。我大致归了一下类，有关当代中国社会、政治、经济、文化问题的文章最多，达35篇；其次是论述杭州、浙江社会经济、文化思想方面的论文26篇；其三是徐斌的本行，历史研究约18篇；杂谈类的小稿也有18篇；针砭时弊5篇；还有回望西北5篇。由于不是在一个或两个领域写作，他平素知识的积累就很难建构在一两个系统基础上，而是要在多个领域建构系统基础知识，这就大大增加了读书的数量和难度，特别是博览不很熟悉而新涉猎领域的典籍或材料，这对于搞文字工作的人来说，是相当不易的，换言之，徐斌一定是一位比大多数学者要勤奋许多的人。

第二，虽然徐斌兴趣广博，涉猎宽泛，但是他最钟爱的依然是他的老本行：历史与文化思想。除了发表不少于20篇论文外，徐斌出版了六部著作：《魏晋玄学新论》，上海古籍出版社，2000年；《论衡之人：王充传》，浙江人民出版社，2005年；《旷古书圣 王羲之传》，浙江人民出版社，2007年；《天地良知——马寅初传》，浙江人民出版社，2008年；《马寅初年谱长编》（与马大成合著），商务印书馆，2012年；《杭州口述史：原工商业者卷》（多人合作），商务印书馆，2014年。徐斌治史的特点是善于解读材料，以他的代表作来说，魏晋玄学的研究在学界已有相当多的积累，像著名历史学家汤用彤在20世纪30—40年代就有过专门的讨论，也被大多数人所认可。魏晋玄学同时也是中国思想史带有阶段性、代表性的学术问题，徐斌试图在前人研究基础上从人格魅力、人文关怀、放达性格的角度重新诠释魏晋玄学，特别是他"深信'无为而治'是自由知识分子永远的价值追求，这也是当今体制下尤其需要提倡和发扬的内容"。应当说是一种很了不起的探索。新论出版后他寄赠我一部，并附有一封信函。

华瑞：

你好，寄来的"通讯"收到。看到你在宋史领域纵横捭阖，闲庭信步，既高兴也羡慕。专业有成是最令人欣慰的人生。会员成果表，我不敢填，这些年远离历史领域，于宋史更近乎门外汉了。以后有什么活动要我捧场，倒是乐意效劳的。

我写的书去年出来了，学界反映不错，我也自以为写出了一些新东西。知道你正在关注理学问题，相信看后会产生思想上的激发与碰撞。若阅之有感，不妨写个书评，借你的大名抬高我的身份。

去兰州采访后，为甘肃百年作了个选题，分两期发出，一并寄上。

顺致

春祺

徐斌

2001 年 2 月 12 日

接到徐斌的信，我踌躇了一段时间，终于没有动笔写。因为我在史学研究上走的基本是学院派的路子，对于徐斌的大著实际上是不敢轻易置笔的。用南宋理学家陆九渊说治经学有两种方法，一是我注六经，另一种是六经注我，我大致属于前者，而徐斌属于后者。后者的意思是所有的思想和材料为我所用，借以阐发我的思想，我的思想为主导。因而对于受"句句有来历"训练的我来讲，并不一定能够准确把握徐斌的思想，这是其一。其二，我当时在宋史研究上因先得老师漆侠和老师的老师邓广铭的近水楼台，学界了解我的人都知道我是做宋史的，一下贸然评论魏晋玄学，大有串行之嫌。我评价得高，人家会认为我是吹捧同学，我要是评得不到位，人家又会说我沽名钓誉。其三，要写好的书评比写好的论文还要难，写论文可以根据自己掌握的材料直抒胸襟，突出论点即可，而好的书评不仅要读懂作者写作的价值所在，还要对学界已有研究有充分的了解和判断。方能给"新论"定位。我想既然徐斌看得起老同学让我写，我就不能随意粗制，所以考虑再三，与其写还不如不写。但是今天既然旧事重提，我还得表个态，就我的理解和读后的感觉，徐斌的这部著作确实写得很有水准。令我尊敬有加。只是他既不是魏晋南北朝史研究者的局中人，也不是中国古代思想史研究群内的自家人，他的著作的价值可能没有被学界充分认识。

徐斌写的越人三贤传记，可以肯定地说思想性、可读性是其显著特色。徐斌在写三个传记时，其笔法有受黄仁宇《万历十五年》的某些影响。当然徐斌更追求人物的立体感，以及对今天文化思想建设的昭示。特别是写马寅初，因是距离现实最近的传主，徐斌投入的精力更大，我也不止一次听到他对马寅初的敬意和理解，只要有机会就给我滔滔不绝地讲述马寅初的真知灼见和豁达自然的行事方式，甚至视马寅初为忘隔代而交的那种知己。前揭徐斌治史有"六经注我"的特点，但是他在"我注六经"方面一点不逊于以实证见长的学者，他与马大成合编的《马寅初年谱长编》就充分证明了这一点，此年谱长编对民国与新中国时期报刊中的马寅初活动信息作了最为详尽的全面搜寻，发现许多鲜为人知的信息。年谱长编对海量信息进行了甄别、辨析、考订，就人名、地点、时间、事件一一核对，务求准确。对过去马寅初研究中一些资料解释不清、不确处，均予以补正。也由此可以看到徐斌具有很了不起的治史科班硬功夫。徐斌在《马寅初年谱长编》后记特为感言："我的导师王俊杰先生寿近期颐，当我告知着手编著马老年谱后，他深晓我的学问路子好另辟蹊径，特为嘱咐：编年谱和你过去写《传记》不同，全部要实打实，字字有来历，不可以作者意图择材选料，掺以不实偏文。我谨记在心，如履薄冰。"

至于与多人合作的《杭商口述史：原工商业者卷》，这也是徐斌擅长敏锐观察学界前沿动态的一种具体表现。

口述史学起源甚早，但是把它作为一种专门的史学现象进行研究和作新的实践，主要是20世纪"二战"以后在西方史学界流行起来，这种史学形式在近十年也开始受到国内学界的重视。实际上，徐斌很早就注意搜集身边亲属和值得关注的人的活动材料，譬如帮助父亲和岳父写不同层面的回忆录，为策划百年西北开发选题搜集了大量口述史料等等，"杭州口述史"的完成为学界观察杭州工商业发展，在档案资料、文物资料、报刊资料、书信资料之外又开辟了另一个在场亲临者亲历杭州工商业发展的窗口。从史料学的角度是很有学术价值的。

　　第三，我个人比较喜欢读徐斌《百年西北开发甘肃篇》（上下），《校园荡漾大师风：西北师范大学百年校庆随笔》，文章写得大气。也许是因为我在甘肃生活了29年，西北师大是我念兹在兹的母校，读徐斌的文章，一种亲切感、沧桑感油然而生。这两篇文章我还以为最能体现徐斌的文风和特质，将徐斌作为记者的那种对现实的感悟、敏锐细致的观察与深浸历史学熏染的睿智思考恰如其分地糅合在一起，读起来荡气回肠。更重要的是徐斌祖籍东北、生于华北，成长于西北，号称三北人，把人生定位为边缘人，但对生养他的故土一直怀有一颗赤子之心，从来不是边缘人。这两篇文章就体现了他的这种人生定位。我还喜欢读那些轻松活泼、文字流畅的游记、随笔，如《骑着马儿望祁连：山丹军马场采风手记》《自由呼吸的日子》《校外求师记》《靖远分校十记》《新西游记》等。这些游记、随笔从一个侧面表现了徐斌总有一种向上，对生活充满热爱，对从事的事业永远充满敬意的情怀。

第四，严格地讲，徐斌仍然是体制内的人。首先他对于党的政策和改革开放有很深入的思考，譬如《政治体制改革与政体理论的更新——关于国体政体、民主集中关系的再认识》（1987年）、《温州社会二元结构调查研究》（1988年）、《学习〈邓小平文选〉第三卷的一次对话》（1994年，张仁寿、徐斌对话）、《不凡的目光：并提三位伟人》（1997年）、《建国初期新闻走向的困扰与转型——兼论党的优良新闻传统》（2009年），其次对于时局的针砭和对社会文化的批评，如《在时代和传统的冲突中创新——关于温州精神文明的调查和思考》（1986年），《当代中国的文化立场——"全球经济危机下中国文化发展战略"笔谈》（2009年）也多是从治病救人，希望时局能走上健康正确的道路的角度出发，他的针砭和批评具有古代"诤臣"谏诤文风的性质。其三，徐斌对于改革开放发展的新动向给以积极的评价和大声疾呼，如《市场经济：中国改革的唯一坦途——试论邓小平改革思想的核心》（1993年）、《民营经济的壮大与社会融洽度的调适》（1994年）。

毋庸置疑，徐斌的思想倾向颇受西方民主自由精神的影响，但是他生于斯长于斯，不能脱离生存环境奢谈这些话题，加之他多年主持官办学术期刊——尽管他努力让期刊更多地接地气、引导新思想，因而他虽能认识到社会种种弊端，也能透视他的根源所在，他声讨、他批判，但是因为不能从体制和制度根本上去加以批判或否定，就如他在《怀童心的孩子回家吧》最初写作对现实有很大胆的揭露和批判，但是讲演时又不得不隐去"不合时宜"的文字。因而批判和针砭不免力不从心而显得苍白，这是所有体制内理论工作者面临的困局，徐斌在这方面耗去太多精力，无疑大大影响了他的学术建树。这是我读徐斌作品后感到的一种缺憾。我与徐斌不同点是，我虽然在形式上深陷体制，但是我的学术研究极少关注体制内的话题；徐斌欲挣脱体制的羁绊，但他的学术研究在相当大的程度上深陷体制内的议题。这也是徐斌的矛盾所在。

虽然 2011 年徐斌从浙江工商大学人文学院院长一职上退下来，在告别讲演中也宣布"退出体制"，可是留给他自己支配的时间已不多。网上有篇纪念文章说《怀童心的孩子回家吧》一语成谶，徐斌真的离开羁绊的体制，飘然去了天国。

第五，徐斌最有影响的作品大致莫过于他在浙江工商大学卸任人文学院院长的告别讲演《怀童心的孩子回家吧》，这篇讲演被传到网上后，引起学界、媒体的很大关注，甚至影响到教育部对教育体制改革的关注。记得2014 年的一天，我收到师叔、宋史大家王曾瑜先生的一封邮件，老先生在信中郑重向我推荐徐斌的这篇文章，并说是一篇难得的好文章，对时下教育体制批评得很到位。

2011年1月6日，徐斌的讲演稿《学期末全院大会告别演讲》写就后，除了夏小梅是第一个读者，徐斌在2011年1月18日从信箱同时发给包括我在内的15位朋友，我大致是读这篇讲演稿的第一批读者。这篇文章之所以影响大，并不在于它有多高多深的学术价值，而是在于敢于揭示、捅破皇帝新衣一类的虚假表象。我长期在高校工作，高校中层研究生处副处长、学院院长、学报编辑部主任主编我都做过，徐斌指出的高校管理体制所有的弊政，我都感同身受，所以引起我的强烈共鸣，自然是在情理之中。当年徐斌之所以推荐我接任他的职务，他以为我们有许多共同相似之处，都是读书人，都有学术和做人底线，在不能突破体制藩篱的前提条件下，我可以忍受他不愿做的事，这样把浙江工商大学文史学科交给一个他信赖的同学，他比较放心。换言之，激烈言辞之外，实际上体现着他对浙江工商大学人文学院老师和学生的大义和厚爱。希望他们能在一个充满思想、理想、自由的环境中工作和学习，而不是相反。

对于徐斌的讲演稿的赞誉已经很多，我就不再赘述了。我只想说三点，一是从网上搜集类似于批评教育体制的文章是很多很多的，但是没有像徐斌那样通过自身的感受和经历来解剖，徐斌之所以能引起大多数人的赞誉，就在于他的真诚和坦诚，以及批判的深刻见识。

二是所有批评者都是站在第三者的立场发表指斥言论，但是回到现实中却享受着文章痛斥的所有"好处"。徐斌最可贵的就是他不随波逐流，不说一套做一套："我无法像大部分所谓学者型领导那样，一边不痛不痒地批评体制，一边又利用体制大捞好处。那些捞好处的套路我不是不清楚，无非利用手中资源，请掌握项目的官员、高级别刊物的主编、学界评委等来讲学，变相用公款行贿。逢年过节再去孝敬送礼。然后就可以在为学校、学院作贡献的名义下拿课题、发文章、得奖项，慢慢自己也就成了名家、评委。这些年我处在非常有利的地位，相关的利益链也铺到过我面前，但我不屑为之。我的道德底线不许可，这些既然是我批评的事情，就决不随波逐流。"直到今天能有徐斌这样表里如一的人仍然是凤毛麟角。其实我以为要改变我们的教育体制，乃至改变我们的国家，当然要从体制上做文章。在各种力量都无法突破现实的情况下，至少应先从改变风气做起，如果我们的教授、学者都能够从自己做起、从醒悟的现在做起。徐斌讲演的初衷才算真正得到回响，否则，依然要像徐斌一样继续批判和针砭。

三是众人多从这篇讲演稿中对教育体制的大胆批评来衡量其价值——这当然没有错，但是大家都忽略了作为与中华人民共和国成立以来相侔的一代学人对自己胸怀的袒露，其实这篇讲演稿更多的是反思自己的人生轨迹、成长的心路历程：从信仰到迷茫，从迷茫到救赎，从救赎到大彻大悟，他要与昨天的自我告别。可是天妒英才，不假以时间，就让他告别人世，只让他的灵魂获得自由。

徐斌千古！

安息吧，徐斌！

原刊于《澎湃新闻》私家历史 2018 年 8 月 3 日

又为学林哭英才

——《马玉臣治史文存》序

　　玉臣于我的关系较为复杂。玉臣是师兄程民生培养的
第一位硕士研究生，我是他的师叔。我自 1996 年起即有
博士生导师资格，故玉臣硕士毕业前的 2000 年年初，民
生师兄写信郑重推荐玉臣考我的博士生。但当年河北大学
历史研究所（后来的宋史研究中心）招收博士研究生均是
列在漆侠师的名下。玉臣考取博士研究生后，到河北大学
报到不久，漆侠师就比较赏识玉臣。第一学期结束时，玉
臣的博士毕业论文也选择了与熙丰新法理财有关的题目，
随即跟漆侠师做毕业论文。有了这层关系，玉臣又名副其
实是我的小师弟。2001 年 11 月 2 日因医疗事故，漆侠师
遽归道山，宋史研究中心重新安排玉臣的指导老师，刘秋
根学兄和我被指定为玉臣的指导老师，这样我和玉臣之间
又有了特殊的"师生关系"。如果准确地讲，玉臣于我应
是"亦师亦友"的关系。尽管如此，玉臣对我一直执弟子

礼，且恭敬有加。2005 年以后，在河南大学的漆门诸位学兄程民生、贾玉英、苗书梅开始陆续有了博士毕业生，特别是苗书梅掌门历史文化学院，我去河南大学参加答辩的机会也多起来，加上其他学术活动，我差不多每年都要去河南大学。而每次迎送我的又都总是玉臣。玉臣每次见面，总是用很浓的河南地方口音"老师，老师"亲切称呼我，起初我对他说你也是漆侠师的学生，你是我的小师弟，玉臣总是用不容分辩的口气说，"我管不了那么多，在我心里你就是老师，就是我的亲老师。"每每想起玉臣，耳旁犹响彻着那沁入心扉的声声呼唤："老师、老师，亲老师。"

2013 年 2 月 21—22 日，我专程赴开封参加玉臣的告别式。玉臣身长近 1.9 米，可是遗体只有八九岁小孩那么大。他得的是食道癌，不能进食，想必生前经过了相当剧烈的痛苦，真是令人扼腕相泣。我知道他得病是 2012 年 8 月在河南大学召开的"'宋都开封与十至十三世纪中国史'国际学术研讨会暨中国宋史研究会第十五届年会"期间。有人说他得病与平素生活习惯有关，如他喜食盐度很高的咸菜，喜食滚烫的稀饭，我想这种说法有一定根据，但是我想可能更主要的原因是他太劳累了。玉臣的年龄正处在人生事业、家庭中义务和责任都很繁重的阶段。我在与玉臣频繁的接触中，从其言谈、从我所目击，真切感到他处处在拼命，他拼命干工作、拼命搞课题、拼命写论文。玉臣经常跟我聊历史文化学院未来的发展远景，聊他今后的研究计划，也聊国内宋史研究的喜和忧，他是很有抱负的人。他担任主管科研的副院长之后，河南大学历史文化学院的国家社科基金项目申报工作就上了一个台阶，每年都能通过五六项，甚至更多。我知道申请国家课题是件很麻烦、很琐碎的工作，国内很多大学都下很大气力，成效并不显著。我曾问玉臣，这样的成绩是怎样取得的，听了玉臣讲他的工作"经验"——其组织之缜密、外联之勤奋、督察之严谨、工作之细致，前所未之闻也，令我感动。对工作如此的认真努力、尽职尽责，那要付出多少心血和精力呀！玉臣又是典型的暖男，舐犊相濡，有情有义。尊老爱幼，四面八方的亲戚都要照顾到。玉臣待人热情，乐于助人，朋友多，交际广，总有说不完的新闻和趣事。有时偶尔也听他说，不想干了，太疲乏太劳累，但是说过之后又一笑了之。玉臣身虽长却不甚强壮，甚至有点瘦弱，过快的工作节奏和过重的事业压力，不断悄悄地侵蚀着他瘦弱的肌体，使他的身体常处于亚健康或易于引发疾病的状态。

尤其值得一提的是，玉臣有一种先忧后乐忘我的品质。自 2010 年武汉大学举办第十四届中国宋史研究会年会，参会人数超越 200 人之后，承办年会对于组织者来说形成了很大的压力。玉臣是河南大学历史文化学院主管科研的副院长，筹办年会，他是苗书梅院长的主要得力助手，也是具体事务的操盘手。可以说他是年会筹办和会议期间最为忙碌的人之一。据说玉臣早在2012年上半年就感到身体的不适,苗书梅院长和他的老师、家人、同事都劝他早点检查,早点医治,可是他总说年会筹备工作很繁忙,待到年会结束后再去看医生。我在年会会议结束离开开封前也曾督促他早点去看病,他还是说把代表们都安全送走,会议结束之后马上就去,可是等到有时间去检查时,已经到了不能治愈的晚期。痛哉!惜哉!

明年,按传统说法,玉臣虚岁五十,河南大学历史文化学院编辑出版《马玉臣治史文存》,很有意义。玉臣生前正逢其时,学术的春天在拥抱他。玉臣在中国宋史学界有三个第一:其一,玉臣21岁读大学,应是比较晚,其后用10年时间在河南大学、河北大学,先后完成本科、硕士、博士的学历教育,接着又在四川大学完成博士后工作,玉臣是中国宋史学界第一个完成中国教育、人事系统各个阶段学习训练的"70后"。其二,我曾在一篇文章中说过,中华人民共和国成立70年来宋史研究之所以从落后到兴盛,原因很多,其中最重要的原因之一就是研究队伍的扩大。1977年、1978年以后进入大学学习的第三代宋史研究者,至世纪之交逐渐成为宋史研究的主力军,由第三代学者培养的第四代宋史研究者也渐次成为近十年来的宋史研究生力军。玉臣所受的教育、训练背景恰好是经历第二代向第三代培育相传的第一人。其三,2002年8

月宋史年会期间，河南大学研究生院的负责人找到我，说历史文化学院拟增补玉臣为博士生导师，研究生院经过考核同意历史文化学院的增补申请，但玉臣当时还是副教授职称，属于破格增补，故请我以校外专家的身份客观评议玉臣是否具有博士生导师资格，由于我对玉臣有很深入的了解，我当下就表示同意和签名，而且我还说河南大学不拘一格提拔人才的做法值得称道。玉臣是中国宋史学界1970年以后出生的第四代学人中的第一位博士生导师。

《马玉臣治史文存》收了近四十篇论文，大多数发表在2003年博士毕业之后。此外，出版《〈中书备对〉辑佚校注》一部，主持国家社科基金项目一项，另参与其他科研项目多项，参与编写著作两部。这个成绩单在当时同年龄段的学者当中应当是颇为突出的，由此也可看出玉臣是非常勤奋的。现收入《文存》的近四十篇文章，从目录上看，差不多有一半我都读过，个别文章玉臣在发表前跟我交换过意见。对于《文存》所收文章，我的总体印象是，基本功比较扎实，问题意识强，视野开阔，其研究始终站在宋史研究的高点，把握宋代历史的发展大势，这在"70后"中是比较突出的。虽然文章研究的问题多集中在北宋时期，但议题比较广泛，涉及政治、经济、军事、社会、制度等诸多方面。王安石变法是玉臣研究的重点，对于这个问题他已有很深的学术积淀，玉臣的数篇文章仍能挖掘出新问题并赋予新的解释，譬如从神宗时期主客户消长变化看王安石变法的主旨和实践，是颇有独到见解的。宋代"三冗"问题是宋史研究中的又一个大问题，过往研究者虽多，但深入讨论的却不多，2010年玉臣申请获得批准的国家社科基金课题《宋代三冗问题与积贫积弱现象的历史教训研究》，力图在学界研究基础上，对这个问题做综合全面的考察，以期有突破性的进展。虽然这个心愿成了玉臣的未竟事业，但是他的遗孀杨高凡继承遗志做了有深度的探索。户口数量、家庭规模均是宋代经济史研究中的核心问题，玉臣对于宋代家庭规模补苴罅漏的再推算、对宋代城镇草市人口的再统计，都是很有学术价值的研究。毕仲衍《中书备对》有关熙丰之际各种数据统计不仅对于研究宋代经济史，特别是对于研究宋代财政史有重要意义，而且这种性质的资料为清中叶之前的中国古代财经史所仅见，目前虽然学界对这部书已有很高的评价，但是还有相当大的空间可以开拓。众所周知，"精确地量度"是现代经济史研究乃至一切科学重大发现的基础，古代经济史因缺乏"精确地量度"数据统计，一般定性描述远远大于定量研究，所以《中书备对》所载"精确地量度"（当时条件下）资料的价值尤显珍贵，对于古代经济史研究的重要意义是不言而喻的，由此可见，玉臣对《中书备对》的辑佚和研究显然具有很高的学术眼光。

总之，从玉臣生前生逢其时、学术践行、组织能力和学术境界来看，他都具备了成为中国宋史学界第四代具有代表性学人之一的资质，是不可多得的人才，但是天妒英才，天不假年，让他早早遽归道山，悲夫，痛哉！

是为序。

李华瑞

2020 年 8 月 23 日星期日

附记：2020 年 6 月 30 日杨高凡女史为《马玉臣治史文存》向我索序，我直接回复"我愿意写"，9 月 11 日将写好的序发给杨高凡女史。近期我看到玉臣的文存即将出版的信息，而出版社以为以人名为书名大多是大家作品，马玉臣尚年轻，将书名改为《一隅斋宋史文存》，我以为不妥，玉臣已归道山，何来"尚年轻"？所以我一仍初名不改。